忌《き》怪《かい》島《じま》

IMMERSION

久田樹生

［脚本］
いながききよたか　清水崇

竹書房文庫

目次

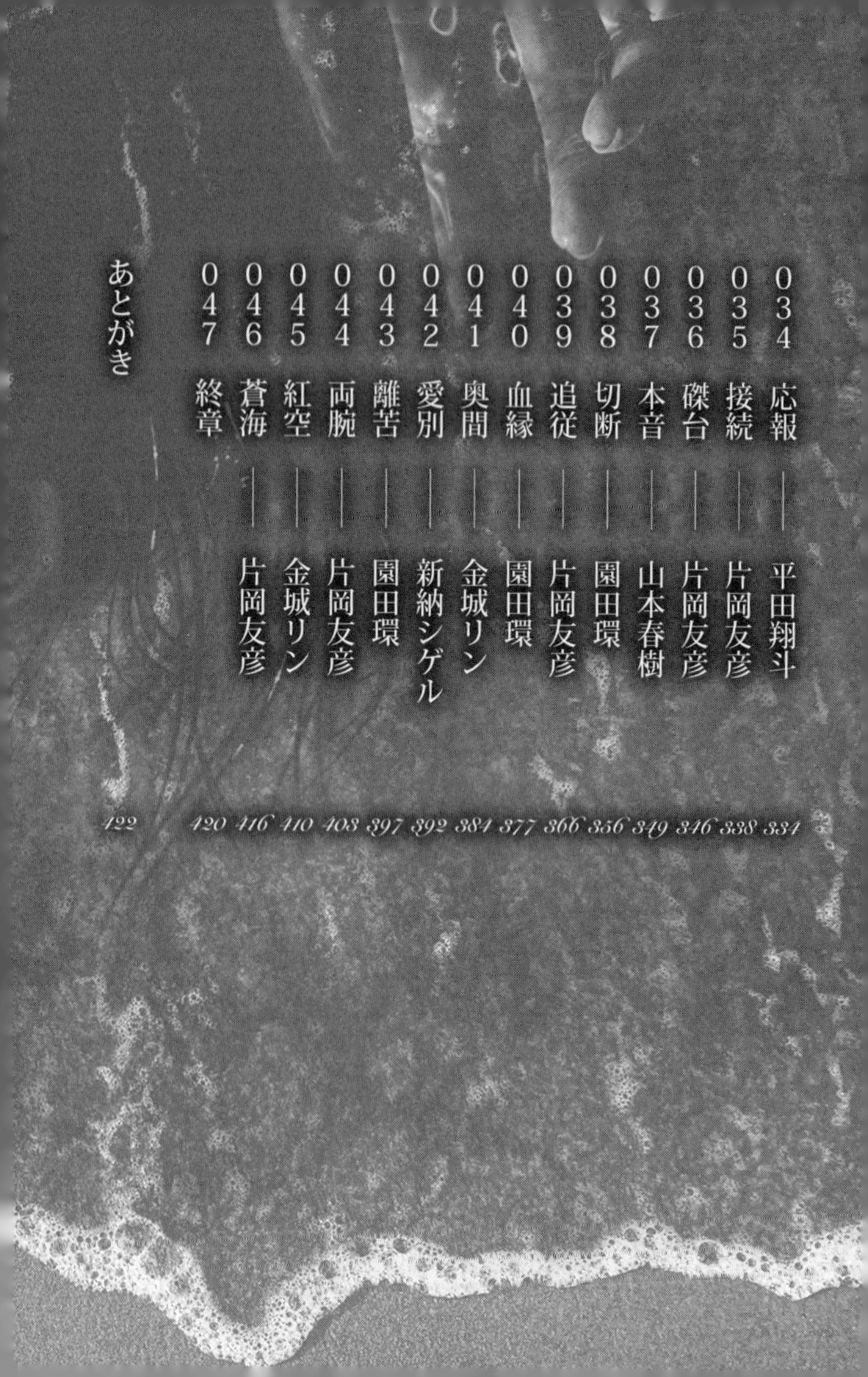

忌怪島〈小説版〉

000　序章

画面の向こうで、赤いワンピースの裾が揺れた。
私と世界を作らない？　と、ワンピースの女性は笑う。
世界を作る？　パソコンのディスプレイに向け、訊《き》き返した。
彼女は小首を傾《かし》げるようにうなずき、そしてまた唇の両端を上げた。
世界を作るなんて、どうやったら？
彼女は両腕を広げて、あなたなら大丈夫、きっとできるよ、と歌うように言った。
きっとできるのか、わからない。あなたなら大丈夫――？
淡い記憶がふと蘇《よみがえ》り、そのまま消えた。
不安げなこちらの顔を見たのか、彼女は少し困ったように眉根を寄せた。
ねぇ、気乗りしない？
気乗りしないなんて、ない。ないんだけれども、戸惑いが勝る。
口からこぼれそうな、「でも、だって」を飲み込んだ。
相手がこちらへ近づいてくる。だけど、レンズに遮られたように立ち止まった。

彼女はチロッと赤い舌を出し、少しだけ身を離す。
薄いメイクの顔と、まん丸な目が大写しになった。
誰かに似ていた。
誰だっけと眉間をさすっていると、彼女が静かに横を向く。
どこか逡巡《しゅんじゅん》しているような表情に見えた。
どうしてこちらを誘うのにこだわっているのだろう。
ターンするようにこちらを振り返った彼女は、悪戯っ子のように微笑んだ。
実際に体験してみたらいいんじゃないかな。
体験？　鸚鵡《おうむ》返しに、そうだよ、と相手がうなずく。
今、作っている世界にご招待するよ。なかなか面白いと思うよ。
いつなら、いい？
そう、ならその日に合わせて準備をしておくよ——。

001 接続 ―― 園田哲夫

遠くから、波の音が響く。

幽《かす》かな人のざわめきに似たそれは、途切れ途切れに、風に乗って部屋へ満ちていく。

大きく開け放した硝子《ガラス》張りの引き戸、その向こうへ目をやる。そこには、白く輝く砂浜と蒼《あお》い闇が広がっていた。見上げれば、半月になりかけた月が蒼白く輝いていた。その真下の水面には、蒼く揺れる光が双子のように映る。永遠に混じり合うことのない二つの光だった。

（満月にはあと、何日だ）

園田哲夫《そのだてつお》は思わず指を折る。が、すぐにやめた。月の満ち欠けにそこまで詳しくないから、なにをやろうが意味がない。

灼《や》けた肌が、五十三という実年齢より彼をより老けさせて見せた。

浜辺にへばりつくがごとく建てられた彼の家は粗末だが、空と海が大きく見渡せることが美点だ。

朝は乳白色に染まる水平線が、あっという間に蒼く変わる様を目にできた。日が高くなるにつれ、蒼と碧《みどり》の境目が溶け合い、ひとつになっていく。日中は日がな一日、空と海の表情が変化していく様子を楽しめた。日が暮れるにつれ、澄みきった蒼と碧がグラデーションのように青黒くなっていくのは不思議な感じがする。日が落ちきれば、目に染みるような満天の星の光が、ひとつひとつ満遍なく地上へ降り注いだ。あまり欠けていない月が出ていれば、その蒼い光で家の中でも電灯がいらないくらいだった。

一見、素晴らしいロケーションだろう。が、哲夫にとってあまり重要ではない。そもそも、ここらで建物がある場所ならどこからでも海も空も目にすることができる。

（島だからな）

哲夫は深く長い溜息《ためいき》をひとつ吐いてから、周りに視線を巡らせる。

潮風に傷んだ木造平屋に、家具が雑多に並んでいる。哲夫にとって、この閑居は終《つい》の棲《すみ》家《か》になるのだろうか。自問自答してみるが、答えは出ない。

生温《ぬる》い風が皺《しわ》の増えた顔を撫《な》でていく。伸び放題の髪がわずかに乱れた。が、撫でつけることすらしない。

再び溜息を吐き、わずらわしそうに立ち上がった。腰を叩《たた》きながら、小さく粗末な箪笥《たんす》の引き出しを引く。なにかを取り出し、ちゃぶ台の前にどさりと腰を下ろした。

手には、一冊の通帳があった。

手元から少し顔を離し、最後の頁を確かめた。ゼロの数を数える。問題ない。正しき報酬と残高がちゃんとそこにある。

頁を閉じ、再び箪笥に通帳をしまい込んだ。机の上の時計に目をやる。約束の時間だった。箪笥脇の大きな籠《かご》に無造作に右手を突っ込む。

右手に握られた銀色のそれは、ヘッドギアのような形状をした機械だ。その端々から赤や白、黒のケーブルが延びていた。

哲夫は海側の戸のそばに腰を下ろすと、さも面倒くさそうに手にした機械――ヘッドギアを被《かぶ》り、そのまま体を左にして横になった。手枕にした左手に、硬く無骨な表面が触れた。

ヘッドギアから、小さな音声が響く。〈定時測定を開始して下さい〉。指示に従い、右耳部分にある出っ張りのひとつを、右手の人差し指で押し込む。幽かなクリック音が鳴った。

（よくわからない機械《モン》、沢山持ち込まれたな）

持ってきた人間にああだこうだと説明を受けたが、今もすべてを理解できていない。それなりにデジタル関連には詳しいはずだったが、今は昔。自身の脳内にある情報はすでに古くなっており、知識全般がすでに通用しなくなっていた。思わず口をへの字に歪《ゆが》ませる。

（あの人、二十七って言ったか）

ヘッドギアを持ってきたのは、若い女性だった。二十七歳。そうか、あれくらいか。哲夫は自らを嘲《あざけ》るように、口の端を上げる。

ヘッドギアから延びるケーブルの先、仰々しい機器に塡め込まれた液晶に、無機質なフォントが流れた。

〈OK……TETSUO SONODA　001〉

頭部の皮膚と盆の窪に走る不快感に、哲夫は眉間に皺を寄せる。頭皮の毛穴すべてに、極細で長い針を同時に突き立てられたような痛みと、後頭部からこめかみにかけて走る鈍い痺《しび》れのような感覚に、いまだ慣れることができない。

少し離れたところで、ウン、と蜂の羽音のような機械の作動音が響いた。連動するように哲夫の身体が一瞬震えた。冴《さ》え冴《ざ》えと輝く月の蒼い光が寝そべったままの哲夫を照らしている。端《はた》から見れば、月光浴しながら静かな波間をただ眺める人、だろうか。

しかし、哲夫の身体にはある種の負担が掛かっている。心身共にリラックスした状態ではある。しかし、それは他者が作り上げた感覚を意図的に与えられたような――そう、借り物の、偽りの感覚なのだと哲夫は理解していた。明確な苦痛ではないものの、これが五感にジワジワと負荷を掛けているのだろう。緩やかな不快さがあった。

突然、脳裏に情景が浮かぶ。一人称の、自分の視点だ。

太陽が昇った明るい世界は、自宅前の砂浜だった。白い砂を照らす強い陽光が、視界にハレーションを起こしていた。

見上げれば見慣れた蒼い空が広がっている。浮かぶ白い雲。正面にはたゆたう碧《あお》い海。

振り返れば、生活感溢《あふ》れる我が家があるだろう。匂いも温度もない風が髪と、身体を嬲《なぶ》った。

もう一度空を見上げる。その頭にはヘッドギアも、ケーブルもなにもない。いや。現実にはあるのだ。現に今も頭と首に重みを感じている。下にした左腕に乗った頭の圧迫感もあった。それだけではない。目の前には蒼い夜空と暗い砂浜が九十度傾いて広がっている。

――哲夫がいるのは、現実の景色と感触に記憶の情景が混じり合った、不可思議な場所だ。違う二つの世界を同時に知覚している、と例えればよいだろうか。ただし、記憶の世界は視覚と聴覚情報のみしかない。他の感覚は全て欠落している。もちろん最初は混乱したが、今はそういうものだと処理できるようになった。

（普通に生きていたら、こんな状態は味わえない。いや、進んで味わいたくはないな）

自嘲しながら、哲夫は思い出す。

（仮想現実《ヴァーチャル・リアリティ》。VR用のデータ取りって、言っていたな）

ヘッドギアを持ち込んだ人物が早口で説明していた。

〈コンピュータに接続した機器を用い、脳とVR内を接続することで肉体を残し、精神だけで仮想現実内へ入ることができる。でも、そのためには人間の記憶データが大量に必要なの。とても、パーソナルな部分、敏感な領域まで含んだ記憶が〉

それを手に入れて、どうするのだと訊《き》いた。相手の女性は得意げに答えた。

〈仮想現実を現実と変わらないレベルで認識しつつ人が存在できる、夢の技術なの〉

夢。未来への望み。人に夢と書いて、儚《はかな》い。夢とは儚い望みなのだろうか。

（夢なんて、とうの昔に……。しかし、これは何度やっても気色悪い）

このデータの収集は、居心地の悪さがあった。記憶の情景と眼前の景色が混ざり合って、五感に齟齬《そご》を起こす。時折、現実世界が消失して、記憶の方を現実と誤認してしまう状態に陥ることもあった。自身の存在そのものが揺らぎ、頼りない、空虚な感覚に囚《とら》われたまま元へ戻れないのではないかと、恐れも抱いてしまう。今も気張らないとあっちの――記憶の領域へ引っ張り込まれそうになっている。最先端の機器であろうこのヘッドギアとプログラムが、脳になんらかの影響を及ぼしているのは想像に難くない。危険な代物《しろもの》だろう。それでも、やらなくては、続けなくてはならない理由が、哲夫にはあった。

（早く終わらないか）

定時測定――開始時間の決まったデータ取りは今回を入れて、あと四回残っている。これまで三度おこなったが、すでに嫌気が差していた。

実は、二回目にちょっとした事故が起こっていた。

現実と記憶の分別がつかなくなったのだ。

家の、ちゃぶ台のある部屋で寝転んでいたはずなのに、それがわからなくなった。記憶の世界が現実だと、脳が認識したのである。

そのとき、自身に襲いかかった事象は、筆舌に尽くしがたい。

見ている世界は現実と変わらない。が、重力や慣性と言ったものが感じ取れず、足下も、手元もすべてがあやふやとなった。視覚と聴覚を除く感覚が著しく鈍い——いや、ほとんど機能しない。これが異様に気持ち悪く、不快感しかない。じっと我慢していると頭部から背中にかけて疼痛《とうつう》が起こる。普通の痛みと違っているのは、薄皮一枚分、遠いところで起こっているかのようなのだ。加えて、首の後ろから頭上方向へ引っ張られる感覚と同時に、なにかが這入《はい》り込むような違和感がたまに生じる。まるで命や魂がそこから抜かれて、代わりにべつのなにかに無理矢理入れられるような感じか。

彼女——ヘッドギアの所有者がここまで駆けつけてくれ、なんとか元の世界へ戻ってこられた。安堵《あんど》の息を吐いてすぐ、強い抗議をしたものの、相手はどこ吹く風といった様子で〈お陰様で改善ポイントが洗い出せました〉と笑っていた。気を削《そ》がれるとはこのことだ。力なく座り込むこちらに、彼女は微笑んで言った。〈仮想現実内へ入るより、サンプリング目的で記憶領域のみに接続することが問題なのだと思います。その証拠にVRへのログインのケースでは、特に問題は起こっていません〉。そんなことを言われても困るだけだが、相手は止まらない。〈近いうち、プログラムもハード面も改善予定ですので、ご安心下さい〉。どう考えてもおためごかしというものだろう。あのときの不快感を改めて思い出す。事故の直後、亡霊になれば、こんな心持ちになるのだろうか、と想像してしまい、途端に猛烈な吐き気を催したことを覚えている。

（ああ、あんなのはもうごめんだ）

思わず哲夫は両手で顔を覆った。

指先や唇が震えだす。皮膚に伝わるその振動は、鈍い。

両の掌《てのひら》を剝がし、目の前に翳《かざ》す。見慣れた手指の形だ。握っては開いてを何度か繰り返す。しかし、力を込めているようには感じられない。すべてがあやふやで不確かな感覚だった。顔を上げると、陽光が燦々《さんさん》と降り注いでいる。足下を確かめると、穏やかな波の浜に立っていた。さっきまでの、自宅でヘッドギアを被り、寝転がっている感覚は完全に消え失《う》せている。

また、現実から乖離《かいり》した世界へ入ってしまっていた。

駄目だ、戻れ。身体を強《こわ》ばらせてみるが、なんの効果もない。どうすればいい。惑う最中、以前の事故のときと違うなにかを覚えた。どこがどうだと言えない。ただ、違う。

突然、チッ、と甲虫《こうちゅう》が軋《きし》むような音と、甲高く細い金属音が断続的に鳴った。

人のざわめきのような幽かな声に続き、歌が聞こえる。

　あわれ　あわれ
真っ赤ン花ヌ　目ヌィ咲いティ

シンプルなメロディラインの歌が、郷愁を誘う旋律が、静かに流れていた。夏の終わりに吹く、秋を感じさせる風のようなもの悲しさがあった。

島唄、か。

（いや、待て）

この状況で、どうしてそんなものが聞こえる。哲夫の身体が強ばった。

今まで明るかった世界が、一瞬で暗くなった。気づけば、左を下にして横たわっていた。周囲を見回す。蒼い闇と照らされた砂浜が、九十度横に傾いて目の前に広がっていた。

（元に、戻った）

これまでこんなことはなかった。歌も、金属音も耳にしたことがない。定時測定に関する予定変更も聞いていない。明らかにおかしな状態だ。

（所詮、機械がやること、か）

なにかエラーでも起こしたのだろう。またおかしなことが起こる前にヘッドギアを取らなくてはならない。規定の手順に従い、測定終了の準備を始めた。彼女から〈正しく終了しないと、脳に甚大な被害を及ぼす可能性がある〉と念押しされている。

溜息交じりにヘッドギアに付いた各種ボタンへ手を伸ばした――が、指先は空を切った。

右掌全体で頭に触れる。ヘッドギアがなくなっていた。頭を締め付ける感触も、重みもなにもかもが失われていた。

弾《はじ》かれたように半身を起こす。部屋の明かりが落ちている。目の前には蒼い景色が広がっていた。緩やかな風と、波の音が聞こえた。ただし、潮の匂いは一切しない。いつも嗅いでいる、海の香りが感じられない。両手を握ったり、開いたりしてみる。希薄な皮膚感覚が、少し時間を置いて伝わってくる。

わなわなと唇が震え始める。

（ここは）

目の前が翳《かげ》った。視線の先、畳の上に影が差している。目で辿《たど》った。月光の照り返しで蒼白い輪郭を描いた、すんなりした女の足が二本、衣服の赤い裾から伸びていた。

誰だ。反射的に言葉が漏れた。

視界が揺れ、目の前が暗くなる。気がつくと視界の先に、九十度傾いた蒼い闇の景色が広がっていた。見慣れた海の風景だ。

いつの間にか、左側を下にして寝転がっていた。

ああ——そうか、すべて夢だったか。ごく自然に、右手が動いた。頭の下にある柔らかな肉の表面を撫でた。少し、湿っていた。女の足だ。膝枕をしてもらっている。赤い裾を掻《か》き分け、膝と膝の合間に右手を深く差し入れながら、求めるように懐かしい名を小さく呼んだ。

アイツの。俺の大事な――。

いや、ちがう。俺は、ここへ独りで来た。そうだ。独りだ、俺は。

再び目の前が揺らぐ。

気がつくと、夜の浜に独り立っている。穏やかな波間に、白い月の照り返しがゆっくりと揺らめいていた。

振り返れば、住み慣れた我が家がそこにある。大きく開け放した引き戸の向こうは、真っ暗だった。

さっきの島唄が聞こえてくる。家の中からだ。唄に絡みつくかのごとく、聞き覚えのある耳障りな金属音が断続的に鳴り響く。犬を繋ぐ鎖がコンクリートの床に当たるような。

いや、それよりも太い鎖を引き摺《ず》るような、不快な金属の音だ。

唄はやまない。金属音はさらに音量を増し、言いようのない嫌悪感が胸中で渦巻いた。

それでも、引き戸の奥の闇から目を離せない。

闇が、歪むように蠢《うごめ》いた。

金属音の主が、じわりと姿を現した。青白い輪郭を伴って。

哲夫の目はその一点に、囚われた。

００２　同期　――　井出文子

モニター上に、異常警告《アラート》メッセージが赤い滝のように流れ落ちる。

「なに、これ」

井出文子《いでふみこ》は思わずチェアから立ち上がった。赤いワンピースの裾がふわりと揺れる。

信じられない。そう物語る横顔が、モニターからの光で赤く染められている。

「彼は、なにを見ているの」

画面を見つめる端整な顔が歪《ゆが》んだ。周りを囲む複数の液晶画面が、浸食されるように次々と警告メッセージを吐き出し続ける。

残された幾つかの画面に、浜辺の暗い景色が様々なアングルで映し出されている。その中に被験者――園田哲夫が住む粗末な平屋もあった。モニタースピーカーから初めて耳にする歌が棚引くように流れ続けている。時折、耳障りな金属音が挟み込まれた。鎖をアスファルトの上で引き摺《ず》るような音だ。

研究室《ラボ》を思わせる部屋の中で、彼女の目はモニターの表示を追い続ける。

（なぜ、こんな状況に）

チーフである自分にすら理解できない非常事態に陥っている。他のスタッフは先に上がらせていた。定時測定が午後十時からの開始であったこともあるが、そもそもこれはラボのスタッフに黙って行っている事案だ。いまさら助けは呼べない。

一刻の猶予も許さない事態に、文子は素早く動き始めた。

文子は〈デナゲート社〉の社員である。

D.E.N.A. Gate Company ——デナゲート社。

その名は「デジタル（Digital）、エネルギー（Energy）、自然（Nature）、進歩的（Advanced）」の頭文字を繋げ、最後に門を意味する単語を合わせたものだ。複数の企業が合併する際に掲げられた複数のコンセプトから選ばれたものである。ゲートは、新たな世界、未来への入り口を意味する。

業種は、医療部門、遺伝子研究部門、食品部門、農業部門、エネルギー部門、量子コンピュータ研究部門、ＡＩ開発部門など多岐に渡る。俗に言う複合企業体《コングロマリット》であり、ゆり籠から墓場までの市場を独占する、が全部門に掲げられた目標だ。

近年のメタバース（仮想空間そのもの。あるいはその仮想空間内でコミュニケーションが行えるサービスなどを指す）の盛り上がりを受けて、同社ではそれに対応するため新たに部門を設けた。複合企業としては、新たな市場となりうることを期待してのものだ。

「来るべきメタバース時代の一歩先を行くのだ」と社長は常に豪語している。

そのためのソフトウェア・ハードの開発プロジェクトのチーフとして抜擢されたのが、井出だ。

開発中のソフトは〈シン《S》セカイ《S》・シミュレーション《S》・ルーム《R》〉と名付けられた。

ブレイン・マシン・インターフェイス、ＢＭＩを利用し、仮想現実（ＶＲ）、ＡＲ（拡張現実）、ＭＲ（複合現実）、ＳＲ（代替現実）を融合したもの、いわゆるエクステンデッド・リアリティ、クロス・リアリティと呼ばれる技術をヒントにし、構築されたものである。

〈ＳＳＳＲ〉には革新的な技術が用いられていた。

人間の脳は脳（神経）細胞で構成されており、それぞれが電気信号で通信を行う、いわゆるニューロンネットワークである。ここに着目し、外部ネットワークと脳のニューロンネットワークを電気信号で相互通信させ、思考と精神のみを仮想《V》現実《R》空間の中へ転送。シミュレーション内のアバターを〈自分自身そのもの〉と感じさせる。

現実でも完全な仮想でもない、現世を模倣した世界ともいえるだろう。

ソフトとともにハードも開発している。シン《S》セカイ《S》・シミュレーション《S》・ヘッド《H》セット《S》、である。ゴーグルとヘッドギアを頭部に装着し、電磁波によるｆＭＲＩ（functional Magnetic Resonance Imaging／磁気共鳴機能画像法）を用いて脳と相互通信を行う。画期的な技術だ。

とはいえ、未完成なシステムだった。ソフト、ハードともに開発と実験の途中なのだ。正直な話、脳と電気信号でやりとりすることがどんな影響を人体と脳に及ぼすのか、すべてが検証されてはいない。間脳下垂体機能障害を始めとした脳障害の恐れもあった。本来ならドクターもスタッフに入れなくてはならないが、今はまだそこまで至っていない。

また、SSSRの世界を構築するにはフィールドデータ以外に、個人に蓄積された経験や思考のデータが必須である。

とにかく、人と時間が必要だった。ただし、秘密裏に、だ。そのため、会社は半年前にとある島にラボを設けた。〝離島〟に設置することで外界から隔絶し、このエポックメイキングな発明のアイデアと技術が流出しないように守ることを目的とした。この施設はハウスと呼ばれた。

一年前、文子は齢《よわい》二十七でこの〈シンセカイ・シミュレーションプロジェクト・ラボ〉のチーフに抜擢された。大学院の博士課程を終えてすぐだ。飛び級するような天才ではないけれど、血の滲《にじ》むような努力した結果への評価と、脳科学を専攻していた実績も買われての人事だった。

若く、女性であることで多少のやっかみが社内であったが、すべて無視した。人間同士の軋轢《あつれき》など、大事の前の小事でしかない。

このSSSRの被験者ナンバー第1号が、園田哲夫である。本社上層部のみに周知し、ラボの他のスタッフには秘匿した存在だ。

彼は金が要《い》る、と言っていた。システムを説明しても、ようよう理解するつもりはないことを窺《うかが》わせた。最終的には「治験みたいなもんだろう」と鼻白む始末だった。

今、文子がモニタリングしているのは、この園田哲夫の現在サンプリング中の記憶データと、彼がリアルタイムで目にしている視覚データである。

十日に一度、定時に彼の記憶データをサンプリングしている。以前トラブルがあって以来、抽出中のデータに同時接続しモニターしていた。ソフト上の異常検知だけではなく、自らの目でチェックするためだ。加えて、今日の実験は意図的に回線帯域を絞った際の影響、及びデータ転送エラーによる不具合を自動補完するプログラムの検証予定だった。当然、エラーが起きる確率は高くなるが、もちろん被験者には黙っていた。文句を言われても困るからだ。しかし、予期せぬ動作エラーが始まっている。

通常、記憶データのサンプリングはヘッドギアのみで行われる。脳へのアクセスを行い、個人の記憶データを吸い出すだけだからだ。そもそも仮想現実空間へは、オプションのゴーグルをセットし、各種設定を行わなければ入ることはできない。しかし、目の前で起こっているエラーは明らかに園田哲夫の記憶と現在の視覚が混線したかのように同一化している。まるでシンセカイ・シミュレーション・ルーム内へログインしているかのようだ。

文子は予想しうる様々な原因を羅列してみたが、原因に辿《たど》り着けないでいた。

(まさか、脳への負荷が掛かりすぎた？)

そんなことはない。きちんと対応済みだ。人間の全記憶データを吸い上げるには、半日もあれば問題ない。だが、人体への負担を考えて、記憶が新しいものから古いものへ、階層《レイヤー》ごとに区切り、階段を降りるように段階を踏んで短時間に行うこととしている。システムが成熟した後、最終的には顕在記憶から潜在記憶までサンプリングする予定でもあった。

しかし、目の前で起こっている事象は、完全に事故である。

(またか！)

文子は焦りながら、パソコンのキーとマウスを操る。帯域を維持、あるいは戻しつつ、バックアップデータを構築していった。

しかし、各モニター上に表示された映像や表示はエラーを吐き出し続け、複数ある接続シグナルが次々に失われていく。

「リンクが切れる……。入るしか……」

リンクとは――SSSRと人の脳を繋《つな》ぐこと及び、データサンプリング回線それぞれを指す。

SSSRでログアウトせずにリンクが切れたケースは、幸いなことにいまだない。もし、ログイン中にリンクが切れたらどうなるのか。

　ユーザーのニューロンネットワークの一部を仮想現実上に仮設、依存しているため、ログイン中にリンクが切れると、脳に大きな損傷を与えるとされていた。脳死状態に陥る可能性もあり、最悪の場合は死に至る。今回は記憶サンプリングの定時測定であるが、それでもリンク中に接続を強制カットして安全だという保証はどこにもない。

　もし園田が死んだら、開発にストップがかかるだろう。それだけではない。マスコミに漏れでもすれば騒ぎ立てられ、プロジェクト内容が外部に晒される。類似のシステムを研究している連中に先を越される一因になることは目に見えていた。

　絶対に助けなければならない。しかし、園田が今いる位置が問題だ。

　被験者がラボでサンプリングやログインをしているのなら、文子が管理者権限でログアウトでもなんでも操作することができる。しかし今回のような被験者がラボ外の自宅で、それも独りで接続しているような状況だと手が出せない。なにかの間違いで産業スパイのような輩《やから》が該当ネットットに侵入してきたり、遠隔操作でデータを抜いたりできないよう、外部ネットワークと切り離しているためである。ラボとはケーブルで物理的に接続しているだけであり、加えて、被験者側に対しラボからですら手が出せないよう、ファイアウォールで防御していた。物理的にも這入《はい》り込ませないためだ。念には念を入れバックドアも作られていないか随時チェックしている。

この何重にもかけたプロテクトがあだになった。強制ログアウトのコマンドも、遠隔操作も効かない。最悪、被験者の自宅へ直接乗り込み、外部から強制的に接続を切る手段がないわけではない。前回の事故の時はそれでことなきをえた。だが、今回のケースだとここから移動していては絶対に間に合わない。それほど喫緊の事態になっていた。

文子に残された方法はただひとつ。

自分がシミュレーションへ入り、強制的に園田のリンクをこちらへ繋ぐのだ。

以前の実験で行ったことがある。別サーバーで管理者専用ルームを作成した被験者Aが、別被験者Bのサーバー内にあるルームへ入り、会話。Bにコマンド実行の権限を譲渡してもらいAのルームへ移動させる、と言うものだ。

これをシンクロ・リンクと名付けた。あのときは成功した。

シンクロ・リンクは、セキュリティとシステム上の問題で、同じシンセカイ・シミュレーションへログインした管理者側のアバターが、相手からコマンド権限を渡してもらうことでしか行えないようにプログラミングされている。

管理者以外が誰でも行えるようになると、シミュレーション公開後に悪用する者が出てくると予想されたからだ。例えば、悪意を持った人間が言葉巧みに相手のコマンド実行譲渡の同意を得、シンクロ・リンクで別サーバーのルームへ引き摺り込んだ後、相手のリンクをチート行為で強制的にカットしてしまったらどうなるのか。危険極まりない行動だ。

法律が整備されれば傷害罪や殺人罪が適用されてもおかしくない。だから、当初から管理者以外のアバターにはシンクロ・リンクを一切実装しないと決めた。

もちろん、管理者側でモニタールームから操作をしただけでＡからＢへの移動が行えないか、人を介さない疑似アバターで試した。しかし外部から操作すると、対象が別ルームに移動する際にリンクが一度途切れてしまうことが判明した。これだと脳がダメージを受ける可能性が高い。プログラムの根幹に関わる部分なので、現状修正不可能と言えた。

故に文子が直に管理者としてログインし、園田を助ける必要があった。

彼女はスカートの裾を翻し、すぐそばのモニターに繋がれたキーボードに飛びついた。素早くキーを叩《たた》き、ログイン及びログアウト用の画面を呼び出す。

〈TETSUO SONODA　001〉のデータ帯域は、依然として不安定だ。さらに単なる記憶サンプリングとは思えない状態を吐き出している。

文子は焦りながらマウスを滑らせた。

〈FUMIKO IDE　CHIEF〉のログインスイッチを表示させ、クリックする。園田を指定し終えるとかたわらにあったヘッドセットを被《かぶ》り、側面にあったボタンを指先で二度叩いた。

「シンクロ、間に合って……！」

網膜に自身のＩＤが表示され、ログイン許可アイコンが点滅した。と同時に頭部から背中にかけ、独特の痛みが走る。自分の身体が一瞬震えたことを認知する前に、視界が暗転した。

(――え?)

文子の目の前に、ブロックノイズまみれの映像が次々に現れる。人、人々。どこかの風景。白。黒。赤。渦巻くように現れては消えていく。走馬燈といわれるもののようだ。これまで何度もシンセカイ・シミュレーション内へ入ったが、こんなものが見えたことは一度もない。それに、さっきの歌と金属音のノイズが続いている。

(システムエラーがひどくなっている)

急いで園田を救出し、こちらのルームへ引き込まないと自分も危うい。嵐のような映像が終わり、気がつくと夜の浜辺に立っていた。秘密裏に園田の自宅近くをモデリングしたフィールドだ。自分の手足を確かめる。赤いワンピースのスキンも壊れていない。アバターに異常はない。聴覚情報にのみ不備がある。あの歌とノイズが延々と流れていた。

聴覚システムをミュートしてみるが無音にならない。完全にエラーだ。歌とノイズの対処は諦め、ミュートを解除する。

不確かな足下を踏みながら、園田哲夫の位置を割り出すために管理モードを呼び出した。が、反応しない。直に視認しないと駄目なのか。

周りを見回していると、少し離れたところに園田哲夫の姿を見つけた。彼はこちらに顔を向けた。途端に、なにかに怯《おび》えたように目を見開いた。

「園田さん！」

呼びかけるが、返答はない。通信を相手のみに絞って発信してみても、反応はなかった。彼はこちらを向いたまま後退《あとずさ》り、なにかを叫んでいる。断片的に音声データが入ってくるが、悲鳴のようなものと意味不明の音だけが伝わってきた。しいて言うなら、さっきラボで聞いた金属音に似ている。甲高く、耳障りな音だ。首を傾《かし》げながら、文子は園田哲夫に近づいていく。

「園田さん！　聞こえる⁉　コマンド実行権限の譲渡を……」

文子の言葉に抗《あらが》うように、園田哲夫の顔が崩れ、醜く歪んだ。こんな表情を再現するようなデータも、スキンをキャプチャーをした覚えもない。どこかに致命的な異常が起きているのか。

彼は後ろに転がるように倒れた。明らかに怯えている。それも文子に対してだ。

（どういうこと……？）

システムデータのエラーだけではなく、すでに脳へ影響が出始めているのか。もう一度管理モードを呼び出した。今度は上手くいった。

彼の視点での映像情報にアクセスする。だが、フリーズを繰り返し、まともな画が入ってこない。それどころか、静止画のようなものだけしか見られない。赤い裾から白い脚が二本伸びているもの。そしてなにかよくわからない――見ようによっては女性の顔のようなもの。これくらいだ。ラボ内のモデリングデータが意図せず表示されているのか。ありていに言えば、バグだろう。管理モードを終え、園田の名を呼ぶ。が、再度の呼びかけも空《むな》しく、彼はその場から逃げ出した。そのまま自身の家の裏手へ回り、暗い木々の間を抜けていく。

文子は後を追いかけた。アバターだから疲れたり息が切れたりすることはないが、現実世界と違う感触にもどかしさと苛立《いらだ》ちを覚える。思い通りに手足が動かない。夢の中で上手く走れない感覚を思わせた。

闇夜の中を、どれくらい走っただろう。園田哲夫はさっきとは違う浜へ転がるように駆け込む。そこは岩壁に囲まれた入り江になっていた。文子は一瞬戸惑う。こんなフィールドデータは作った記憶がない。

彼は浜の砂を蹴り、黒々とした入り江の海へ身を投げ出すように飛び込んだ。

海フィールドのモデリングはまだ終わっていない。波打ち際からわずかに進めばそこで範囲は終わる。だから途中でその足は止まるはずだった。しかし彼はどんどん先へ進む。強制的にストップをかけなくてはならない。管理モードで停止しようと思うのだが、また呼び出せなくなっていた。こうなれば直接止めるしかない。コリジョン――衝突判定は実装している。アバター同士をぶつけ、羽交い締めにすれば固定できるはずだ。そこで改めてコマンド実行権限の譲渡を説得する他ない。文子は必死に駆け出す。赤いワンピースが、闇夜に鮮やかに舞い踊った。海へ入り、波間を掻《か》き分けていくが、水の感触も冷たさもない。代わりにアバターのスキンが水に濡《ぬ》れた状態へ変化していくだけだ。

ようやく園田の背中が見えてきた。彼はなにかに取り憑《つ》かれたように沖を目指していく。文子は後ろから飛びつこうとするが、追いつけない。

「園田さん、ダメ……！」

いくら叫んでも彼の足は止まらない。何度も呼びかけ引き戻そうとするが、手が届かず失敗する。諦めず何度も飛びかかるうちにふと、違和感を覚えた。

（……おかしい）

重大な勘違いをしていた。

確かに文子はＳＳＳＲ内へログインしている。ネットワークを介し、園田哲夫のリンクを安全に外すためだ。だが、落ち着いてよく考えてみれば、リアルタイムに収集していた彼——園田哲夫自身の記憶データへ繋いでいるだけだ。だから、彼自身の視点、園田哲夫の一人称視点で、この世界を見ていなければならない。しかし、文子は園田哲夫の姿と周囲の風景を自らの目、三人称視点で認識している。そもそも、園田哲夫のアバターがここに存在していること自体が異常なのだ。彼はＳＳＳＲへログインしていないのだから。では、なぜ、彼の姿がここにあるのだ。

海の中で、文子は呆然《ぼうぜん》と立ち尽くした。

その瞬間、立ち止まった園田の背中、その肩越しになにかがチラリと覗《のぞ》いた。

長い髪をした女の、白い顔だった。そこに感情はなかった。

歌と金属音が耳朶《じだ》を打つ。脳内を直接掻き回されたような苦痛が襲った。

海の中からなにかが這い上がってきて、文子の身体に纏《まと》わり付いてくる。

これまでと違い、リアルな触覚と不快感を伴っていた。そして、シミュレーションにはまだないはずの肉体への痛みが襲ってきた。

得体のしれないなにかを振り払おうと手足を振り回すが、空しく空を切る。

(駄目、だ……ロ、グ、アウ……)

文子の右手が不自然な形になった。密教僧が片手で印を結ぶ様《さま》のようだ。管理者権限モード内のログアウトコマンドまでショートカットするための特殊アクションである。通常何ステップも踏まなくてはならない手順を完全に無視するもので、安全性が低く、不快感も伴う。完全に緊急脱出用の機能だった。

「う、そ」

コマンドが開始されない。

文子のアバターが不意に動きを止め、波間に倒れた。電池が切れた玩具のようだった。

視覚情報が途切れる寸前、文子は黒々とした空の下にじっと佇《たたず》む園田哲夫の後ろ姿と、その向こうに――井方に組んだなにかが屹立《きつりつ》しているのに気づいた。園田の背丈より優に二倍はあろうか。ただ、それがなにかわからない。磔台《はりつけだい》か。歪《いびつ》な鳥居か。

あれはなに？　――そう思った次の瞬間、文子の視界は完全に閉ざされ、目の前に漆黒が広がった。

003　島人　――　片岡友彦

蒼《あお》い。

ただそう思った。

澄み切った蒼天《そうてん》の真ん中に、彼は立っている。

宙に浮いたまま視線を下に向ければ、エメラルドグリーンの海が広がっていた。波が、白い砂浜へと寄せては返しを繰り返している。

足下には頼りない反発しかない。このまま歩き出してみようかと考えたとき、わずかに身体が下へ引っ張られた。そのまま砂浜へ向けて降下していく。

浜から陸地へ少し入り込んだところに、緑の木々に囲まれた一軒の建物があった。外観は木造だが、粗末という印象はない。小綺麗《こぎれい》なゲストハウスのようだ。

その建物には海に向かって木製のバルコニーが設えられていた。

導かれるように、そのバルコニーへ降り立った。足下の感触は今も頼りない。自身の身体感覚と周囲の景色を確かめていると、すぐ近くから声が聞こえた。女性の声だった。

『お待ちしていました』

振り返ると、女性が立っている。

自分より少し背が高く、細身だ。赤いワンピースを身に着けている。

微笑みながら、その女性が口を開く。

『片岡君、でしょ？』

彼は小さなうなずきを返した。女性はわずかに眉根を寄せ、すぐ笑顔に戻った。

『失礼。初対面よね？　あなた有名だから、つい』

有名かどうかは知らない。困惑する理由にもならない。女性が続ける。

『シンセカイへようこそ、片岡友彦《かたおかともひこ》君。改めて、デナゲート社の井出です――ここでチーフをやっています』

井出は右手を差し出した。ワンピースの赤い裾が、ひらりと揺れた。儀礼的に軽く頭を下げながら、右手をノロノロと持ち上げる。

が、二人同時に動きを止めた。

井出の右手首内側には〈CHIEF〉のマーカーが赤く光っている。友彦の手首も同じく光っているが、文字は〈VISITOR〉だった。ビジター。訪問者、外来者だ。

（まだだったな）

事前に聞いていた開発状況を友彦は思い出す。コリジョン（衝突判定）とコミュニケーション・アクションの類いはまだ実装はされていないと聞いていた。だとしても思ったより凄《すご》そうなソフトウェアだ。

（とはいえ、まだ、未完成だけど、ね。これじゃ）

実装すべき機能は不完全な上、一部データサンプリングの際に起こる不具合とそれに伴う被験者への負担に関してもまだ対策を練っている最中だと大まかに説明を受けている。

（じゃあ、まずは……）

一瞬、この先の開発ロードマップを脳内で展開し始めたとき、井出の声が響いた。

『未来を担う才能を〝くん〟呼びしちゃってゴメンなさい』

二十三の割に童顔で可愛いから、つい、と彼女は口の両端を上げた。

「いえ、そんな……」

謙遜ではなく、本心だ。それは外見に対する感想に対してではない。未来を担う、に関してだ。そんなことなど考えたこともない。ただ、それを井出に説明するのも面倒くさい。

では、どう言葉を紡げばよいのか。相手から視線を外し、眉間を指先でさすりつつ井出の出方を待った。やはり、指先には朧気《おぼろげ》な感触しか伝わってこなかった。

『あなたが到着してからでも良かったけど、こういう招待の方が、ここのシステムのことを知ってもらえると思って。わざわざ本社まで足を伸ばしてもらって、ごめんなさい。外部ネットワークと完全に切り離しているから。ここと本社だけを接続する限定ネットワークを使うしかなくて。それも今回は特例として、ね……』

相手の会社を訪ねるくらい、別に苦ではない。友彦は自分が興味のあることに手間を厭《いと》わないし、そもそも手間だと感じない。それにここまでのソフトウェアだ。一般的なネットワークを介した場合、外部からデータを抜かれたり、ハックされたりしたら、どれだけの損失を生むだろう。十分に理解できる話だ。

友彦は、再び周囲に視線を巡らせる。使用されているエンジン——ソフトウェア上で、主要な処理を代行・効率化するソフトウェア——のお陰か、リアリティのある描画ができている。実写と言っても差し支えない。光源処理も自然だ。ただ、物理演算ソフトなどがイマイチなのだろう。身体の感覚に対し、アバターや周囲のオブジェクトの反応に感覚のズレがある。代わりに、ではないが、音声関連はきちんと処理されているようだ。多分、7・1チャンネル以上にしてある。相手や環境音など、音が発生したであろう位置から聞こえてきた。が、それ以外の仕上がりはまだまだだ。

（五感のうち、視覚と聴覚情報だけは実装済みか。確かに今の開発状況は理解しやすい）

開発データと各種ハードを直に見ながら話した方が手っ取り早いが、これでも十分と言える。シ《S》ンセ《S》カイ・シ《S》ミュレーション・ル《R》ーム。仮想現実と人間の脳をリンクさせ、まるで現実下のように感じさせるソフト、その進展具合が手に取るように理解できたと言っても過言ではない。友彦は井出に同意を示した。

「ですね、確かに。しかし、これ、丸ごと島をスキャンしたんですね。凄い」

感嘆の声を放つ友彦に、井出は苦笑いを浮かべた。

『私たちシンセカイのプロジェクトは、サンプルとしてこの島全体をデータ化してバーチャルの空間にそっくり同じ島を作っているの。とはいえ、今の進展だとようやくアウトラインができた、って感じ。まだ完全じゃないし、場所によってはフィールドデータの実装すらされていないの。ほら、まだ人手が足りているとも言えないし』

「というと？」

『今のメンバーは私を入れて五人。みんな若いけど、優秀なスタッフたち』

井出の背後、バルコニーの奥に数人のアバターが立っているのが目に入った。男女合わせて四人で、ひとりを除いて興味津々と言った顔だ。そのひとり——若い男はこちらを値踏みするような視線を送ってきている。

（他にもログインしているのか。しかし、表情関連のキャプチャーやデータ構築は意外と進んでいるんだな）

感心しながらも、忌避感が募る。アバターとはいえ、こうまで人に注目されるのは苦手だった。なぜ、他者は自身以外の存在に強い関心を持つのだろう。人間とは個でありスタンドアロンなのだから、他人なんて放っておいてもなにも問題ないはずなのに。

『そこに、あなたも加わって欲しいの。あなたじゃなきゃ、駄目なの』

井出が発する音声に顔を向けると、彼女は友彦の耳元に唇を寄せた。

『……落ち着いたら、直接相談したいことがあるの』

相談したいこと？　なんだろう。井出が身を離す。彼女は真剣な面持ちだった。

『お互い、脳科学のスペシャリストとして、あなたのここがどうしても必要なのよ』

彼女は右腕を上げ、人差し指で友彦の頭部を指し示す。

（ああ、この人も脳科学専攻だったな）

今まで忘れていた。文子が期待を込めたまなざしをこちらへ向け、微笑んだ。

――ここで映像は止まった。右隅に〈2023・03・14〉の数字が表示されている。

予期せぬストップに戸惑いながら、友彦はヘッドセットを頭から取った。

微《かす》かに潮の匂いが漂っている。眼球を左右に巡らせた。周りの座席に座った人間たちが、奇異な者を見るような白い目を向けている。不意に襲ってきた下から突き上げるような揺れで、手にしたヘッドセットを落としそうになった。

そこで、今自分がいるのが本土と島を繋ぐフェリー内だったこと、そしてそれはSSSRを開発しているラボへ、研究開発へ向かうためだったことを、思い出した。

すぐ右から、熱のようなものを感じる。一体なんだと眼鏡をかけつつ目を向ければ、こちらの身体に触れそうな距離に、少女の顔があった。

時期的にまだ早い半袖のセーラー服姿で、こちらの手元を覗《のぞ》き込んでいる。大きく開いた目は、檸檬《レモン》形だ。中学生、いや高校生か。少し大人びた瞳をしていた。彼女は長い手足を手持ち無沙汰に折り曲げ、友彦の横の席に膝座りしている。その指先は、友彦の膝の上にあるノートパソコンのキーの上にあった。パソコンの端子から伸びたケーブルは、友彦が手にしたヘッドセットに繋《つな》がっている。

少女の澄んだ声が響いた。

「あの、なにしているんですか?」

語句そのものは標準語だが、聞き慣れないイントネーションだった。語尾が少し上がっているせいか、歌のような調子を感じさせる。訝《いぶか》しんでいると、彼女は上目遣いにこちらの目を覗き込んできた。その無邪気な無遠慮さから思わず目を逸《そ》らし、だんまりを決め込んだ。

答えない友彦に焦《じ》れたのか、少女はヘッドセットとパソコンに手を伸ばしてくる。

「あっ、ちょっと。もう……勝手に」

咄嗟《とっさ》に出た言葉が子供っぽかったせいか、少女が少し笑った。

「……おい。リン。オメェ、なにしとるわけ?」

野太い声が響き渡る。

振り返ると、二階へ上がるエレベーターから降りてきた、いかにも島の男という風貌をした中年の姿があった。

リン。この少女の名だろうか。中年男は、友彦に軽く頭を下げながら少女の片腕を取るとそのまま引っ張っていく。そして、桟敷席にいささか乱暴な扱いで座らせた。知り合い同士らしいが、そうじゃなければ通報案件に見えなくもない。セーラー服姿の女の子を、中年男が無理矢理連れていくのだから。その証拠に、エレベーター近くに立っていた、長い黒髪の若い女性も、なにか含むところがありそうな視線を彼らに向けている。

絡まりかけたヘッドセットのケーブルを捌《さば》きつつ、友彦はパソコンの画面に視線を落とした。これまで見ていたのは、自身がSSRへログインしたときの記憶《ログ》データだ。そのときの思考を含めて再生されていたのである。自分が持つハイスペックのノートパソコンに、簡易的に改造したSSRのソフトを秘密裏に入れていた。だからある程度はモバイルで使用可能になる。バッテリー消費が多くなるのがネックだが。

（しかし、あのとき、特に不具合はなかったな）

井出から送られてきた機密情報には、デナゲート社関係者及び、ラボスタッフ含む他者へ口外せぬこととして、〈ログインなし、ヘッドギアのみで記憶データサンプリングを行うと、場合によっては苦痛やエラーを伴うケースがある〉とあった。だが、少なくとも友彦がこのデータを取られた際、不快さを感じたり、エラーがおきたりしていない。

（そのとき、僕はログイン中だった。だとすれば、やはりヘッドギアのみ、ログインなしで記憶サンプリングのケースだと問題があるってことだ。ヘッドギア、か。ソフトだけ

じゃなく、ハード面での改良も必須ってとこだよな。……しかし)

仮説を脳内に巡らせていても、漏れ聞こえてくるリンと中年男の会話が耳に入ってくる。思わずそちらを横目で見てしまう。

「ホントに気の多いやつじゃや……。知らん男にやたら近づくなっちゃ……!」

押し殺した声で少女をたしなめながら、中年男はチラと友彦に向けて視線を流す。一切疚《やま》しいことはない友彦だったが、思わず目を逸らした。同時に、リンが逆らうように腕を引く。

「おっちゃん、放せよ」

「お前も女ならわきまえを知らんな……。イマジョツキじゃあ言わるっど」

イマジョツキ? 聞き慣れない単語だ。リンと呼ばれた少女も小首を傾《かし》げて、「イマジョツキ?」と訊《き》き返している。

横から、誰かが口を挟んできた。

「サカエ! やたらなこと、口にすみやんね!」

顔を上げると、桟敷席の奥にいる老婆が、中年男に向かって眉根を寄せている。白髪でゆったりとしたムームーのような服を着ていた。

「ユタカミさま、すんません」

サカエと呼ばれた中年男は老婆に向かって、深く頭を下げた。リンが老婆に訊き返す。

「ユタさん、イマジョってなに？」

耳慣れない単語が続けて飛び出してくる。

ユタカミ。ユタ。老婆の苗字がユタで、名がカミ。あるいはユタカミが苗字であり、その短縮形かと友彦は一瞬考えた。が、すぐある言葉に思い当たる。

（ユタ、ユタ神。沖縄や奄美大島にいるという、霊能者……）

以前、研究のために文献を漁ったときに出てきた言葉だ。

俗に言う霊能者・霊媒、その脳の働きを調査研究したという海外の論文があった。結果的にその能力が本物なのか不明な上、脳波測定実験のやり方が適切だったか、など友彦にとって不満足な内容でしかなかったことを覚えている。

その際、関連資料として離島の霊能者・ユタの名を目にした。口寄せと言われる死者の魂を呼び出しての会話、憑《つ》きものや祟《たた》りの対処、各種呪いを行う、とあった。

（魂、ね）

人間に魂があるのか、否か。友彦自身はないと思っている。人の心も、思考も、結局は神経細胞《ニューロン》を流れる電気信号に過ぎないのだから。

ユタ神と呼ばれた老婆が、リンに首を振る。

「いや、知らんでええ。知らんでええ。単なっ島ン伝説サ」

「伝説？　怖い都市伝説？」

不安げに顔を歪《ゆが》ませる彼女を、サカエが呆れたように笑い飛ばした。

「うちン島、都市じゃなかじゃろ」

「なん、それ」

納得がいかないリンは、ふて腐れたように両膝を抱える。

島民同士らしい会話に自分が離島へ向かっていることを実感しつつ、友彦は手にしたヘッドセットを見下ろした。ラボへ参加することを了承した後、開発ツールなどと一緒に送られてきたものだ。受け取り時に本人確認と数回のサイン、各種誓約書確認など手間が掛かった。本人以外への受け渡しミスや、外部流出を避けるために必要なのは理解できているので、大したことはなかったが。

友彦は腕時計を確認する。あと少しで着くだろう。途中で終わった記憶データの続きを見るかどうするか。会話のほとんどの内容は覚えている。フェリーの手持ち無沙汰な時間を潰すために立ち上げたに過ぎない。もう再生しなくて良いだろう。

ただ、さっきの単語がやけに気になる。

(――イマジョツキ)

ユタ神が反応していたのだから、そういった霊能の事例に関するものだと仮定できる。例えば、イマジョと憑きの二つの単語を合わせたもの、か。だがイマジョとはなんだ。フランス語のイマージュ、英語だとイメージという単語が思い起こされた。イメージ、想像、ある事物に対して、特定の想像を働かせること。

（想像憑き、とか？）

イメージしたなにかが取り憑く。否、イメージが心身に及ぼす影響のこと、か。

（……おいおい。僕はなにを考えているんだ）

我に返った途端、友彦は吹き出しそうになった。我ながらおかしな思考に囚われている。ある意味、想像に取り憑かれていると言えなくもない。でも、スピリチュアル、オカルトは専門外だ。

含み笑いのような自嘲を噛みしめていると、汽笛の低い唸りがフェリー全体を満たし、船内アナウンスが流れた。

『ご乗船、ありがとうございます。境島《さかいじま》へは……』

到着まであと少しだ。友彦はヘッドセットのケーブルを巻き取り、パソコンをしまった。

（デナゲート社のラボか）

どんなところか、どんな人間がいるのかなどはあまり気にならない。仮想空間とはいえ、打ち合わせで一度見ているし、人間関係もさほど重要視すべきポイントではないからだ。

思い返してみれば、半年以上前から先方の会社からアプローチを受けていた。一度体感してくれと本社へ呼ばれ、ＳＳＲにログインして井出に会ったのはつい最近の一度だけである。それが開発参加の決定打だったのだが。

友彦は、深い溜息《ためいき》をついた。

(ここまで来て考えることではないけど)

一旦了承したとはいえ、島へ行くことに不満がないわけではない。幾ら研究費に糸目をつけないとはいえ、勤務地が離島である。

正直な話、環境が変わることは避けたかった。いつものルーティンが果たせなくなるのが厭《いや》だったのだ。朝起きてからミネラルウォーターを二百ミリリットル飲む。トースト一枚にバターとイチゴジャムを塗り、牛乳で流し込む。トイレを済ませ、前日に用意した服を着、そのまま研究室で研究をし、昼は近隣のコンビニの食品でカロリーを摂取。研究の目処《めど》が付いたら自宅へ戻り、冷凍食品を温めた夕食を食べ、シャワーを浴びる。研究資料に目を通し、十二時までに寝る……このルーティンをひとつも変えたくなかった。違うことをするのは、気持ちが悪い。それに研究以外の雑事すべてが面倒なのだ。研究だけをして生きていければそれでいいとすら思っていた。

ところが詳細を聞くうち、徐々に興味を引かれるようになった。電気生理学、神経解剖学、分子生物学、脳機能イメージング、脳機能マッピング、計算論的神経科学……自身が追求しようとしているテーマに役立ちそうな部分が多々あった。加えて、島のラボで可能な内容なら、実験も自由にできるらしい。そして、あの仮想空間。あれがとどめになった。

(もっとも興味があるのは、仮想空間へのニューロンネットワーク・リンクだな)

人間の脳をネットワーク上に接続し〈仮想現実上で生活ができるレベル〉の仮想体験をさせる。この最終的な目標を聞いた際、脳にスパークが走った。人間、動物の脳機能をそのまま可視化、データ化しシミュレーター内で運用できるのだ。技術的に人間の脳を並列、あるいは直列で繋ぎ演算させることも可能になる。だとすれば、量子コンピュータとは別の方向で進化する演算機開発の可能性がないとはいえない。行く末は人間の個すら破壊し、自身と他人の垣根すら無くすことも夢ではなくなる。人類の全意識の統合は愚策であるから前提としないが、ヒトの進化の過程に必要な変革がもたらされる、そのきっかけになるやもしれない。

名声が得たいわけではない。脳の研究を通じ、ヒトとはなにか、人間はなぜ存在するのか。ただそれを追求したいだけだった。

知らぬうちに膝の上で拳を握りしめていた。

（なんだ。僕はなんだかんだ言って、少し興奮していたんだ）

大きく息を吐きながら、友彦は立ち上がる。じっと座ってなどいられなかった。珍しく心が沸き立っている。そのまま甲板へ出た。強い風が髪を乱す。蒼い空の向こうに、青みがかった黒い島影が浮かんでいた。碧《あお》い海を切り裂きながら、フェリーは進む。

頭の中で井出の言葉がリフレインした。

〈……落ち着いたら、直接相談したいことがあるの〉

相談とは一体なんだろうか。友彦は空を見上げる。井出の赤いワンピース姿が頭に浮かんだ。なぜそんなに彼女が気になるのか。

ふと、リンと呼ばれた少女のことを思い出した。振り返ろうとしたとき、手すりを握り締めて立っている、若い女性の姿が視界に入る。艶やかな長い髪に見覚えがあった。さっきエレベーター脇にいた人だ。

彼女は、じっと遠くを見つめている。視線の先には島影があった。どことなく、睨《にら》みつけているようにも感じられた。

また汽笛が鳴った。フェリー全体を揺らすような汽笛だった。

００４　邂逅《かいこう》　――　山本春樹

軽くタイヤが跳ねた。車体が揺れる。

また蛇かデカい蛙《かえる》でも踏んだのか。それとも、ロープかなにかを乗り越えたのか。最近、島を運転中にこんなことがよく起こる。

（しっかし、辛気くさいやっちゃなぁ……）

社用のバンのハンドルを捌《さば》きながら、山本春樹《やまもとはるき》は内心で溜息《ためいき》を漏らした。

ちらとルームミラーを盗み見る。

眼鏡をかけた若い男が、バックパックを抱きしめるようにして後部座席に座っていた。押し黙ったまま窓の外を向いて、こちらを一瞥《いちべつ》すらしない。

（ウチのハウスに招いた脳科学のエキスパート、先生、ね）

そうは見えないな、と山本は思った。二十三歳と聞いていたが、それよりずっと若い、いや幼い感じを受ける。〝幼形成熟《ネオテニー》〟という言葉が頭に浮かんだ。

彼を迎えにきたものの、ここまでに交わした言葉は少ない。明確な言葉は最初の「片岡友彦です」くらいだ。他は会釈と「ええ」「まあ」「はあ」だった。正直、苛《いら》ついたのは確かだ。が、コイツは今時のコミュニケーションを重視しない若者なのだ、と無理矢理自身を納得させた。

(まあ、俺がオッサンになった、ちゅうことか)

山本は今年三十二歳になった。未婚だが、それなりに人生経験は積んできている。別の会社に在籍していたところ、デナゲート社に引き抜かれたのは去年だった。が、こんな離島に配属されるとは思っていなかった。

(まあ、島に来たお陰で気楽な格好やけどな)

アロハ風の開襟シャツに七分丈のパンツ。髪型も自由だから、もしかしたらバックパッカーに見えるかもしれないと自嘲する。

(島の空気が悪いんや。誰も彼も緩んどる)

窓の外に視線を流した。今日も海が碧《あお》い。空は広く、澄んでいる。白い砂浜は、繰り返す波を物言わず受け止めていた。

いつもと代わり映えしない風景だ。この島へ来てまだ半年くらいだが、すでに見飽きてしまった。豊かな自然と旨《うま》い食べ物。のんびりと流れる空気。どれも素晴らしい。もちろん余所者《よそもの》に警戒する島民も多いが、それなりに人間関係も構築できてきた。が、やはり刺激が少なく停滞した生活であることも確かだった。都会の雑踏やネオンが懐かしくて仕方がない。特に高層ビルを直《じか》に見たくて堪《たま》らない。

（しかしなぁ。シミュレーション完成まで、島、出られへんしなぁ）

山本は友彦に気取られぬよう、深い溜息を吐く。念のため、ミラーを覗《のぞ》いてみたが、相手は外を眺めたままだ。こちらには一切の関心を払っていない。

（完成まで、どれくらいかかるんやろ）

嫌気が差す。だが、仕事は仕事だ。早いところシン《S》セカイ《S》・シミュレーション《S》・ルーム《R》完成の目処《めど》を立てて自分の役割を果たし、東京へ戻れるように動くのが現実的な選択だろう。そのためには、後ろの片岡友彦――脳科学のエキスパートに頑張ってもらう必要があった。

「片岡先生、島、暑いでしょ？　四月とは思えない気温、叩《たた》き出しよるんですわ」

お追従のように声をかけてみた。が、相手の反応は鈍い。

「島は毎日上り下りで船ェ、一本ずつしか出よりません。凄《すご》いでしょ？　ああ、そういえば、去年は例を見ないほどひどい台風が来たらしいですわ。とんでもないやつ。今年はほどほどのやつならいいんですけどね」

はあ、と、やはり生返事が返ってくる。

「なんで島なん？　って思わんかったですか？　ＩＴやのに」

「……いえ、別に」

明らかに話題を打ち切りたそうな雰囲気が滲《にじ》んでいる。

「思えへんかった？　あ、そですか」

相手に引導を渡されるくらいなら、こっちから会話の幕引きをしよう。それが大阪人の矜持《きょうじ》や、と身を引いたときだ。

「――まあ、帯域が確保されてネット環境があれば、都会と遜色ないですよ。シンセカイは現状ではクローズドな開発環境だし、物理的に隔離されている状況である離島はセキュリティ面から、むしろＩＴ企業向けです」

ルームミラーを見ると、相変わらず友彦は外を眺めている。それでも、これだけ長い言葉で答えてくれたことが、なんだか嬉《うれ》しくなってしまった。

「そ、そぞ！　せやねん。確かにせやねん」

思わず声が跳ねた。

「この島な。大手の携帯アンテナは立っとるし、ネットも開通しとる。でも、ハウス――ラボにある機器は外部と物理的に繋《つな》いでいない。ラボ内の回線は基本ＬＡＮで完全にクローズや。外部には一切繋がないことにしとる。特例で繋ぐことはあったけれど。あ、知ってますわな。それでも繋ぎ終わったら、ケーブルを引き抜いてカットや。後はまあ、ラボから離れた所にある機器やと、物理的にケーブルを引いて這《は》わせて、繋がなあかんからな」

「物理的？　ああ、ＬＡＮケーブルで、ですね。何メートルかわかりませんが、当然信号の劣化、減衰対策にコンバータをカマして、光変換して……」

「そうそう！　外部の業者を呼ぶのも高ぅかかるし、そもそもすぐにけぇへんから、全部俺らでなぁ。こういうハード設置面での仕事があるって、聞いてへんかったし。でもケーブルとコンバータを保護したり隠したりするのに、結構手間かかっとんのよ。その割にまだ使うてないし。でも、そのうち使う可能性があるから、言うて」

「だとしても、現状は最先端のハードと技術が島内で過不足なく使える状態ですね」

思ったより話が弾む。興味があることなら話す性格なのだろう、この友彦という男は。

（これなら上手くやれるかもしれへんな）

山本が手応《てごた》えを感じたとき、友彦がぼそりと漏らした。

「ただ、非科学性も同居してる……」

ルームミラーの中で友彦は眉間を指でさすっていた。その目は窓の外の一点を捉えている。

車は海沿いから離れ、集落側へ入っていた。ラボへの近道だからだ。

この島の住宅は、握り拳より少し大きいくらいの石を低く積んだ塀で仕切られていることが多い。また、昔からある家は潮を含んだ風や台風対策で屋根が低く造られていた。一部には武家屋敷や豪農の屋敷跡も存在し、当時の島の歴史を忍ばせている。

そんな家々の合間にひっそりと建つ鳥居を、友彦は見つめているようだった。

「ああ、多分、近くにユタの家があるんですわ」

「ユタ？」

なぜか初耳という風ではなく、既知の単語を訊《き》き返すような響きがあった。

「呪《まじな》い師、ちゅうか。いわゆる地元ゆかりのシャーマン、ってヤツやね」

島独特の宗教があると、赴任する前に山本は聞いていた。特段興味もないので聞き流していたが、実際島に渡ってみるとユタがいかに地域にとって重要な存在を担っているか理解できた。島民の日常に溶け込むように、非日常である呪い師がいるのだから。

（そういや、島の人間から聞いたなぁ）

江戸幕府の時代、ユタは弾圧の対象になった、と。宗教は植民地支配の障害になるからだ。ユタは晒《さら》し者にされ、辱められたとも聞く。同時期に刀狩りも行われ、島民は力を削《そ》がれた。それだけではなく、ほとんどの島民は農民にされ、重い年貢を課せられたようだ。

（それでもユタは現在まで生き残っとる。その辺り、興味深い）

今、この島ではユタがいる家のそばに鳥居が建っている。宗教形態的に純然たる神道ではないことは明白だが、元からあった島の信仰とすでに融合してしまっているのだろう。今では鳥居がユタのいる家の目印代わりになっていると言っても過言ではない。これまで集落ごとに一軒はそんな家を見た。島の人口は二千人前後で集落数は六つほどあるから、少なくとも六人のユタがいるはずだ。現にハウスからそこまで遠くないところにもユタは住んでいるらしい。

「今も数人いるらしくて、この島の連中、なんや困りごとがあると頼っているようやし。医者よりユタ神様やあ、言うて……」

口にしてみて、改めて友彦の発言を理解できた。確かに非科学的だ。

「まあ、俺らとは真逆にある世界の話ですワ」

「そうですね……呪い師の存在は、どうやっても非科学的だと思います」

そこまで話すと、友彦はまた黙り込んだ。なにか気分を害すようなことがあったのか。それとも非科学の象徴であるユタについてなにか思うことがあるのか。はたまた、ただ興味を失っただけなのか。

（気分屋なんやろか？）

山本は呆《あき》れたように口を閉じ、アクセルを少し深く踏み込んだ。白いバンは細かく揺れながら狭い集落を抜け、港と対角線上にある海側へ走っていく。

また、タイヤが跳ねた。バックミラーに映る路面に、細長いものが映っている。蛇かロープか、それとも……。わからない。

木々の隙間を縫うように、輝く海が姿を現した。ハウスはもうすぐそこだった。

「着きまっせ」山本はそう言って、低い塀に挟まれた路地にバンを乗り入れた。

木に囲まれた建物が見えてきた。目的地であるシンセカイ・シミュレーション・ハウスだ。木々は榕樹《ガジュマル》という品種であり、亜熱帯地域に多く生息する。ギチッと密集するかのように上下左右に捩《ねじ》れた独特の枝と幹を伸ばしていた。

ハウスの前にはサイドとバック以外が禿《は》げた、痩せた老人が箒《ほうき》を手に待ち構えていた。腰には、鞘に収められた大ぶりの鉈《なた》がぶら下がっている。

世話係の新納《にいろ》シゲルである。スタッフはみな、シゲさんと呼んでいる。井出が選んだ人材だ。今年七十一歳になるらしいが、実年齢より老けて見える。長年、島の日差しと潮風に晒されているせいかもしれないが、それ以上に漂う陰気さがそれを助長させていた。学校の用務員を思い起こさせる、と山本はいつも思う。本人から聞いたが、彼はこの島で生まれて、一度も島外へは出ていないらしい。地方の老人によくある話だろう。

ハウス自身の外観は小綺麗《こぎれい》だが、若干年季の入った木造である。例えるなら、東南アジアのゲストハウスのイメージだ。

(と、言っても、中は鉄筋コンクリやし、各種機材がセッティングされとるから、外見よりイケとるけどな。コイツも驚くやろ)

山本は後部座席の友彦をミラー越しに一瞥した。

ここはデナゲート社が島にあったゲストハウスを買い取り、リノベーションしたもので、スタッフからはラボ、あるいはハウスと呼ばれている。もちろん建物に手を加える際、様々なセキュリティも導入している。〝電子の城〟と言えなくもない。

サイドブレーキを引くと、シゲルが近づいてくる。腰の鉈が揺れた。以前、ガジュマルの根元に置かれていたのを手に取ろうとしたとき、彼が烈火のごとく怒りだしたのを思い出す。表情が希薄な彼が珍しく感情を露《あら》わにしたことに、心底驚いた。だから今も強く印象に残っている。平に謝って赦《ゆる》してもらったが、シゲルにとってあの鉈はとても大事な物だとよく理解できた出来事だった。

（しかし、シゲさんもアレやが、コイツも大概やな。表情が薄い）

そう思いながら、山本は運転席側のドアについたボタンを押す。後部座席のスライドドアが開いた。ぎこちなく降りかけた友彦の手からシゲルがバックパックを受け取ろうとしたのが、サイドミラーに映った。が、彼はすぐさま拒否を表した。

「あの、これは大丈夫です」

声は小さいが、明らかに強い拒絶だった。思わず振り返ってしまう。友彦の失礼な態度にもシゲルは薄く笑みを返し、他のスーツケースを運んでいった。

（なんや、大事なもんでも入っとるんかいな）

後ろの席を見やりながら、山本は友彦に声をかけた。

「あれ、シゲさん。俺らの飯、洗濯、掃除、なんでもよぅ動いてくれはる人なんで、片岡先生もなにかあったら遠慮無く……」

こちらの言うことを聞いているのか聞いていないのか、曖昧な返事が返ってくる。シゲルの背中を追うその目には、自分の荷物をぞんざいに扱わないだろうな、という疑いの色が浮かんでいた。

内心で舌打ちしながら山本がバンを降りると、友彦もノロノロと後に続く。

「ようこそ、シンセカイ・シミュレーション・ハウスへ」

山本の声に、友彦は首をすくめるようにしてうなずいた。

００５　対面　――　片岡友彦

ラボ内は明るく、空調が効いていてとても涼しかった。

外観から想像するよりも広々とした部屋で、友彦はほっとひと息吐いた。長い時間乗り物に揺られっぱなしだったため、三半規管に影響が出ている。

入り口の木製ドアは見た目と違ってＩＤカードによる解錠方式になっていた。

エントランス、と言うには狭い玄関框《がまち》から先へ進むと、ローテーブルやソファ、クッションなどが置かれた部屋がある。他には本棚や大型ディスプレイ、ウォーターサーバー、珈琲マシンが備えられていた。企業によくあるリフレッシュスペースだろう。アメリカの巨大ＩＴ企業や映画制作会社が、社員のパフォーマンスを高めるために作っているものだ。中にはボルダリングやスポーツが楽しめたり、ゲームをプレイできたりする施設を置く会社もあるらしい。確かにそれらが仕事に関して一定の良い効果があることを、友彦は知っている。

その後、日本国内で似たようなことをやる会社が一気に増えた。

（デナゲート社も同じ、か）

悪いことではないが、型にはまっているだけとも言えた。最先端の研究と開発を行う会社にしては工夫が足りないような気がしないでもない。それに、そのスペースが完全に仕事と切り離されていないのも問題だ。本棚にはIT関連、脳、感覚器官などに関する資料に混じって、仮想現実と現実世界を融合させるXR（クロス・リアリティ）の書籍も並んでいた。これでは完全なリラックスを脳に与えられないだろう。

友彦の不満に気づいたかどうかわからないが、山本が振り返る。

「あ、これ。プライベート用のスマホとかタブレット、レンズが着いたもん全部に貼っといてや」

彼の指に、レンズ封印シールが幾枚か挟まれている。産業スパイ対策として普及しているタイプだ。セキュリティ意識の高さに少しだけ感心した。

「ハウス内だけでええから。外に出たときだけは剝がしてもオーケー。あと、毎朝と仕事上がりのとき、剝がしてないか全員でお互いをチェックするんで。ラボ内は撮影厳禁っちゅうことや。これ、一度貼った後に剝がすと、わかるようになっとるからね」

徹底した対策だ。山本は口の端を歪《ゆが》めるように上げた。

「会社は俺らを信用しとらん、ちゅうことや。あと、キッチンと浴室、トイレは共用」

そこまで言うと、彼はくるりとターンするように身を翻し、大声を上げた。

「みんなー、脳科学の大先生、ご到着やでぇ」

先生と呼ぶのはやめてほしい。自分は先生でもなんでもない。ただの研究者なのだから、と友彦は考えたが、口に出さなかった。これまでの経験でわかっている。自分のこんな物言いを、ヒトは嫌味だと捉えるのだ。

そんなことを考えているなど露知らぬ山本は、わざとらしい動きを繰り返した。

「あれ？　下かな？」

他のスタッフを探しているのだろうが、ここに自分と山本以外いないのは見ればわかる。もどかしさの中、何気なく向けた目の先、窓の向こうに見覚えのある場所があった。赤いワンピースを着た女性の姿が蘇《よみがえ》った。仮想現実内で井出と会ったウッドバルコニーだ。記憶と比較してみたが、再現率が高い。

（結構モデリング、頑張ったんだな）

あれから一ヶ月強過ぎている。現在の開発状況が早く知りたい。ふと視線を壁に移すと、そこにはこの島の地図らしきものが貼ってあった。数ヶ所にマーカー代わりのピンが刺されている。

その近くの棚には、一枚のスナップが飾ってあった。赤いワンピース姿の井出と何人かが写っている。その中のひとりは山本だ。他に若い女性二人と同じく若い男性がひとり並んでいる。ＶＲでのミーティング中こちらを窺《うかが》っていた連中だ。これがハウスのメンバーなのだろう。

「……どうかしましたか？　こっちですわ」

山本に促され、リラックススペース脇にあるドアへ案内される。

「ＩＤカードで解除後、ここから地下へ行きます。下が研究室兼シミュレーションルーム、ラボですわ」

ノブが引かれた。空気圧の差で少し重いようだった。密閉度が高い証拠だ。なにやら声を上げながら、山本は扉を大きく開いた。

扉の奥は、ＬＥＤ照明で照らされた階段が下へと伸びていた。

階段の左右の壁はコンクリート製で、堅牢《けんろう》な造りだ。

ステップを降り終えると、ドアがもうひとつ姿を現した。こちらもロックがかかっている。やはり重いのか、山本はわざとらしいリアクション付きで引っ張るのに苦労していた。

ドアが開くと、冷たい空気が流れ出す。

「ちょい寒いかもしれんけど、堪忍な。コンピュータは熱に弱いから」

山本が片手を立て、顔の正面に持ってくる。

友彦は軽くうなずくと、周辺のチェックを始めた。

内部は数々のマルチディスプレイモニター、デスク、キーボード、チェア、各種コンソールがところ狭しと置かれている。またＶＲゴーグルとヘッドギア――シンセカイ・シミュレーション・ヘッドセットとそれを繋《つな》ぐ機器が何台も設置済みだ。他にはミーティング用か、ホワイトボードが立てられていた。まさにラボの雰囲気があった。

「よう、先生を連れてきた」

山本が声をかけた先に、三人の男女がいた。さっきの写真にいた顔ぶれだ。

眼鏡にパーマ頭の、中肉中背の男性。背が高く、手足が長い長髪の女性。それよりも背が低く、髪が短い女性。どれも若い。全員、南国にふさわしい開放的な服装だ。元よりこの服務規程に服装のルールはないと聞いていた。だから問題ない。

「片岡友彦君ね？　私、深澤未央《ふかざわみお》」

背の低い方の女性が名乗った。続いて背が高い女性が軽く頭を下げる。

「シンセカイへいらっしゃい。三浦葵《みうらあおい》です」

最後に、眼鏡の男性が身体を小さく上下に揺らしながら近づいてきた。

「どうも。お噂《うわさ》はかねがね」

彼はぞんざいに右手を突き出してきた。

「俺はコージ。北島弘治《きたじまこうじ》。普通にコージで呼んでくれたら……」

それぞれの外見と名前は紐《ひも》づけし終えた。友彦は相手の握手の要求を無視して、もう一度周りに目をやった。北島は虚を衝《つ》かれたように固まっている。

「あの、僕のデスクってどこですか？」

こちらの問いに、三人の男女が顔を見合わせる。それぞれ、なにか言いたげだ。

山本が乾いた笑いを上げた。

「あははは……」

「センセ、ここ――ハウスはアットホームさがウリや。だから、皆、下の名前で呼び合う。未央、葵、弘治、そして俺は春樹って呼んでくれ」

未央。葵。弘治。春樹。大丈夫、インプットした。

「わかりました。で、僕のデスクは？」

未央がデスクのひとつを指差した。

「ねぇ……。先生、そこでいい？」

天板の上に、ディスプレイ二つ、キーボード、マウスが整えられていた。友彦はデスクに座るなり、キーボードとマウスのコネクタを抜き、脇へどかす。そしてバックパックから愛用のノートパソコンと、キーボード、マウスを取り出した。それらを手早くセッティングしていく。

「え、ていうか、うちら初めましてで、だよね？」

困惑した表情で未央は葵に問いかけている。弘治は諫《いさ》めるような口調で指摘してきた。

「ね、キミ。あのさ、せめて挨拶くらい」

そんなことに今、反応している暇はない。早急に作業を始めなくてはならない。時間には限りがあるのだから。数度キーを叩《たた》いて現在の設定を開く。

「あれ？　なんだ。まだシステムユーザーのままか」

弘治が聞こえよがしに舌打ちを鳴らす。

バックパックの奥を漁りながら、友彦は周囲に訊《き》いた。

「僕のユニットってどこですか？」

答えはない。だが同時にケーブル類の先を目で辿《たど》っていた友彦はすぐにパソコンの筐体《きょうたい》を見つけることができた。

「すみません、開けます」

シャットダウンし、パネルカバーに手をかける。弘治が声を荒らげた。

「ちょっと、お前さあ！」

気色ばんで近寄ろうとする彼を、首を振りながら春樹が止める。

友彦は外したカバーをデスクに置き、周りを見回した。剝《む》き出しの金属が近くにない。ならば、と持っていた静電気除去のキーホルダーに触れた。静電気は電子機器にとって害悪でしかない。続いて取り出した自前のグラフィックボードの梱包《こんぽう》を解き、ボードに刺した。パソコンを再起動させながら、友彦は立ち上がり、軽く頭を下げた。

「みなさん、よろしく」

＊

頭上には雲が流れている。

打ち寄せる波が砂浜を濡《ぬ》らす。波音を運ぶように、沖から風が吹いてくる。

振り返ると、ハウスのウッドバルコニーが見えた。

「あれ……なんや！　これ！」

春樹が素っとんきょうな声を上げている。両手で自分の顔や肩、腕を撫《な》でさすったり、叩いたりを繰り返していた。

その横では、未央と葵が信じられないという様子で上下左右に顔を向けている。二人は両腕を広げて胸一杯空気を吸い込んだ後、顔を見合わせ、ほぼ同時に同じ台詞を吐いた。

「潮の香り！　匂い、感じる！　スゴぉい！」

葵は小躍りしそうな勢いで興奮している。そんな女性二人の両脇で、春樹も弘治もうなずいている。

「ほんまや、な」

感心した様子で呟《つぶや》く春樹の顔を、友彦はじっくり確かめる。テクスチャにもモーションコンにも崩れはない。

ラボにいた五人は、シン《S》セカイ《S》・シミュレーション《S》・ルーム《R》内にログインしている。

友彦が作成した新規プログラムとシステムのチェックのためだった。

「おいおい。風、いや空気の抵抗まであるで」

「あ！　ほんとに。わかる！」

春樹は右手を左右に振っている。葵も腕を広げながら、くるくると回転して笑っていた。

（うん、かなり遠いところまでクッキリ見える。視覚も問題ないな）

友彦のアバターは眼鏡をかけている。しかし、レンズに度は入っていない。外見のみのただのアクセサリパーツだ。ＳＳＳＲだと、脳に直接アクセスしているので映像情報は脳にダイレクト入力される。視覚情報を得るのに、視力は関係ない。やろうと思えばアバターの機能として目にマクロレンズや望遠レンズの機能を持たせることも可能だ。

（まだそこまでやっていないけれど）

眼鏡のパーツ設定を〈ログイン中は非装着〉に設定し直し、友彦は新規に入れた機能のチェックを続ける。そこへ弘治が声をかけてきた。

「これ、お前がひとりで？」

「ええ。でも、こんなに上手く共有できるとは」

「どうやったんや？」

横から春樹が口を挟んでくる。

「特定の匂いや感覚の視聴覚情報が、感情や記憶を呼び起こすプルースト効果を、逆に利用できないかと。要は、海馬の信号から大脳皮質の視聴覚領域が同期できるよう、ヘッドセットからの情報に混ぜ込んで記憶の痕跡を活性化させたんです」

　春樹は曖昧にうなずいた。

「はぁ、そんなことが……」

「鼻――嗅粘膜《きゅうねんまく》で実際に嗅いでいるわけではなく、脳に記憶の再現をさせたものをシミュレーション内で再生している、と考えて下さい。とはいえ、できるのは、まだ潮の香りみたいな、誰でも体験したことのある感覚だけで、極めて個人的な感覚から生じるものとかは難しいんですが」

　説明を重ねつつ、友彦は新たな仮題に頭を悩ませた。潮の香り。誰でも体験したと言ってはみたものの、それは正しくない。例えば、事情があって海辺に足を運んだことがない人間だっているはずだ。体験していない人間に対し、ありもしない記憶の痕跡を活性化させるなど不可能でしかない。知らない体験を仮想現実内で全ユーザーに共有させるには、まったく別の方法が必要だ。それにプルースト効果――特定の香りと、それに結び付けられた記憶や感覚を想起させる現象――が悪い方へ働く場合もある。今回のように潮の香りをポジティブに捉えるだけの人間なら問題はないが、そうではない者も存在するに違いない。例えば潮の香りから嫌悪感やトラウマを呼び起こされる者もいるだろう。リミッターを掛ければいいのだろうが、脳の働きは時として予想外の事象を引き起こす。慎重にならざるをえない。

それにまだまだ現在の環境では処理が重い。フレームレートもテレビ番組程度しか出ていないので、もっと上げたいところだ。さらにレイヤーを——いや、それ以前の問題で、やりたいことにハードの性能が追いついてくれない。早く量子コンピュータが実用されれば、と常々思う。最近、実用化の目処《めど》が立ったという情報も耳にしたが——。

(まだ、問題は山積だな)

顔を上げると、他の四人は呆《ほう》けたようになって言葉を失っている。

「ああ、そうだ。皆さんが緻密に再現された、この島のプラットフォームが無ければ、ここまで成立しなかったと思います」

友彦の言葉は、これまでの経験則に照らし合わせた、社会での如才ない対応のひとつだ。だが一方で、本心からの言葉でもあった。思ったよりソフトの開発が進んでいたからである。

以前自分が打ち合わせをしたときと比べても、かなり手が加えられていた。地形は衛星スキャンによりかなりの範囲をカバーしている。さらに開発の手が入ったエリアは、実写とほぼ遜色ない描画や3Dモデリングに仕上がっており、同世代のVRソフトと比べても、群を抜いていると言っても過言ではない。

(とはいえ、いろいろ手を加える必要はあったけど)

まずアバターに五感のうち足りないものを足した。

視覚と聴覚はそれなりに稼働していたので、未完成だった触覚と嗅覚の要素を加えた。お陰で吹く風の抵抗や潮の香りをアバターで捉えることが可能になった。各種オブジェクトを利用して、プルースト効果に頼らない部分を作り出したとも言えるか。

味覚の実装はあと少しで終わりそうだが、少し困った点があった。シンセカイ・シミュレーション・ルームで味覚機能をオンにし、データ化した食事を摂取した場合、〝実際に食べた〟と脳が認識し、空腹感というシグナルを出さなくなる可能性についてだ。当然、現実世界の身体もそれに従い、栄養を摂取していないのに〝食事を終えた〟と思い込む。しかし、実際の人体は飢餓状態に陥っている。当然、生命活動に影響を及ぼすことは想像に難くない。

数時間毎に〈休憩を入れ、食事を摂《と》って下さい〉とアラートを表示する対策も考えたが、それだとせっかくのSSSRの特徴である、現実世界のような仮想現実という演出が台無しになってしまう。だから、味覚を入れるにはもう少しアイデアを練る必要があった。

もちろん、友彦が補足したのはこれだけにとどまらない。

物理演算エンジンを新たに入れ直した。物理演算エンジンとは、力学の法則に則《のっと》って物体の動きをシミュレーションするプログラムである。当初実装されていたものだと、アバター及び周りのオブジェクトのステートに加え、自然現象の表現がおかしすぎたのだ。

具体例をあげると、砂浜を歩けば足下が砂の中に沈むはずだが、それが一切ない。それどころか、どこを歩いても同じように柔らかいカーペットの上を歩いている感覚だった。石を投げれば放物線を描いて落ちるのが当たり前なのに、軌道があまりにも不自然すぎた。突然直角に落ちたり、水平線の彼方まで飛んでいったりと、おかしな挙動を見せる。石と石をぶつけたときも同様で、離れた場所にある別のオブジェクトが動くこともあった。それだけではない。風が吹けばアバターの髪や衣服が揺れるが、風向きを無視して動く。手に取った浜辺の砂を口で吹いても、吹き飛ばない。焚火《たきび》のオブジェクトを設置してみたが、炎の揺れはただ同じアニメーションを繰り返しているだけで、風の影響もなければ水を掛けても消えることがなかった。もちろん、薪に火を移して他のものを燃やすことも不可能だった。

これらを解消するため、友彦が以前から開発していた物理演算エンジンを実装したのだ。これにより様々な物理現象に加え、自然の影響をもシミュレーション内で再現できる。

砂浜を踏めば足裏は埋まる。足を離せば、足跡が残る。残った足跡が波で消される。時折起こる大きな波が足下を濡らし、濡れた場所に水滴と砂がつく。ついた砂を払い落とせば、一粒一粒が違う動きで下へ落ちていく。燦々《さんさん》と照る太陽と乾いた風は、湿った肌を乾かしていく――。

さらに現実世界へ近づいた、と言えよう。

（だけど、まだまだだな。もっと研究を重ねないと。接触インピーダンスも……。ヘッド

セットを始めとしたハード面のアップデートも同時に進めなくてはならない）

デナゲート社が開発したヘッドセットは、ヘッドギア部とゴーグル部で分離できるようになっている。脳波及び記憶サンプリングのみならヘッドギアだけで十分だが、ログイン時にゴーグルは不可欠だ。ゴーグルにあるモニターから視覚情報へ光信号を入力させることで、脳をネットワークと接続させるための状態を作り出す。またゴーグル部の外部に小型ＣＣＤカメラユニットが仕込んであり、ＡＲ（拡張現実）用に活用できるようになっていた。

（更なる小型化。いや、デバイスそのものの新規開発をした方が楽か……）

思案に暮れた友彦の視界に、誰かの足が入ってきた。顔を上げると春樹だった。

「片岡友彦。自分、凄《すご》いわ。まじで先生って呼ばれるだけのことはある！　たった数日で、ここまで変更を加えられるとは……！」

春樹が友彦の肩を叩いた。衝撃と痛みが伝わってきた。触感プログラムは上手く動いているようだ。春樹自身も、自分の掌《てのひら》を見つめ、何度も握りしめては開いている。

「自分、脳科学の先生やろ？　でも、なんでこんなにプログラムにも詳しいんや？」

「あ。えっと、僕は元々プログラマー志望だったから。それに開発ツールももらっていたので、事前にある程度は準備をしていましたし」

納得したような、してないような顔で春樹はうなずき返してきた。

「ええなあ、天は二物を与えるんやな。プログラム能力と、脳科学の先生と」

そう、友彦は以前、プログラマーを目指していた。始まりは小学校低学年の頃だったと覚えている。確か些細《ささい》なきっかけで、世の中の理《ことわり》をプログラム言語に落とし込み、自らの手で世界を作ってみたくなったのが始まりだ。が、その途中で人間の脳にも興味を抱いた。脳に走る電気信号——プログラムはどうなっているのだろう？　と疑問に思ったのがきっかけだ。ひとつの物事に集中してしまう性格もあって、たちまち研究にのめり込んだ。そして気がつくと脳科学のエキスパートと称され、先生と呼ばれるようになっていた。ただ、先生と呼称されるようなことはなにひとつしていない。自分の知的好奇心から生じた知識欲を満たしていただけなのだから。

（僕は、先生なんかじゃない。ただのエゴイストだよ）

口に出さず、春樹のアバターを目で追っていると、突然横から弾《はじ》けるような声が上がった。

「友彦君、凄い！」

いつの間にか葵が隣に並んでいた。屈託のない笑顔がそこにあった。友彦以外の全員が、拍手を始める。無意識に眉間をさすった。

（……ん？）

全アバターの手首に赤い数字が浮かんでいた。管理者モードを切り忘れていたのか、無意識にオンにしたのだろう。しかし、それぞれに割り当てられた数字に違和感を覚える。

弘治が001。未央が002。葵に003。春樹にCHIEF。友彦自身は004だった。

（IDナンバーの割り振り、か……しかし）

以前、井出とVR内で会ったとき、チーフは彼女だったはずだ。春樹は別のプロジェクトチーフ、ということなのか。

考えてみれば、アップデートに夢中になる余り、井出のことを忘れていた。現在ラボ内にいないということは、入れ替わりで本社にでも行っているのだろう。そういえばそんなことを聞いていたような気もするが記憶は定かでない。彼女はこちらに相談があると口にしていたが、急ぎの案件ではなかったのだろうか。

（……そこまで優先順位は高くないと考えた方が無難だ。まあ、そのうち会えるだろうから、そのとき聞こう）

意識を切り替え、各スタッフのIDデータと所属を再度確かめようとした瞬間、友彦の前に立つ四人の顔が歪んだ。

テクスチャが崩れ、醜く歪んでいく。続いてアバター本体のモデリングも変形を始めた。モーフィングと言うには、あまりにランダムで荒々しすぎる変化だった。

バツン、と太いロープかチェーンが切れるような音が耳を襲う。

途端に視覚情報が途切れ、ブラックアウトした。

どこかへ強く引かれるような、落とされるような感触が全身を貫く。

視覚が復帰していくにつれ目の前に広がる状況に、友彦は困惑した。

(……なぜだ)

周囲が夜の闇に包まれている。さっきのフィールドは午後一時、晴天の設定だったはずだ。一瞬狼狽《うろた》えたものの、すぐに冷静さを取り戻し、周囲を確かめる。

空には星ひとつなく、目の前には墨のように黒い海が広がっていた。足下は柔らかい砂浜だ。陸地側を振り返るとシンセカイ・シミュレーション・ハウスも、そこに設えられたバルコニーも姿を消している。

代わりに粗末な平屋があった。海に向いた側の引き戸が大きく開く造りのものだ。左右に低木が茂り、その後ろは背の高い木で覆われている。

シミュレーションの最新バージョンにあんな家のデータがあったか、覚えがない。

(過去のフィールドデータを呼び出した……。いや、プログラム上のバグが出たか)

ふと自身の右手首に目を落とす。そこには004のIDナンバーが赤く浮かんでいた。

表示を消し、顔を上げる。管理者権限を使って一度ログアウトしようかと考えたが、やめた。この状況を精査しておきたかった。自分が元のシステムにいろいろ手を加えたせいで不具合が出ていてもおかしくないからだ。もしこれが致命的なバグであるなら、全体的にデバッグ作業を繰り返さなくてはならない。

友彦は自分のアバターに異常がないことを確認し終えると、件《くだん》の家へ足を向けた。

近づくにつれ、臭いが気になりだす。微《かす》かな悪臭だ。

（これ、なんだ？）

覚えがあった。記憶を呼び起こす。

（ああ、あのときの）

脳死状態の病人や、寝たきりの老人の脳の動きを調査したしたときに嗅いだことがある。床擦《とこず》れの傷や糞尿《ふんにょう》など、生命活動の汚穢《おわい》を含んだ饐《す》えた臭いだ。

まさにプルースト効果だなと納得しつつも、疑問が湧く。なぜ、この周辺にそのような臭気データがあるのか。なんらかの理由、例えばリアリティを上げるための実験であるなら、その理由が知りたい。

友彦は、目の前にある家の前に立つ。

開け放たれた戸口に顔を突っ込んで、中を確かめた。現実世界なら不躾《ぶしつけ》な行為だが、ここは人間の手で作られた仮想現実空間だ。問題はない。ただし、普段の友彦もこれと似たような行動を取る。仮想現実だろうが、現実だろうが、周りを気にしないのだ。

（結構、作り込んでるな）

友彦はわずかに感心した。暗い家の中は生活感に溢《あふ》れている。

畳敷きの居間の中は食器棚やちゃぶ台が並べられている。その隙間を縫うように酒瓶、ペットボトル、雑誌が無造作に置かれていた。さっき嗅いだ臭いもより強く漂っている。

（光源処理、少し不自然だな）

夜、それも明かりの点《つ》いていない家屋の中だと、現実ではここまで視認できないはずだ。が、視覚補助はオンにしていないのに、よく見える。

（もしかすると、ユーザーが見やすいようにチューニングしてあるのか？）

だとすれば納得がいくが、わずかな引っ掛かりも残る。完全なリアリティを追求するか、ユーザービリティを優先するか。どちらを優先すべきかを悩む中、友彦の嗅覚機能に強い刺激が与えられた。

きつい潮の香りだ。なまぐさい蛋白質の分解臭——腐敗臭が混ざったような異臭である。

臭いの発生源を探っていると、視覚機能がなにかを捉えた。

家の奥。濃い闇の中に、それより一際黒い人影が浮かんでいる。

男だ。

垂れた前髪、うなだれた顎先、だらんと力なくたらした腕。頭から足の先まで、全身から水が滴っている。

その後ろ、男のズボン越しに、赤い裾と白く細い足が覗いた。

女——だろうか。やはり濡れそぼっていた。

戸惑った間隙を縫うように、女の爪先が動いた。裸足だった。漆黒の中、水を含んだ赤い布地が重そうに揺れると、白く艶《なま》めかしいふくらはぎが男の両足の間から、するりと前に出てくる。その滑らかで淫猥《いんわい》な動きは、水中で身を捩《よじ》る海蛇を思わせた。

思わず女から視線を外した。ダメだ、見てはいけない。脳がそんな指令を出す。理由は説明できない。後退《あとずさ》りながら急いで家から離れた。

しかし、音が追いかけてくる。

濡れた布地が水滴を撒《ま》き散らしながら揺れる音。床を摺《す》り足でこすりながら、ノロノロなにかが近づいてくるような音。そして――すべてに重い鎖を引き摺るような金属音が混じっている。

頭に浮かんだのは、ずぶ濡れの女が探るように両手を突き出しながら、こちらへ向かってくるイメージだ。それも、胴体か足に鎖が巻きついた姿だった。

伏せた目の端に、赤い裾を蹴る白い足首が這入《はい》ってきた。砂にまみれていた。

(ダメだ、見てはダメだ)

踵《きびす》を返して、走って逃げたい。しかし、相手に視界は向けておきたい。相反する思考のせいか、冷静な判断が失われつつあった。

後ろ歩きのまま逃げた。顔を上げてはならない。直視してはならない。下へ向けた目に砂浜を辿々《たどたど》しく踏む女の白い両足が映る。

追われている。息が詰まりそうだ。アバターなのに、全身で荒い呼吸を繰り返してしまう。

足下に冷たさと水の感触が伝わった。

いつの間にか波打ち際まで追い込まれていた。思わず顔を上げた。

闇を切り取るように、赤い服を着た女が、すぐ目の前にいた。

水の滴る長い髪がその顔を隠している。白い腕がやけに長い。下ろした手が膝の横にある。裾から覗《のぞ》いていた血の気のない足が、おもむろに動いた。

反射的に逃げた。足が縺《もつ》れる。たたらを踏んでそのまま後ろに尻餅をつき、海に転がり込んでしまう。冷たい水が全身に染みてきた。

体勢を立て直した瞬間、思い出した。

（……緊急ログアウト！）

なぜ思いつかなかったのか。ログアウトアクションを始めようとした途端、後ろから伸びてきたものが視界に入る。

白い手、だった。

続いて腕、そしてそこに纏わり付く、濡れた赤い布地。

手首に〈CHIEF〉のアイコンが光っていた。

その手が、友彦の肩を摑《つか》んだ。痛みが走った。強く後ろへ引っ張られ――。

暗転。


頭からなにかが引き剝がされた。

ぼやける目の前に誰かいる。息を呑《の》んだ。服は……赤くない。

顔を近づけてきた相手が問いかけてくる。

「大丈夫？　友彦君？」

その声は未央だった。視点が合う。彼女の顔には、労《いたわ》るような表情が浮かんでいた。手には銀色のヘッドセットが握られている。

「――悪い。ダウンしてもうた」

関西訛《なま》りの声が聞こえた。

声の方を振り向くと、視界が少しぼけている。眼鏡がないせいだ。離れた場所で春樹がなにかを操作している姿があった。

（……ハウス、か）

力が抜け、身体がチェアに深く沈んでいく。

「処理重すぎんねゃな。先生、これってもっと軽くできへんもんか……ん？」

春樹が友彦を見て、訝《いぶか》しげな声を上げる。未央も首を傾《かし》げていた。

「どうかした?」

「あ、いえ」

友彦は眉間をさすった。指が止まる。いつもと感触が違う。

(……なんだ?)

指先が濡れていた。嗅ぐと潮の匂いが鼻を衝く。腕と肩に冷たさがあった。服の布地に触れると、そこもわずかに濡れていた。

(なぜだ)

ありえない。シミュレーション内でアバターが濡れても、ログアウトした身体に水分が付着することはない。あるはずがない。

自身が混乱していることを自覚し、一旦思考をリセットする。客観的に、論理的に思考する必要がある。濡れた指先を服の端で拭いながら、友彦は今までのことを振り返った。

突然のフィールド移動。時間と天候設定の変更。自分の知らない家屋データ。そして、その中にいた――。

(あれは、なんだったんだ)

様々な点で異常が起きていることは明白だった。それに、男と女の姿を始めとした異様な光景を目の当たりにした瞬間、なぜログアウトコマンドを使わなかったのか。普段の判断力なら、すぐにコマンドを実行する。海に倒れ込むまで、行動の選択から完全に外れていた。

(脳そのものに、それをさせない命令を入力されていたのか?)

わからない。それにあの赤い服と、腕のＩＤ。CHIEF――。

(チーフ。赤い服……そうだ)

プロジェクトチーフの彼女なら、きっと全データも把握しているはずだ。訊けば答えてくれるだろう。ここにいなくともリモートという手もある。

友彦はデスクに置いていた眼鏡をかけ、ラボ内を見回しながら春樹に尋ねた。

「あの、井出さんは?」

未央の顔が曇った。春樹も眉間に皺《しわ》を寄せている。

「先生、なにも聞いてなかったんか?」

他のメンバーも決まりが悪そうに互いの顔を見合わせている。

春樹が一呼吸置いて、口を開いた。

「井出さんな」

――死んだんや。

００６　榕樹《ガジュマル》　――　金城リン

長い手足を軽やかに振りながら、少女は低い石塀の間を駆け抜けていく。

蒼天《そうてん》の下、セーラー服の裾が軽やかに舞った。

汗ばんだ頬に貼りついた艶やかな髪を、邪魔だ、とばかりに手で払う。檸檬《レモン》型の大きな瞳が、午後の陽光を弾《はじ》いてキラキラと輝いていた。

家々を通り過ぎ、彼女は自宅へ飛び込んでいく。

「ただいま！」

母親が返事をする前に、少女は台所へと向かう。

「おかえり……。あんた、また冷蔵庫漁って。それどうすんのォ？」

語尾が上がる島訛《なま》りの問いに振り返りもせず、返事だけ返した。

「食べるに決まってんじゃんー」

彼女の答えも島訛りだ。握ったタッパーをレジ袋に突っ込んだ。

「行ってきまーす」

少女は慌ただしく玄関に戻っていく。

「ちょっと待った！　どこ行くのォ？」

「友だちと勉強！」

「嘘ばっかり！」

鋭いな、と彼女は思う。自分に友だちはいない。少なくとも同年代の、は。

「ホントだもん！」

でも、誰かと勉強するのは決して嘘じゃない。今日やるかどうかはまだわからないけれど。

「あんた、なに……」

叱責に変わりそうな母親の声に、少女は軽口を叩《たた》いて、その場から逃げた。

「怒ってばっかりいると、皺《しわ》増えるよォ？　四十になったんだっけェ？」

「リン！　あんた！」

アタシはまだ三十六だ、という怒鳴り声を背に、少女――金城《かねしろ》リンは石壁の路地を軽やかに曲がっていく。

路地を抜けると、木々のトンネルが姿を現す。

細い幹同士が捩《よじ》れ合う木――ガジュマルのトンネルだ。

葉擦れの音を立てながら、涼やかな風が通り抜けていく。

汗ばんだ身体を冷やしてくれるような優しい風だった。

（涼しい……）

島は四月を迎えると、二十度を越えることが多い。ほとんどの月で一ヶ月の半分は雨が降るけれど、春先からの雨は、降るごとに暑さが増していく目安になる。それもひと雨ごとの暖かさ、なんて言っていられないほどだ。五月になれば夏日になるのは当たり前で、扇風機やクーラーを使い出す家もあった。当たり前のように服も夏向けに切り替える。学生によっては衣替えの時期を無視して、先んじて夏の制服に替えてしまう者もいた。リンもそのタイプだった。

（ま、大体みーんな、薄着になっているけどね）

リンは木のトンネルを見上げながら歩調を緩めた。

（ガジュマル……。ケンムンかァ）

ガジュマルのトンネルは〈ケンムンの散歩道〉だと聞いたことがある。

ケンムンとはガジュマルに棲《す》む妖怪で、「河童《かっぱ》に似ていて、猿みたいに毛むくじゃらで足が長い。臭い。頭や口元が光る」らしい。

また、悪戯好きで自らの姿を変えられるとも言われていた。怒らせると祟《たた》り、相手の目を突いて失明させたり、殺したりもするようだ。

リンは、ケンムンの存在を実感したことがない。現に、何度もこの道を通るが出会ったことなどない。

（祟らないなら、いっぺんくらい会ってみたいなぁ……あ）

トンネルを抜けたとき、脇道からセーラー服の三人組が現れ、リンは瞳を曇らせた。

同じ学校の連中だった。本島ではないので、島の子供は少ない。だから、学年関係なくほとんどが同じクラスになる。当然、この三人もクラスメートだ。

「おい、リン、どこ行くんだよ？」

性悪そうな顔をした女子生徒が絡んでくる。その横からナナフシみたいな顔と身体をしたやつが口を挟んできた。

「どうせ、またあのジジィんとこでしょォ？」

唾で泡立つナナフシの口元から目を逸《そ》らしつつ、リンはぶっきらぼうに言い返す。

「だったらなんだよ。カンケーないでしょ」

横から太い腕が伸びてきて、握っていたレジ袋を奪い取られた。顔を上げると、小太りで細目の女子生徒が得意げな顔で、袋を掲げている。

「あんたさァ、そういうの、なんて言うか知ってるゥ？」

睨《にら》みつけて袋を奪い返そうとするが、小太りが性悪へ向け投げ渡した。見た目より素早い動きだった。性悪が小太りの言葉を継いで、口を尖《とが》らせつつ嘲る。

「ギ・ゼ・ン・シャ」

こいつらは、偽善者の本当の意味がわかって言っているのだろうか。多分、漫画かメディアの受け売りをそのまま口にしているだけだ。そもそもこの三人は学校の成績も悪く、スポーツも得意ではない。言動も年齢の割に子供っぽいところがあった。

リンは密《ひそ》かに彼女たちを三馬鹿と呼んでいる。この三馬鹿は、周囲に同調せず自由気ままに振る舞う自分が憎くて仕方がないのだ。

（ふン。大人になれよ……）

リンは性悪から乱暴に袋を奪い返し、三人と向かい合う。

「ンだよ？　その目はァ？」

凄《すご》む小太りに気取られぬよう、袋に手を突っ込んだ。タッパーの蓋が開いていた。中からパパイヤの漬け物の一部が零れだしている。もったいない。リンは無駄になった漬け物を摑《つか》むと、まず小太りの顔に叩きつけた。狼狽《うろた》える小太りの脇から性悪が腕を突き出してきたので、こいつにも漬け物をお見舞いする。怒号を上げるナナフシには、漬け物の汁をご馳走《ちそう》してやった。手に付いた液体を目に向けて振りかけてやったのだ。

怯《ひる》んだ三人の隙を突き、リンは一気に走り出す。

アッ、オイ、テメェ。コイツ、ナニスンダヨ。ザケンナヨ。コロスゾ。性悪と小太りが定型文のような言葉を交互に叫んでいる。

「そのうち、お前もハブられんぞォ!?」

空《むな》しく響くナナフシの島訛りが、やけに滑稽に聞こえた。

ガジュマルトンネルを抜けた先、集落から少し外れた場所に、一軒の家が見えてきた。古くて粗末なその家は手入れされていないガジュマルに囲まれ、ひっそりと息を殺すように建っていた。まるでなにかから身を隠しているような佇まいだった。

平屋の木造だが、掘っ立て小屋に近い。何度も補修を繰り返した跡が残る壁面は、いつ崩れてもおかしくない状態だ。

リンは周囲を見回しながら、そっと玄関の引き戸に手をかけた。誰かが見ていたら、またうるさいことを言うだろうな、と首をすくめる。

「こんにちは……！」

小さく声をかけながら、試しに取っ手に力を込めた。壊れそうな軋《きし》みを伴いつつ、わずかな隙間が空《あ》いた。

（あれ、鍵開いてる）

いつもと違い、施錠されていなかった。珍しいな、とリンは首を傾《かし》げる。

島の住民は余程のことがない限り、家に鍵をかけない。開けっ放しだ。集落の人間は皆、家族のようなものだから悪いことはしない、と周りの大人は言う。だから近所の人間はどこの家にも気安く出入りする。島外から移り住んできた人間にはその明け透けさが受け入れがたいようで、三日も待たずに厳重に施錠をするようになる者も多かった。

ただ、この家に限っては家主の都合で在宅でも留守でも鍵をかけることが多い。

ふうと溜息《ためいき》を吐き、リンは全身を使って戸を開けた。家自体が歪《ゆが》んでいるせいで、スムーズに開かないのだ。

「こんにちは。いないの？」

流れ出るムッとした温《ぬる》い空気を浴びながら中を覗くと、いつもと変わらず薄暗かった。昼間から雨戸を閉めているせいだ。が、そこかしこに空いた隙間からわずかに日の光が差し込んでいるお陰で、ところどころ仄《ほの》かに明るくなっている。

鍬《くわ》や鋤《すき》などの作業道具、放置された生活用品、ガラクタをよけながら、リンはもどかしそうにスニーカーを脱ぎ、雑然とした座敷に上がり込む。

「ねぇ、あたしィ。いないのォ？」

家主からの返事はない。いつもならすぐに顔を見せるはずだ。やはりどこかへ出かけているようだ。

（仕事かなぁ）

ひとつ溜息を吐き、座敷を見渡す。チラシや瓶、工具を始めとした道具類、棄《す》て損なったのであろうゴミの中に、申し訳なさそうにちゃぶ台が置いてある。その上も散らかっているが、鉛筆や消しゴムの文具類だけがきちんと並べられていた。

（三線《さんしん》……はないか。持っていったのかな？）

三味線に似た楽器の姿がなかった。だとすれば、仕事ではないかもしれない。

（でも、さすがに散らかっているなぁ。今度、部屋を少し片づけないとね）

卓の前に膝を折ると、袋からタッパーを取り出し、蓋を確認しつつ汁を拭い取る。文具を避けるように天板の上へ乗せてから、もう一度位置をずらした。

（持ってきたの、ちゃんとわかるかな）

そしてスカートのポケットから紙片を取り出す。

それは小さな、赤い折り鶴だった。その鶴をタッパーの脇に添えるように置いてみる。よし、と小さくうなずいた。

顔を上げた先に、古びた棚がある。そこには色とりどりの、沢山の折り鶴が大事に飾れていた。

リンは大きな目を少しだけ細める。

「さ、て」

立ち上がり、タッパーを入れていた袋を丸めようとしたとき、視界の端で赤いものがチラと動いた。

視線を向けたがなにもない。その先に座敷の奥に続く扉があった。

そこだけは入るな、と家主に言われていた。

（大丈夫。入らないよ、約束だもん）

約束というのは人と人との契約なのだ。破ってはいけない。それに、約束を破ってまで人の嫌がることをするのは、子供の論理だ。だから、自分は絶対に入らない。

（でも、気にならないことはないけれど、ね）

それでも見ない私は偉い、と微笑んで、リンはスニーカーを履く。軽やかなステップを踏むようにして、出口へ向かった。

「また来るね」

囁《ささや》くような口調でそう言うと、引き戸を閉めた。

007　歓迎　――　深澤未央

ウッドデッキへと続く掃き出し窓の外は、すでに夕闇が迫っていた。

ハウスの共用スペースに、食欲をそそる香りが漂っている。

テーブルには、肉と魚を使った手の込んだ大皿料理、地元の食材を使った一品、ビールにワインに島焼酎、ウイスキー、ソフトドリンクが所狭しと並んでいた。大半は未央の手による物だが、郷土料理はシゲル作だ。年の功か、彼は料理が上手い。特に野菜を使った料理は絶品だ。時には島の野草も出してくれるが、野趣溢《あふ》れる風味が素晴らしかった。

（今日はさすがにないか）

楽しみにしていたのにな、と割り箸やカトラリーを整えていると、春樹の声が響いた。

「いやあ、歓迎会すんの、遅れてすまんかった」

彼は友彦へ拝むように頭を下げた。当の友彦は、ええ、まあ、と所在なく目を伏せている。その向こうでは弘治と葵がグラスの準備を始めていた。

（初日がひどかったからねぇ）

未央は苦笑いを浮かべる。友彦がやってきた日、春樹を始めとして全員が彼に対し、心のバリヤーを張った。それはそうだ。あんな失礼な態度を取られれば、そうもなろう。チームワークに亀裂を生じかねない危険性もあった。その夜は友彦のみを除外し、チームミーティングを行ったほどだ。ほとんどの意見が「仕事上はつき合うが、それ以外では最低限のコンタクトにする」だった。それくらい、彼は嫌われた。

だが、あの仮想現実体験で、みなの認識が変わった。未央もだが、葵はその才能を完全に認めてしまった。春樹に至っては「まさに神や。あの先生は」とまで言い出す始末だ。掌返《てのひら》しに苦笑せざるをえない。自分を含めて、だが。とはいえ、弘治だけはまだ一線を引いたままだった。

(男はバカだから。彼のプライドが許さないのだろう。アイツもそう)

未央は横目で春樹と葵を交互に見やった。この二人は男女の仲になっている。島に来て半年以上経《た》つのだから、おかしな話ではない。ただし、未央も春樹とつき合っていることになっている。島に来て二ヶ月後、告白してきたのは春樹だ。なんとなく感覚が合ったからオーケーした。しかし、その後すぐに葵との距離が縮まっているのに気づいた。ああ、これは二股を掛けられているな、と感づいたが、とやかく言うのも、葵と春樹を取り合うのも面倒くさかった。もちろん、葵は気づいているのだろうが、向こうもあえて動くことはしない。表向きは仲の良い同僚を演じてくれている。だから今は春樹とは一緒に寝ないし、どこへも出かけない。公に名を呼ぶときは、苗字に戻した。ここ最近、どうして、なんでや？　みたいな顔を彼は浮かべるが、気づかれていることに気づいていないのだ。

（ホント、バカ）

自分もバカだ、と内心自嘲する。こんなに狭い生活共同体《コミューン》で、色恋沙汰なんていけない。結果は見なくてもわかる。

（弘治もなあ）

弘治も未央や葵にアプローチしてきた。だが、その俺様気質というのか、ナルシストな性分というのか。自己愛的な部分が鼻につくような男に靡《なび》くはずもない。

（葵もそうだったんだろうね）

グラス片手にくるくるの髪を掻《か》き上げている弘治を眺めながら、微《かす》かな溜息《ためいき》を吐く。悲しいことに、今の彼は葵にご執心だ。春樹と葵の仲にまったく気づいていない。

未央は口の中で「本当に、バカ」と呟《つぶや》いた。

「ほな、乾杯するで」

春樹がグラスを掲げる。未央、葵、弘治も高々とグラスを上げた。友彦は、胸の前で怖々と両手で持っている。

「乾杯！」

それぞれがグラスをぶつけ合う中、友彦だけは右往左往して、それからようやく杯を上げた。

「ここは、喰《く》うことしか楽しみがないッ！」

少し赤くなった顔で、春樹が喚《わめ》く。確かにそうだと思う。娯楽施設は少ないし、飲食店も限られている。雑誌類や食料品、消耗品も届くのに時間がかかった。マリンスポーツはそれなりに楽しめるようだが。

「でも、いろいろ美味《おい》しいよね」

取り皿を片手に葵が笑う。皿の上には地元産の薄い薩摩《さつま》揚《あ》げの炒め物が載っている。

「確かに旨《うま》い！　しかしやな、どうも水がな」

常に春樹はこう言っていた。島の水は塩分かミネラル含有量が高いせいか、米を炊いても料理をしても、風味が変わってしまうのが気になる、と。

「離宮の水やら、京都伏見の御香水レベルのもんは求めとらん。しかしなぁ」

「俺はグルメですぅ、かよ？」

弘治が茶々を入れた。春樹はニヤリと笑って言い返す。

「お前みたいな喫煙者にはわからへんやろなぁ……。味オンチでよかったな」

憤る弘治を宥《なだ》めつつ、未央は友彦に声をかけた。

「友彦くん、美味しい？」

「あ、はい。美味しいです」

その割には箸が進んでいない。飲み物のおかわりはしているが、オレンジジュースばかり飲んでいるようだ。

「口に合わない?」

「いえ、そんなことないですよ」

昨日、歓迎会でなにか食べたいメニューはないか聞いたことを思い出す。彼は「特には」と目を合わせてくれなかった。いつもなにを食べているのか尋ねたら「トースト、イチゴジャム。牛乳。ゼリー飲料か栄養補助食品。冷凍食品。あとはコンビニにあるもの。コンビニの商品はカロリーを始めとした栄養素が表示されているから、食事管理がやりやすい」と返ってきた。

(味じゃないんだよね。研究以外、切り捨ててる感じだよなぁ……)

友彦のさほど汚れていない箸と皿を横目に、未央は一計を案じた。

「ねぇ、友彦くん。人間の脳って、食べ物を食べたときにはどんな反応を示すの?」

「え。ああ、摂取した食物が脳内代謝、脳機能活動に影響を及ぼすという論文があります。あと食品評価法と脳機能計測に関する研究も進んでいますし……。それに、扁桃体《へんとうたい》、眼窩《がんか》前頭皮質との……」

詳細な説明が始まる前に、未央は魚の唐揚げと、島特産のブランド豚のローストを新しい皿に載せ、友彦の皿と交換した。

「例えば、この魚の唐揚げとロースト・ポークをシンセカイ・シミュレーション内で食べられるよう反映させるには、どうデータ化させる？」

「それは……今日も説明しましたが、特定の匂いや感覚の視聴覚情報が、感情や記憶を呼び起こすプルースト効果を利用して、海馬の信号から大脳皮質の視聴覚領域が同期できるよう……」

「なら、自分も食べてみる必要があるんじゃない？　感情や記憶と紐《ひも》づけるなら、まずは経験しないと。まずは自分の脳にデータをインプット、かな。それをしておかないと感覚の共有に関する研究は難しいと思うんだけどな」

目を泳がせる友彦の皿にアップルソースをかける。どうしても食べたくなって本土から取り寄せた林檎《りんご》を使ったのだ。季節外れだから、少し味がぼやけていたが、こうやって活《い》かせたことは嬉《うれ》しい誤算だった。

「ローストされた豚肉に、アップルソースの組み合わせ。海外では定番なんだけれど、日本人には合わないこともあるんだって。感情と記憶だけじゃなくて、地域毎の味覚データや臭覚データもこれから必要になるよね」

微笑む未央を前に友彦は怖々と肉を口に運ぶ。そして小さく、美味しい、と呟いた。

「――へぇ、そないなことも、できるんや？」

そこそこ酒が進み、皆思い思いに座ってくつろいでいる。春樹は友彦とシミュレーションについて意見を交わし合っている。

「ええ。ログインユーザーが思い浮かべたこと、それを瞬時にフィールド内に表示もできるようになると思います。ＡＲ技術を思い浮かべてもらえると、多分イメージしやすいでしょうけれど。単純な図形や画、文字くらいならいけるはずです。ただ、３Ｄオブジェクトかつコリジョン判定を実装したものだと、事前にモデリングなどの必要があります。これはユーザー側が事前に作成して個人ＩＤとアバターに紐づけてしまえば、いつでも呼び出し、表示が可能になるでしょうね」

シンセカイ・シミュレーションがエクステンデッド・リアリティ、クロス・リアリティ構想をベースに構築されているからですが、と続ける。

「はー。オモロいな」

春樹は感心した様子でワインを煽《あお》った。

「なあなあ、それならよ、こんなのもできるのか？」

いつの間にか近づいてきた弘治が、話題に割って入ってくる。

「例えば、重罪人とかさ、世の中に必要のない人間をログインさせて、その後ログアウトできない状態にする。そいつらをシンセカイ・シミュレーション内で殺しまくる、とかさ」

葵が眉根を寄せる。

「なにそれ」

「いや、壮大な実験だよ」

弘治は続ける。

「シミュレーション内に閉じ込める、ってことは要するにシミュレーション内でのみ、アバター状態で生きる、活動できる状態なんだよ。肉体は現実世界で……そうだな。生命活動だけフォローしてやる。栄養摂取用のチューブと排泄《はいせつ》用カテーテルを繋《つな》いでさ。まあ、なにかの不備で肉体が死んだら終わるだろうけど。うん、現実世界で死んだら、シミュレーション内でどんな影響が出るかな」

明らかに引いている葵と未央の様子に気づかないのか、弘治が捲《まく》し立てる。

「例えば、殺人の加害者を閉じ込めるだろ？　そして被害者の家族にアバターを与えるんだ。絶対に加害者からの反撃を受けない設定にして、被害者家族に復讐《ふくしゅう》させる。もちろん加害者もアバターだけど、苦痛を感じるようにセットしておく。できる限り惨《むご》たらしく殺した後、何度も蘇《よみがえ》らせるんだ。で、また殺す。永遠の苦しみを与えるんだ。刑罰としてね。あ、でも、死体が破壊される描画データが必要か。リアリティがあればあるほど復讐の実感が伴うだろうしな」

得意げな弘治に、春樹も渋面を向け、止めに入った。

「おい……」

「いや、最後まで聞いてくれよ。この〈シミュレーション内で繰り返し殺され、生き返る状況〉が、脳と現実世界の肉体にどんな影響を及ぼすか。メタバース内に閉じ込められた人間がどれくらい正気を保って存在できるか。これが実験できれば、かなり凄《すご》いデータが取れるんじゃね？」

そのとき、思いがけず友彦が会話に入ってきた。

「……やれないことはないと思います。ただ、シミュレーションを常時稼働させなくてはならないし、もし緊急停止、あるいは電源の瞬間停止などのトラブルが起こってシステムダウンした場合、どうなるか。ログインし続ける相手のデータをサーバー内だけではなく、外部ストレージにリアルタイム・バックアップすればよいのかもしれませんが、その際、人体の方に影響……」

立て板に水のような語り口だ。

「待て待て待て待て」

春樹が友彦の肩を叩《たた》く。

「先生、待ってや。モラル的にどうなん？　それ。知的好奇心が刺激されたのかもしれへんけど。弘治に合わせせんでもええ。あと……弘治。酒が不味《まず》くなるような話、やめえ。お前の悪い癖や」

「そうだよ。悪趣味だよ、弘治。いつもの、人と自分は違うんだ、みたいなアピールなら失敗。それ、単なる露悪にしかなってないよ」

未央も強い口調でたしなめた。いつもならもう少し柔らかく伝えるのだが、あまりの発想に気分を害していた。葵もおかんむりなのだろう。同意するようにうなずいている。

フン、と鼻を鳴らして弘治がウイスキーのロックを煽る。

「えー、えー、すみませんでした、ね」

その横で、友彦は不思議そうな顔で四人の顔を見比べている。

未央は友彦という人間が、ほんの少し理解できたような気がした。

008　転入 ―― 片岡友彦

　どこからか入ってきたのか、小さな虫が目の前を飛んだ。

　友彦は手で追い払うと、デスク上のモニターを睨《にら》みつけながら、忙しくキーボードを叩《たた》いた。その顔に眼鏡はない。裸眼でも近くならある程度は見える視力はあった。なぜ眼鏡をかけるかといえば、人と接するとき、話すときに便利だからだ。レンズ一枚隔てることで、こちらへ踏み込ませない、防御壁的な効果があるような気がなんとなくしていた。単なる気休めであるのだが。

（……やっぱり使いづらいな）

　キーボード本体の角度の調整を試みるが、根本的解決に至らない。

（やはり、もうひとつキーボードを持ってくるべきだった。あとグラフィックボードも）

　こんなに貧弱なマシンパワーだとは。シミュレーションルームで使うメインマシン分のグラフィックボードとキーボードはセットしたが、自室用にも必要だと気づいたのは初日の夜だった。

　友彦は眉間を右手人差し指でさすった。

シンセカイ・シミュレーション・ハウス内にある一部屋が自室として割り当てられた。シンプルなデスクと木製の本棚、ラック類が置かれており、他はスライドドアのある収納スペースが据えつけられている。デスク上にはモニターとキーボード、マウスがセットされていた。タワーは足下に置かれている。外部ネットには接続されていないが、ラボ内のネットワークにはアクセス可能だ。

部屋は自分で好きなようにカスタマイズすればいい、と春樹は笑っていた。その際「各自の部屋は不可侵条約が締結されとる。勝手に入ったりしたらあかんで」と言っていたが、注意されるまでもない。それに部屋の出入り口はオートロックで、個人ＩＤのカードと掌紋が鍵になっていた。なぜかラボ内で一番セキュリティレベルが高い。

（自由時間も開発は続けたいんだけどな）

ラボは、朝九時から夜六時までが就業時間になっている。それ以外は個人の裁量に任されていた。仕事以外の時間、他の四人は思い思いに過ごしている。外に散歩へ行ったり、施設内の設備でリラックスしたりと自由だ。

しかし、友彦はそれを是としなかった。もちろん他人の行動に関してなんら思わないし、研究の強要もしない。就業時間以外に関して──いや、仕事中も他人の行動に関心を持つことは少ないからでもある。そもそも、自分の研究さえ邪魔されなければ他者の存在などどうでもいい。

再び慣れないキーを叩き出す。モニター上に表示されているのは、ダミー・アバターとフィールドだ。グラフィック設定である程度マシな描画になっているが、フレームレートが著しく低かった。アバターもオブジェクトも動きが辿々《たどたど》しい。

スムーズに動かないアバターの頭上に、小さなウインドウが従者のようについて回っていた。その枠内に白いフォントで〈LOGOUT NOT POSSIBLE〉と表示されている。ログアウト不可の意味だ。

さっき弘治が口にしていた「ログインした人間の接続を強制的にログアウト不可にできるか」が可能か、試していた。プログラム上では問題なく稼働している。が、ダミーであるため、検証はここまでだった。

友彦はモニターを眺めながら、仮説を立てる。

〈例えば、自分の記憶をデータ化したものをダミー・アバターにインプットしたら、シミュレーション内で〈生きた人間がどれくらい正気を保って存在できるか〉を観察できるのではないだろうか〉

脳の記憶可能な容量は一ペタバイト、あるいは十七・五テラバイトとも言う。もし、人間ひとりの記憶情報をデータ化した場合、ハードの記憶容量さえクリアできれば、現実的に実験するのに問題はない。ただし、この数字は単純な計算から導き出されたものに過ぎないことを念頭に置かねばならないが。

(でも、ヒトの記憶をアバターに、か)

アバターに入れる記憶データの持ち主が、現実世界で仮想現実と無関係に生きている場合のことを思い浮かべる。

(シンセカイ内と現実世界、二つの場所で別々に存在することになる?)

いや、そんなことはない。アバター側はあくまでもデータでしかない。

(……しかし、それがデータ元のヒトそのものの思考を持つ存在だとしたら?)

対象の記憶がすべてサンプリングされた状態のデータなら、アバターが現実世界のヒトと同じような思考や行動を取る可能性は高い。このケースでは、仮想現実と現実、二つの世界で同時に同一人物が存在することにならないだろうか。

(AIの技術特異点《シンギュラリティ》――方や、人工知能。方や自然知能。データさえ無事なら、ヒトは永遠に仮想現実に実在できる、思考を繰り返すことが可能になると仮定すれば、永遠に考え続ける自然知能は、どんな進化を迎えるのだろう。、AIがヒトの知能を超えるというのとは逆ベクトルで、これはこれで興味深い)

実験してみたい欲求が高まるが、現状のラボでは難しい。

(……ハウス全体を作り替えてしまいたい)

もっと自由に研究をするためには、まだまだ足りないものばかりだ。機材も、時間も、人材も、すべてが不足している。ヘッドセットの仕様すら改善の余地があった。電磁波を利用した機構であるが、各種のノイズが誤動作の原因になりかねない。とはいえ完全なシールドはテクニカル面で不可能だ。実際のところ、脳そのものに外科手術を行い、皮膚の表面に端子を露出させ、各種プラグを挿入可能になればクリアできるかもしれない。だが、現状ではモラルの問題でストップがかかるだろう。

この先の開発ロードマップを描きながら、友彦はベッドに横たわった。

（しかし――）

天井に塡《は》め込まれたＬＥＤ照明の白い光に手を翳《かざ》す。

開発と人材。ふと井出のことが思い浮かぶ。

死んだ。春樹は確かにそう言った。死亡状況についてもなにか言っていたが、それ以前にシミュレーションの開発に関する引き継ぎがどうなっているのか、問いただした。現状は本社からの命令で開発チーフを春樹と定め、井出が扱っていたデータ関連すべてを精査中だという。

（井出さん）

仮想現実内で会ったときから、なにかが友彦の頭の片隅に引っかかっていた。違和感ではない。例えば、フローチャートのプロセスの一部を無視しているような心地悪さ、だろうか。自分でもどうしてそんなことを感じるのか理解できない。

人差し指で眉間をさすっていると、スマートウォッチが震えた。午後十一時。脳のパフォーマンスを保つためにも、そろそろ寝る準備をしなくてはいけない。

脳は深いノンレム睡眠時に、脳脊髄液――脳漿《のうしょう》と呼ばれる――によって浄化されるシステムを持つ。睡眠不足だとこれが上手く働かない。また、喫煙や飲酒も脳にとってダメージを与える。適量の飲酒だとしても海馬の萎縮を促してしまうのだ。だから、友彦は煙草を吸わないし、酒も飲まない。食事と生活ルーティンも大事にしている。

「さて、と」

友彦はのろのろと起き上がると、入浴の準備を始める。

（風呂なんて入らなくても、死なないのになぁ。そんなことより研究と睡眠に時間を割きたいんだよなぁ、実際のところ）

でも、そういう訳にもいかない。ある程度清潔さを保つために、だ。

〈ひとつのことに夢中になるのは良いことだ。しかし周りの人のことも考えて、身だしなみなどを含めて、あまり不快にさせないようにした方が、後々のメリットになる〉

誰かに教わった言葉だ。以来、常に気をつけている。

下着とタオルを手に、部屋を出た。小さな虫が脇を通り抜け、通路へ出ていく。

浴室に向かう途中で春樹に会った。彼は赤黒い顔で、呂律《ろれつ》の回らない言葉を投げかけてきた。

「先生ェ！　明日はァ役場ァ、行ってなァ……！」

島の役場は鉄筋コンクリート製で、年季の入った外観だ。中身も同じくで、全体に古びている。

窓口で対応してくれた中年の男性職員は、頰がこけている割に顎の骨が左右に張った、独特の輪郭が印象的だ。胸のネームプレートには〈肥後《ひご》〉と印字があった。

肥後は硝子《ガラス》と桟で仕切られた低い窓口から、島の転入届用紙と友彦を、上目遣いで交互に睨《ね》めつけた。

「ああ、新しく赴任してきた人？　浜辺のハウスの」

言葉は標準語に近いが、島訛《なま》りがあった。友彦がうなずくと、肥後は口元を緩めた。

「まあ、じゃよかった。ちょっとお待ち下さい」

なにがよいのか、理解できない。肥後は奥へ入っていく。

（転入か）

歓迎会の前に春樹から転入届はどうしたのか、と訊《き》かれた。すっかり忘れていたと答えたら、早めに出せと言う。届けを出した後、会社にも報告しないといけないらしい。世の中の仕組みにちゃんと対応しろと言わんばかりだった。

横から葵が口を挟んできた。

「会社への届けは、ラボ内のネットワークから切り離されたパソコンを使って。普通に外部ネットが使えるから。そこから送るようにね」

彼女が指差したのは、共用スペース脇にあるノートパソコンだった。

（いろいろ、やることあるな）

早くラボへ戻りたい。開発を続けたい。いや、その前に島の地形も直にチェックしたい。

落ち着かずソワソワしていると、窓口の奥から声をかけられた。

「――あれ？　ソノダさんの？」

窓口から顔を出したのは肥後より年嵩《としかさ》の男だった。やはりイントネーションが違う。島の訛りが強かった。

「はい？　ソノダ？」

訊き返す友彦の声を聞くともなく、男は一度引っ込んだ。ややって、窓口ブース脇のドアから白い布に包まれた角張ったものを持って出てくる。大きさは少し大きめの円筒型スマートスピーカー、或いは小型のデスクトップパソコンのタワーくらいだろうか。

男――胸のプレートから渡《わたり》、と読み取れた――が、その包みを差し出してくる。

「この度はどうもご愁傷さまで……」

この人はなにを言っているのだろう。理解が追いつかず、しどろもどろになってしまう。

包みを受け取るか受け取らないか決めかねていると、肥後が駆け寄ってきた。

「いやいや、渡さん！」

そこから小声になった。

「違う、違う……こちら、例のハウスの方に新しく来た……」

「ああ！　こりゃ大変失礼しました」

渡は頭をひとつ下げ、顔を上げると口の端を一度歪《ゆが》めてから、口を開いた。

「ほんと、残念やったねェ。ぺっぴんさんやったのに」

ぺっぴんさん？　まさか。

「渡さん！　もういいからァ」

肥後が包みを持ったままの渡を追い払う。

「ごめんなさいね。狭い島なもんで。なんせ、急なことでしたしね」

さも済まなそうにしている肥後に、友彦は尋ねた。

「あの。それって、井出さん……の？」

彼は肩をすくめた。顔には肯定の色がありありと浮かんでいる。

「……いつだったんですか？」

肥後の目が壁のカレンダーに向く。

「えぇっと。先月の……三月十四日ですね。丁度、大潮の日でした」

大潮。潮の干満の差が最も大きい日だ。海関連のデータ化の際、調べたことがある。

(その日って)

井出との仮想現実内打ち合わせ当日だった。録画にも残っているから間違いない。

落ち着いたら相談がある、と彼女が言っていたことをあらためて思い出す。

落ち着いたら、に深い理由があるのかはわからない。井出の赤い服と、腕に浮かぶ赤い〈CHIEF〉の表示が脳裏に浮かんだ。

（……じゃあ、あの後に？）

友彦は思わず眉間をさする。

「――すみません」

背後から凛《りん》とした声が聞こえた。島の訛りはなかった。

「連絡したソノダです」

振り返ると、スラリとした体軀《たいく》の若い女性が立っている。

「ああ、ソノダさん」

渡が身を乗り出すように、窓口から再び顔を見せた。

「花の園のソノに、田んぼの夕で、園田さんねぇ！」

おかしな確認をしながら彼は友彦の顔を一瞥《いちべつ》すると、どことなくバツが悪そうに会釈し、すぐ目を逸《そ》らしてまた奥へ引っ込む。

「こちらへ」

再び窓口の脇から出てきた渡の手に、さっきの白い包みが抱えられている。彼は園田と名乗った女性を、パーティションの裏側にあるテーブルへ促した。

脇を通り抜けるとき、女性が訝《いぶか》しげな視線を友彦に投げかけてくる。

「園田、タマキさん、ですね？　環太平洋の環で」

彼女は渡の問いに向き直ると、微かにうなずく。その——環の長い黒髪が揺れた。

009　道惑《みちまどい》　――　園田環

歪《いびつ》に並んだ低い屋根を見下ろすように、バスは走っていく。

古びた車体のせいか、時折大きく揺れた。

その度に、膝の上にある白い包みが硬く澄んだ音を鳴らす。

環は視線を落とした。想像よりコンパクトだな、と思った。

ゆっくり顔を上げ、外を眺める。強い陽光の下、猫の額ほどの畑を耕す老婆の姿が、車窓から見えた。訳もなくうら寂しい気持ちが湧き上がってくる。

そのとき、小さく車体が跳ねた。なにかを踏み越えたようだった。後部タイヤに近い席のせいか、感じ取りやすいのかもしれない。

ほぼ同時にけたたましく電子音が鳴る。停車ボタンの音だった。

『次、停まります』運転手がマイク越しに告げる。通路を挟んだ向かい側に目をやる。隣のシートに座っているのは、さっき、役場にいた男性だ。乗客は自分を含め、この二人しかいない。なら、この人が降りるのだろう。前に向き直りながら包みを抱え直し、そっと横目で盗み見た。

高校生くらいだろうか。自分より、十以上年下だ。伸びたマッシュルームカットのような髪に眼鏡をかけて、どことなく陰気な空気を醸し出している。バスに乗るときも交通系ICカードが使えないことを知り、呻《うめ》くように独り言を繰り返していた。

(でも、確かこの人)

記憶にある。思い出そうとしていると、バスが停留所に止まった。低い石壁の根元に、小さな古い石碑がちらっと目に入る。一体なんの石碑なのだろうか、見当がつかない。

空気が抜ける大きな音と共にドアが開いた。しかし、男性は立ち上がらない。

『間違えましたか……?　ァア?』

運転手が小さく声を上げた。マイクで増幅され、ハッキリと聞こえた。車内にあるミラーに運転手の顔が映っている。その両の眼が、大きく見開かれていた。

(なに?　なに見てるの?)

後ろを振り返っても、なにもない。ただシートが並んでいるだけだ。もう一度ミラーへ視線を戻したとき、運転手と目が合った。明らかに怯《おび》えた色が浮かんでいた。

『動き……ます。揺れますから、お気をつけ下さい。……は、っ車しまァす』

運転手のうわずった声と共に、再びバスは、左右に揺れながら走り出した。

隣の男性は、なにも言わずただ左の窓の外を眺め続けていた。

それから二つほどバス停を過ぎた。

運転手のおかしな様子は気になったが、考えても仕方がない。また停車ボタンのブザーが鳴った。環は隣を振り向いた。男性もこちらに眼球だけを向けていた。どんな感情があるのか読み取れず、相手の視線から逃れるようにシートに深く掛け直す。

停車と同時に、降車ドアが開いた。

男性は降りない。ミラー越しに運転手がこちらを眺めている。さっきと違い、どうして降りないのかと非難めいた顔だ。

『降りないですかァ……』

運転手がサイドブレーキを降ろし、ギアを入れた瞬間だった。

車体が大きく揺れ、エンジンが停止した。運転手が苦心するが、再始動する気配は微塵もなかった。

「はーっ……」

エアコンの停まった車内より、外の方が涼しい。

強い日差しの下、環は顔から吹き出る汗を手の甲で拭った。

（ホントに四月？　夏じゃん、これ……）

結局、「バスは故障によりこれ以上走れない」となった。降車口で謝罪する運転手に料金を渡そうとするが、頑として受け取らない。乗客に迷惑をかけたのだから、と逆に深々と頭を下げられた。しかし時折、こちらの顔を見ては目が左右に泳ぐのが気になった。一体どういうことなのか、故障になにか関係あるのかと問いただすべきか、悩んでしまう。

隣では例の男性が、ポケットからスマートフォンを取り出しタップを繰り返した。そこから離れるように距離を取り、環は靴とキャリーバッグをチェックする。

さっき降りるとき、通路にあった小さな水溜《た》まりを踏んだかもしれなかったからだ。大きさは自分が今履いている靴を二足、横に並べたくらいだと思う。水からは潮の香りと腐った生魚や傷んだ生肉の臭いを混ぜたような悪臭が立ち上っていた。表面をよく見れば、節のある小さな虫が跳ねるように蠢《うごめ》いている。気持ち悪さに思わず目を背けてしまった。乗ったときにはなかったし、臭いにも気づかなかった。停車したときにどこからか漏れ出した、あるいは隣の男性が持っていたものをこぼしたか、どちらかに違いない。

幸い靴やバッグに被害は及んでいなかった。安堵《あんど》の息を吐く。

運転手が携帯で通話する声が聞こえた。会社に報告でもしているのだろうか。

環はキャリーバッグを道の脇に置き、その上に持参してきたゴムロープで白い包みを固定した。何度か左右に揺らしてみたが、ぐらつくことはない。

周囲を見渡すと、三叉路《さんさろ》になっている。目の前には小さな商店が佇《たたず》んでいた。

どちらへ進めば良いのか、皆目見当がつかない。商店で道を訊《き》こうと思ったが、閉店しているのか戸はガッチリと閉じられていた。

「ここ、どこ?」

住所と方角くらい訊いておくんだったな、と溜息《ためいき》を吐く。

役場で対応してくれた渡という職員は「最寄りのバス停まで行けば、後はわかりますよ。目印がありますから」と言っていたので、油断していたのだ。

どうするか躊躇《ためら》う環の横をすり抜けるように、あの陰気な男性が歩き始めた。スマートフォンと道を見比べているから、地図アプリを使っているのだろう。

(あ、そうか。その手があったか)

すっかり頭から抜け落ちていた。環もポケットからスマートフォンを取り出す。最寄りと言われたバス停の名前を打ち込んだが、出てこない。もしかすると、間違えた名称で覚えていたのだろうか。検索しても、似た名はひとつも表示されなかった。

目的地の名も入れてみるが、データ化されていないのか、あるいは地元の人が使う通称だからなのか、無反応だ。考え得る単語で捜しても、うんともすんとも言わない。タクシー会社はあるが、現在地を説明しないと呼べない。商店を振り返ったが、店名はどこにも出ていなかった。バスの運転手に訊こうと思ったが、電話はいつまでも終わらない。

諦めて、環は歩き始めた。バスが通れそうな幅広の道を辿《たど》れば、次の停留所に行き着くだろう。そこで改めてタクシーを呼ぶか、歩いていくか決めれば良い。キャリーケースの持ち手を摑むと、包みがカチャ、と鳴った。

道のりは長かった。

バス停とバス停の間も距離がある。二つほど通り過ぎたが、目印は見あたらない。タクシーも呼べない。なぜなら、スマートフォンのバッテリーはすでに切れているからだ。アプリを使っていたら、急激にバッテリーが減って、目の前でゼロになった。加えて、今日に限ってモバイルバッテリーを忘れてきている。溜息が出た。島の強い日差しは容赦なく肌を灼く。流れ出す汗が服を皮膚に貼りつかせ、不快さが増した。海沿いに出ると潮風が出てくるが、熱された地面の空気を掻き混ぜながら吹きつけてくるので、逆に汗が噴き出す。自販機もないので、のどの渇きを癒やせない。キャリーバッグを引っ張る腕に疲労が溜まる。

（どこまで行けばいいの……）

環は肩を落とし、汗を拭った。

歩き続けると、五叉路《ごさろ》になった細い路地に出た。少しだけ涼しい風が抜けていく。

ほっと一息吐き、先を眺める。

緩い登り坂の上、路地の終わりに、色褪《あ》せた赤い鳥居があった。

鳥居の向こうには蒼《あお》い空が続いている。ここは参道なのだろうか。振り返ってみるが、社《やしろ》のようなものはない。もう一度鳥居に視線を向ける。額束《がくづか》がこちらを向いていた。

（なら、神社はあっちかな）

自販機はないとしても、水道くらいはあるだろう。ヒリヒリと貼りつきそうな喉のまま、環は路地を抜けていく。もどかしい程長く感じた。早く水が飲みたかった。

木製の鳥居を潜《くぐ》った途端、その目論見は露と消えた。

行き先は防波堤で遮られていた。あとは手前にある細い道が左右に延びているのみだ。神社らしきものは影も形もない。防波堤の向こう側は、波間から荒々しく突き出た岩があるだけだった。

打ち寄せる波を目の前にして、ガックリと肩を落とす。

（……戻ろう）

踵《きびす》を返しかけたが、ふと気になって、もう一度鳥居の額束を見上げた。

神社名はなかった。いや、あったのだろうが、潮風で風化したのか削り取られたように抉《えぐ》れていた。鳥居自体は簡素な造りだ。どこも塗料が剝がれており、残った部分も色が抜けかけている。よく見れば、単に木材を井方に組んだようにも見える。そもそも、額束そのものも、とってつけたような印象があった。

（一体、ここはなにを祀《まつ》っていたのだろう）

海に向けて建てられた鳥居はよくある。鳥居の先には突き出した岩の上に建った社や、注連縄《しめなわ》を巻かれた岩が崇拝の対象として鎮座していることも多い。

しかし、ここにはなにもない。岩礁はあるが、ただそれだけだ。

(台風かなにかで、社がなくなったのかもなぁ。そして再建はなし、と)

自説に納得し、環は路地へ戻っていく。そのとき、後ろから誰かがやってくる気配があった。足を止め、鳥居を振り返る。

スマートフォンを手にした、あの陰気な男性の姿があった。彼は若干狼狽《うろた》えた様子で、右往左往していた。

「あれ、北？　……西。いや、これ」

口の中でブツブツなにかを呟《つぶや》きながら、幾度となく画面をタップしている。

まさか、この人は、マップもまともに使えない機械音痴か。環より先に動き出した彼の姿を、行く先々で目撃していた。最初は普通に観光しているのか、それとも趣味で当て所もなく彷徨《さまよ》っているのだろうと思っていた。しかし、この様子で納得した。この人も道に迷っているのだ。

顔を上げた男性と目が合った。彼は意外だといった様子で目を丸くする。

「あれ？　あ……」

なぜいるの？　とでも言いたげだ。それはこちらの台詞だろう。なんとなく可笑《おか》しくなり、自然と言葉が衝《つ》いて出た。

「……もしかして、方向音痴？」

彼は右手の人差し指で自身の眉間をさすりながら、口を開く。

「……ですか？」

質問で返され、ぷっと吹き出してしまう。年下が故の気安さか、ため口で訊き返した。

「なに？　ですか、って。私が訊いているんだけど」

あ、いや。この場合、あなたが、と、相手はしどろもどろになっている。

（どういう人なんだろ、この人）

最近の高校生はこんな感じなのだろうか。面白がっていると、路地の脇からヌッ、と人影が出てきた。この辺りに住んでいる人かと顔を向けた瞬間、身体が固まった。

うす汚れた服の、背中が丸まった老人が立っている。

その手には大ぶりの鉈《なた》が握られていた。長年使い込んだらしく刀身は錆びて赤茶けていたが、刃の部分はしっかり研がれているのか、鈍く、怪しく光っている。

老人は上目遣いにこちらを一瞥すると、男性の方を向いた。

まさか、その鉈で彼を……。環はごくりと息を呑《の》んだ。

男性はキョトンとした表情で口を開いた。

「え？　あれ？　シゲ……さん？」

シゲさんと呼ばれた老人は、最初は男性に、次に環に軽く頭を下げる。表情が乏しいせいか、ハッキリとわからないが微笑を浮かべているようだ。

「知り合い？」

環が訊くと、彼がうなずいた。

「ウチの会社の雑用をして下さっている方です」

ほっと息を吐きながら、出てきた単語を反芻《はんすう》する。

会社。雑用。ウチの。思わず声を上げた。

「えっ⁉　あなた、高校生じゃないの⁉」

目の前の彼は再び眉間をさすりながら、ほんの少し困った顔になった。

０１０　引導 ―― 片岡友彦

どう、と風が強く壁を叩《たた》いた。

ここへ着くまで微風程度だったのに、と友彦は天井を仰ぐ。

煤《すす》けた天井板にぶら下がった蛍光灯が、わずかに揺れていた。

焚《た》かれた香の匂いが纏《まと》わりついてくる。派手に飾りつけられた祭壇を中心に、お供え物やいろいろな物が雑然と詰め込まれた部屋だった。

（なんだ、コレ）

整然さは欠片《かけら》もないが、それでいてなんらかの意図、法則によって整えられた場所に面食らう他ない。どこか、なにかを動かせばこの空間そのもののバランスが変わり、印象を異にするかもしれない。ふと、カオス理論という言葉が頭の中に浮かんだ。

目の前では老婆が祭壇前の座卓に腰掛け、こちらを向いて微笑んでいる。

加齢により縮んだような顔と身体をしていた。白い薄手の着物を羽織り、中は白地に青の模様が入った薄手のムームーと呼ばれるものを身に着けている。

この家の表札には〈南《みなみ》トキ〉とあった。訊《き》けば独りで住んでいると、老婆は笑った。

「アンタ、船で会うたねェ」

柔らかい声でトキが言う。島訛《なま》りがあった。

友彦は記憶を手繰る。そしてああ、と小さく声を上げた。リンと呼ばれた少女の近くにいた、ユタ神と呼ばれた老婆だ。

(それに)

隣に座る若い女性──環もまた、あのフェリーで出会っていたことを思い出した。

甲板で隣り合って佇《たたず》んでいた、あのヒトだ。

(なぜ、今まで気づかなかったのか)

自問自答してみるが、答えは出ない。そもそも、環自身もフェリーで顔を合わせていたことを忘れていた上、こちらを高校生と勘違いしていた。二十三歳だと言えば、彼女は「私は二十七。まあ年下だし、間違えるのも無理はない」と苦笑いを浮かべていた。

風の音に混じって、外から鉈《なた》で竹を割る音が続いている。

シゲルがトキの家の庭で竹籠《たけかご》、確か土地の呼び名で〈テル〉を作る音だった。シゲル曰《いわ》く「トキさんに頼まれた。自宅に忘れた鉈を取って戻ってきたとき、たまたま片岡さんに会った」らしい。その際、環がシゲルに尋ねた。水が飲めるところ、休めるところはありませんか、と。シゲルはさほど表情を変えず、一緒に行きましょう、俺もそこへ行きますからと先に立って歩き出した。結果、この南トキの家に導かれた。

だが、友彦自身はこんなところへ来るつもりはなかった。

転入届を済ませ、バスに乗っていた理由はシミュレーション開発のためだ。シンセカイ・シミュレーションは、衛星からスキャンしたこの島のデータ、景観を元にしている。とはいえ、完全に再現されているわけではない。細部まで作り込まれているのは、ごく一部だ。それならば、次に開発・実装するべき候補地を選ぶ必要がある。だから友彦は島内をまわることを決めた――のだが、バスは故障で止まり、仕方なく歩いたら道に迷った。スマートフォンのマップアプリが上手くGPS信号をキャッチしてくれなかったのだ。加えて、ジャイロセンサーの不調かコンパスもまともに働かなかったのである。ハードかソフトの一時的不調だろう。そう考えないと理屈が通らない。

道に迷ううちに環――改めて彼女は園田環、と名乗った――に出会い、ここへ一緒に来ることになった。一緒に来ることになった。シゲルと顔見知りなら丁度良いでしょ、と半ば強引に連れてこられたのだ。

(しかし、この環ってヒト)

誰かを思い起こさせる。誰だったか――記憶を探る友彦をよそに、トキが居住まいを正した。

「アンタは後ろ。この娘《こ》は前」

なにが始まるのか。家主に従うしかない。トキの指示で、祭壇の真正面に環、その後方に友彦の順で座り直す。環の右横に、役場で渡されそうになった白い包みが置かれていた。父親の骨壺、らしい。「さすがにバッグの上に置きっぱはねぇ」と、彼女は苦笑交じりにキャリーバッグからゴムロープをほどいていた。

位置に着くと、すぐにトキは環の耳元に口を寄せた。二人でなにごとか言葉を交わしている。幾度かのやりとりの後、老婆は祭壇へ向き直り、長い数珠《じゅず》を両手で揉《も》み、拝み始めた。

夫神《それかみ》は　唯一《ゆいいつ》にして御形《みかた》なし　虚《きょ》にして霊有《れいあり》
天地開闢《あめつちひらけ》て此方《このかた》　国常立尊《くにとこたちのみこと》を拝《はい》し奉《たてまつ》れば
天《てん》に次玉《つくたま》　地《つち》に次玉《つくたま》　人《ひと》に次玉《やどるたま》　豊受《とようけ》の神《かみ》の流《なが》れを
宇賀之御魂命《うがのみたまのみこと》と　生出給《なりいでたま》ふ
永《なが》く神納成就《しんのうじょうじゅ》　なさしめ給《たま》へば
天《てん》に次玉《つくたま》　地《つち》に次玉《つくたま》　人《ひと》に次玉《やどるたま》
御末《みすえ》を請《う》け信《しん》ずれば
天狐《てんこ》　地狐《ちこ》　空狐《くうこ》　赤狐《しゃくこ》　白狐《びゃっこ》
稲荷《いなり》の八霊《はちれい》　五狐《ごこう》の神《しん》の　光《ひかり》の玉《たま》なれば
誰《たれ》も信《しん》ずべし　心願《しんがん》を以《も》って

空界蓮來《くうかいれんらい》　高空《こくう》の玉《たま》　神狐《やこう》の神《しん》
鏡位《きょうい》を改《あらた》め　神宝《かんたから》をもって
七曜九星《しちようきゅうせい》　二十八宿《にじゅうはっしゅく》　當目星《とめぼし》　有程《あるほど》の星《ほし》
私《わたくし》を親《した》しむ　家《いえ》を守護《しゅご》し　年月日時《ねんげつじつじ》　災無《わざわいな》く
夜《よ》の守《まもり》　日《ひ》の守《まもり》　大成哉《おおいなるかな》　賢成哉《けんなるかな》
稲荷秘文《いなりひもん》　慎《つつし》み白《もう》す

祝詞《のりと》、だろうか。環は少し背中を丸め、畏《かしこ》まった様子だった。

風が吹く度、家の至る所が鳴る。軋《きし》むような、呻《うめ》くような、そんな音が響いた。

祝詞を終えたトキが、くるりと膝をこちらへ向ける。

なぜか友彦に向かって、言葉を投げてきた。

「ここへは、なにか強い力で呼ばれてきたネー？　そうだネー？」

強い力？　素粒子間に働く相互作用を指すような口調では決してない。要するにスピリチュアルやオカルティックな力に引き寄せられ、ここへ来たのだろうと老婆は同意を求めているのだ。脳研究者の立場から言えば、スピリチュアルやオカルトに関して否定も肯定もしない。脳研究者の中には、いわゆる霊能者の脳波を調べる者も存在する。ただし、それはオカルトを信じているからではない。世の事象にはなんらかの原因があり、解明できると研究者は信じているからだ。

（霊能者から取られた波形は面白かったけれど、結果的に霊能力を肯定するにはまだ根拠が弱かったな）

俗に言う霊能者が霊能力と称したものを使用している際、通常時の脳波とは違う波形が取れたが、それが超能力や霊能力と呼ばれるものの正体だという決め手はなかった。

今回の出来事もまた確率論的に言えば、不思議などないと思う。広くない島だ。行き着いた先に思いかけずシゲルがいて、この家へ案内されただけに過ぎない。

「偶然ですよ」

友彦の否定を継ぐように、環が口を開く。

「ええ、私の場合は父が死んだと連絡があって。といっても、ずっと疎遠だったんですけど。たまたま私がお骨を島に引き取りに……」

環はかたわらの白い包みに視線を落とした。トキが頭を振る。

「違うね」

老婆の視線は、友彦から離れない。

「故障したバスがうちの前に停まった、そうでしょ？　来るべきして来たの」

年寄りの身勝手な決めつけに呆《あき》れてしまう。あまり良い気分ではない。そもそもそれは結果論だ。バスの故障で降ろされ、仕方なく彷徨《さまよ》って辿《たど》り着いた先が海沿いにあるこの路地だ。近くにあのバスが止まった三叉路と商店が近くにあったなんて、知るよしもない。環も「灯台もと暗し、だったんだ。途中で横道に入ったから戻っちゃったのかな」と首を捻《ひね》っていた。トキに話に会わせるのも癪《しゃく》なので、否定の意味を込めてわざとこの言葉を選んだ。

「僕、方向音痴で」

実際はGPSの不調に加え、慣れない島の道に迷っただけだ。現に東京では初めて行く場所以外ならそこまで間違わない。何回か通えば、ある程度は道を覚える。現に研究所へはきちんと通えていた。自分は方向音痴ではない。

友彦の言葉に対し、なぜか環は同意してくれたが、トキの表情は否定を孕《はら》んでいる。彼女の目は環の横にある白い包みに向かった。

「——水で死んだか」

環の手を取り、トキがぎゅっと力を込める。だが、環はその手を離し、骨壺からそっと身体を離した。なにかを避けるような動きだった。

「み、ず？」

彼女の目は白い包みを捉えている。

環が縋《すが》るような顔でこちらを振り返る。友彦が黙っていると彼女は目を伏せ、絞り出すように声を発した。

「……父に、なにかあったんですか？」

トキはうなずいた。

「確かなことはわからない。けど、無念を残しているネ」

老婆の手が、骨壺に添えられる。染みだらけの手の甲が慈しむように動いた。

「……これ以上は詮索せんほうがいいヨー。生まれた場所に連れ帰ってあげなさい。そうすればこの人も鎮まるサー」

環の両肩がカクンと落ちた。その横顔は、ほっとしたというより、どこか拍子抜けだと言わんばかりだ。

トキが手を離した骨壺を彼女は持ち上げ、膝に抱える。

「今度はあんたヨー」

老婆は友彦に向き直ると、右手を眼前に翳《かざ》すように差し出す。

「……心が縮んでるネー」

「はい？」

比喩的表現か。煙《けむ》に巻くような物言いだ。

「どうしたことか、こっちの人も同じ日、同じ死に方をしているネー」

トキは片岡友彦の手を取り、環と交互に見比べる。

（霊感商法っぽいな）

よくある手法だ。当てずっぽうなことを告げて、相手を信じさせ、高額な相談料や壺や数珠を買わせるパターンなのだろう。否定を込めて、老婆の手を振りほどいた。

「結構です」毅然《きぜん》と断り、立ち上がろうとしたとき、環の身体が大きく傾《かし》いだ。咄嗟《とっさ》に両腕を伸ばし、彼女を支える。体温を帯びた柔らかな重みがのし掛かってきた。見ればトキも、骨壺が倒れないように手で押さえている。だが、その両の眼はこの部屋に面した後方の廊下を睨むように見つめている。

「……アンタら」

トキが小さく呟《つぶや》いた。視線は変わらず、友彦と環の後ろを捉えている。振り返ると廊下から庭と繋《つな》がる戸の硝子《ガラス》越しに、誰かが覗《のぞ》き込んでいた。

シゲルだった。

いつの間に降り出したのか、雨に濡《ぬ》れそぼっていた。その目は胡乱《うろん》な鈍い光を放っている。もしや、トキはシゲルのことを言っているのか。いや、違う。トキはシゲルの方を一切見ていない。廊下のさらに奥の方に目を向けていた。

(なにか、あるのか?)

友彦の目には、なにも、誰も映らない。

もう一度シゲルの様子を窺《うかが》ったが、すでに彼の姿は消えていた。

雨は次第に激しさを増していく。腕の中で環が呻いた。

骨壺を取り上げ、脇へ置いたトキは立ち上がり、祭壇へ向かう。数珠を揉みながら、再び祝詞を始めた。

「夫神は　唯一にして御形なし　虚にして霊有　天地開闢て此方……」

トキの家を出ると雨はやんでおり、涼やかな風が吹き抜けた。空は澄み切っている。濡れた路面の上を、友彦と環は肩を並べて歩く。

「晴れたね」

微笑む環の胸には、骨壺の白い包みが抱かれていた。彼女のキャリーバッグは友彦が引いて歩く。最初、彼女は自分で持つよと言っていたが、なんとなく手伝いたくなったのだ。父を亡くした彼女への感傷がそうさせた、とは思わない。言葉を交わし合ってまだ数時間も経《た》っていないのだから。我ながら変だな、と友彦は内心首を捻る。

(でも、やっぱり誰かに似てる)

陽光に照らされた環の横顔を盗み見ながら、誰だったか思い出そうとするが、なにも出てこない。こちらの視線に気づかず、彼女が囁《ささや》くように話し出す。

「いるんだね。ああいう不思議な人」

顎を上げるようにして、彼女は空を見上げる。

「なにが見えているんだろう?　興味もない癖に、つい聞いちゃった。この人のこと」

その視線が胸元の包みに下りる。

「無念を残しているって、ほんとかなぁ」

少しだけ迷ったように微笑んで、彼女はまた言葉を続ける。

「――妻も娘も放ったらかしにしてた癖に。私にはなんの重みもないんだけど」

環は骨壺の包みを何度が上下させる。なんと答えるべきか、最適解が見つからない。友彦は知り得る情報を伝えた。

「タンパク質は全部燃え尽きていますからね。残っているのはほとんどリン酸カルシウム」

だから重くない。軽いのだと伝えようとしたが、途中で遮られた。

「君、変わってるよね？」

半ば呆れつつ、半ば感心しつつといった顔だ。

「そうですか？」

「人……あんまり好きじゃないの？」

「ヒト……ですか？」

友彦は眉間をさする。

「あまり好きとか嫌いとか考えたことはないですが」

あなたは？　と訊き返してみる。

「いやぁ私も好きではないかなぁ、特に今は……。あ、環でいいよ」

　そうか、この女《ひと》はヒトが好きじゃないのか。しかし、なぜ「私も」なのか。好き嫌いの明言は避けたはずだが。これは〈態度や表情を見て相手の気持ちを慮《おもんぱか》ること〉なのだろう。よくあるパターンだが、シミュレーション内に活《い》かすことはできないだろうか。NPC《ノンプレイヤーキャラクター》に実装してアバターの表情で感情や嗜好《しこう》を読み取るとか。AIを駆使すればいけるかもしれない。補助AIの開発もするか——。そんなことを考えながら、はっと思い出す。さっきから相手にしか名乗らせていなかった。

「片岡です。片岡……友彦」

　環はにこりと微笑んだ。友彦はやはり誰かを思わせるな、と眉間をさすった。


　少し歩くと、あの五叉路に戻った。環が立ち止まり、友彦も足を止めた。

「……にしても、なんで誰ともすれ違わないの？　家はあるのに」

　周囲の家々を見比べるようにして、彼女は言い放つ。

「ゴーストタウンみたい」

　島のデータを思い出す。人口数は確かに少ない。とはいえ、可住地面積で比較しても、それなりに人は住んでいるはずだ。

（確かに、人の姿がないな）

　思い返せば、役場を出てから会ったのはバスの運転手にシゲル、トキ、そして環だけだ。

なぜだろう。ふと視線を下げた先、塀の一角に石碑を見つけた。まったく気づかなかった。そこまで大きくない上、周囲のくすんだ色彩に紛れて目立たないせいだ。

石碑の表面には、蛇行する模様のようなものが立体的に残っている。蛇を象《かたど》っているのかもしれない。民俗学的なことや考古学には明るくないが、島の宗教形態の残滓《ざんし》なのだろう。その石碑の足下に割れた硝子瓶が散らばり、そこに挿されていただろう野花が散乱し、枯れ果てていた。一部は踏まれたように花弁がすり潰されている。

かたわらで一緒に見ていた環が吐き捨てた。

「この島、なにか厭《いや》な感じ」

心底嫌悪感を抱いていることが伝わってくる物言いだった。友彦は辺りを見回す。

「そうですか？　スキャンしたプラットフォームみたいで、僕はなにか落ち着きますけど」

無駄な物がない、整然とした状態。問題がない状況はとても好ましい。が、環の顔は強《こわ》ばっていた。いや、戸惑っているのだろうか。

「だね……。友彦君てさ、この島でなにしてんの？」

一瞬、どう答えたものか迷ってしまう。

どんな仕事にも守秘義務はある。特に今回のプロジェクトは秘密裏に行われているのだ。わざわざ島にラボを設けるくらいに。それに、このシミュレーションを発表するときには華々しく行いたい意向があるとデナゲート社から聞いている。大衆に衆知させない状況が重要で、初報のインパクトが大事だ！　と息巻いていた。だから外部へ漏らすな、と言うわけだ。企業として正しいことは理解できる。

（……この人に教えていいものか）

悩みつつ、言葉を選んで友彦は口に出した。

「ヒトと、関わらなくていい世界を作っています」

環は一瞬呆気《あっけ》にとられた後、寂しそうに微笑んだ。

「なにかよくわかんないけど、それはそれで……。いいかもね、そんな場所」

表情に違和感があったが、肯定してもらえたことがなんとなく嬉《うれ》しくなる。友彦は少しだけ照れ笑いを浮かべた。環がいいと言った場所は、きっと多くのヒトにとっても同じように捉えられるようになるだろう。現実世界とは別の、新しい場所として。

「……新世界です」

思わず口を衝《つ》いて出た友彦の言葉に、新世界？　そう言って、環はまた笑った。

今度は、軽やかな笑みだった。

０１１　思慕　――　園田環

重そうな音を立てて、引き戸が開いた。

ムッとした異臭が流れ出る。生活臭と体臭が混じったような臭いだ。

玄関には、履き潰した靴やサンダルが無造作に放り投げられている。

散らばった履き物を手でどけながら、半ば壊れかけた靴箱の上に骨壺《こつつぼ》を載せる。空《あ》いたスペースにキャリーバッグを引き込んだ。その後ろには、所在なさげな友彦がいる。

「ゴメン、ちょっと待ってて！　片づけるから」

砂や埃《ほこり》で汚れた上がり框《がまち》に一瞬戸惑い、意を決して靴を脱いだ。

父が亡くなるまで住んでいた家だが、来るのは初めてだった。

（こんなとこに住んでたんだ）

生活用品や雑多な家具が詰め込まれた、軒先の低い粗末な平屋だった。

中に入ってみると天井はやや高い。島の暑い夏を過ごすための工夫なのだろう。トイレやお風呂、台所の位置を確かめた。どれも都内のワンルームアパートと変わらない。異様なほど古いことを除いて、だが。水道の蛇口を捻《ひね》ると水が出た。壁の電灯スイッチを押すと何度か瞬いてから、天井の蛍光灯が点《つ》く。水道や電気はまだ生きているようだ。スマートフォンの充電もできる。これなら島にいる間、ここをホテル代わりに使える。

(でも……これだと悠々自適とはほど遠いな)

玄関脇に打ち付けられた木の表札には、園田哲夫と乱暴に書き殴ってあった。なんだか無性にそれが腹立たしかった。

父――園田哲夫は、環が十歳の頃に姿を消した。

それまでは大手電機メーカーに勤め、管理職としてエリートコースに乗っていたと聞いている。母親はその会社の重役の娘だった。

ところが、ある日突然家を出ていってしまった。

朝、自宅マンションの玄関で送り出すまでは普通だったことを覚えている。

その後、父は当然のように会社を懲戒免職になった。母親の父である祖父もなんらかの責任を取ったらしい。

その後、自宅マンションを売り、母親の実家で暮らすようになった。経済的には安定していたが、父がいない悲しみからか、それとも逃げられたことでプライドを著しく傷つけられたのか、母親は健康を害し、塞ぎ込むようになった。それは年を追う毎にひどくなり、今も入退院を繰り返している。弱い人だったのだ、母親は。祖父母からは「父親に関することは、母親の目の前で絶対に口に出すな」と強く命じられていた。耳にすれば、彼女は別人のように暴れ出す。その有様は見るに忍びなく、娘として悲しくて仕方がなかった。

もちろん、父の失踪は環自身の生活にも影を落とした。

私立の名門小学校から中学、高校とエスカレーター式に上がっていったが、口さがないクラスメートから明らかな嫌味を言われたし、嫌がらせも受けた。父親に棄《す》てられた可哀想な子、と馬鹿にもされた。仲が良かったはずの友だちも腫れ物を触るような態度に変わり、いつしか周りから消えていった。

だから、環は人が苦手になった。否、人と関係性を築くのが怖くなった。

だから、なにごとにもかかわらず、如才なく振る舞う癖がついた。誰からも好かれ、嫌われないための方策、自衛手段だった。

大学に進学し、それなりに人間関係は広がった。今の会社に就職したのも、学校で作られた人脈の結果であることは重々承知している。だが、感謝こそすれ、彼らに対して素直に心を開くことは難しく、どこか一線を引いて構えてしまう。当然、母親や祖父母という肉親にすら、いい子だと思ってもらえるよう自分を殺して生きてきた。

自分が人を苦手で、関係を持つのが怖いと恐れていることに気づかれたくなかったからでもあるし、自身の卑屈な心の裡《うち》を見透かされたくなかったのだ。

（でも……）

外で待っている友彦は、他の人と少し違う気がした。

人間が好きか？　の問いに、考えたことがない、と答えた。考えたことがないのは、ひとつは意識せずとも幸せな人間関係を築いてきたからか、それか人間に興味がないか、のどちらかだろう。いや、もしかするとそれ以外の可能性もある。人間関係から逸脱しても、なにも感じないスタンドアロンな人間、か。多分、友彦はそのタイプだ。しかし、なんとなく放っておけない感じがする。彼のことがもっと知りたくなった。

（……珍しいな。私がそんなこと思うなんて）

台所をチェックしながら、環はくすりと自嘲気味に笑う。

そういえば、シゲルにトキの家へ案内されるときの道すがら、友彦に訊《き》かれた。なぜ、島に来たのか、と。

自分がこの島にやってきたのは、死んだ父親の遺骨の引き取りのためだ。一週間ほど前、祖父母から突然頼まれた。

「あの島でお前の父親が死んだ。父方の祖父母はすでに亡くなっている。他に取りに行く人間はいない。自分たちも毛頭行く気はない。あの男の実の娘であるお前に行ってきてほしい。東京まで持ってきてくれたら、後は永代供養にしてどこかの寺へ任せるから」

寝耳に水とはこのことだ。ずっと父親は行方知れずだと思っていた。だが、祖父母は所在を摑《つか》んでいた。母親どころか、環にすら教えていなかったことに関し、彼らは「娘のためだ」と目を伏せる。父親がどこにいて、なにをしているか、もし環にのみ伝えたとて、なにかの間違いで母親に伝わったらどうなるか。突発的な行動で下手をしたら自殺でもしそうで怖かったのだと謝られた。

環からすれば言いたいこともあったが、聞き分けの良い孫を演じた。遺骨の引き取りを了承すると、祖父母はほっと胸を撫《な》で下ろした表情になった。

(でも、やっぱりいろいろ考えるよ)

父親が出ていって、長い時が過ぎている。感情的に、今も決着がつかない。深い溜息《ためいき》を吐きながら、次の部屋に足を踏み入れた。

ちゃぶ台のような小さなテーブルに水屋、端が破れ中身が飛び出した座布団が目に入った。部屋全体は雑多であり、整頓はあまりされていない。父親が遺体で発見されたとき、警察に荒らされたのか。それとも元々こうだったのかわからない。どちらにせよ、独り暮らしの中年男性の悲哀が漂っている。

(遺品整理もしないとな……でも)

息を引き取った父親を、誰が見つけてくれたのだろうか。役場では「駐在所に匿名で連絡があった。通報主は今もわからない」と言っていたが。

中に充満した湿り気のある熱い空気で息苦しい。外に面した両開きの引き戸を開けた。淀んだ空気が潮風と共に抜けていく。

眼前に海と砂浜が広がっていた。開放的な景色だ。

（あの人もこれを毎日見ていたんだろうな）

大きく息を吐きながら室内を振り返ると、水屋の上に小さな引き出しタイプの収納ケースがあった。木製の古びたものだった。一番下の一段だけ少し前に出ている。引っ張ると、中は空《から》だった。下から二段目は役場からの通知などが乱雑に突っ込まれている。

一番上の引き出しを少し乱暴に開けると、中身が滑り出てきた。

それは一枚の写真と何冊もの通帳、そして母の名が記された離婚届だった。そして、大小揃《そろ》った結婚指輪もあった。

（まさか）

震える指で写真を取った。

そこには、若かりし頃の母親と幼い自分、そして自分たちを棄て、出ていった男の笑顔が並んでいた。

色褪《あ》せた写真は、自分が十歳の誕生日を迎えたときのものだ。

乱暴に引き出しに写真を戻す。ついで、通帳の名義人の名が目に入った。

そこには〈園田　環〉とあった。

通帳すべてを引っ張り出す。名義人はすべて自分になっていた。

一番上にあった一冊を震える指で開く。はらりともう一枚写真が落ちてくる。十歳より幼い頃の環を抱いた父親が、笑っていた。

写真を指に挟んだまま、再び通帳へ目を落とした。驚くほど大きな数字が並んでいた。どれほど爪に火を点《とも》すような生活をしたら、これだけ貯《た》められるのだろう。

（どういうこと？）

驚きと共に、ある疑念が湧いてくる。

父親は勝手に姿を消したのではないのか。離婚届の状態から考えるに、父親が出ていく前に母親から三行半《みくだりはん》を突きつけられていたと考えるのが妥当か。しかしそれも記入した日付がないので確定できない。とはいえ、ここにあるということは、届は出されていないことになる。だから、自分も母親も園田姓のままだったのだろう。実際のところ、母はどういう心境だったのか。もしや、復縁したかったのか。それ以前に、祖父母は父の失踪の真相を知らなかったのではないか。実は母親はその理由を知っており、連絡を取り合っていた。なんらかの目的のため取り乱した振りを続け、同時にいつでも出せるよう離婚届を父に渡した？　なんのため？　わからない。

いや、これらは単なる妄想に過ぎない。どういう事情で父親が家を出てこの島へ渡ったのかは、死んだ当人、あるいは母親の二人だけが真実を知っている。電話ではだめだ。今すぐにでも東京へとって返して、母親を問い詰めたい。しかしこれまでも口を閉ざしていたのだ。簡単に教えてくれるとは思えなかった。手にした写真と通帳を交互に見比べる。

（あの人は、どうして私にこんなものを――）

父が残した物を手にしたまま、環は引き戸を大きく開いた。目の前には砂浜が広がり、その向こうには碧《あお》い海が横たわっている。

(独りでこの景色を見ていたのかな)

目頭が熱くなり、グッと唇を嚙《か》む。喉の奥が、ヒュッと鳴った。目尻から涙が一筋流れる。

ふと、あの老婆の言葉が浮かんだ。

〈……これ以上は詮索せんほうがいいヨー。生まれた場所に連れ帰ってあげなさい。そうすればこの人も鎮まるサー〉

生まれた場所。連れて帰っても祖父母は母親に報《しら》せず、寺に永代供養を頼むと言っていた。多分、手を合わせることはしないだろう。それでも、父の魂は鎮まるのか。

(お父さんが産まれたところで、園田家のお墓に入れるとか?)

そもそも、父親の産まれた場所を知らない。もしわかっても、園田の墓があるかどうかもわからない。ならば、墓を建てるのはどうだろう。お金なら、父親が自分名義で貯めてくれていたものがある。

もう一度、通帳を確かめた。最後の振込の日付が目に入る。父親の死亡推定日より少し前だ。振込先の名がカタカナで印字されている。

デナゲートシャ、と。

（デナゲート社）

さっき、友彦から聞いた、彼を雇った会社だった。

通帳から顔を上げる。引き戸の硝子《ガラス》に映った自分の顔は、涙に濡《ぬ》れ、眉間に深い皺《しわ》が刻まれていた。

（――真実は、まだこの島にある）

手の甲で涙を拭い、通帳を元の場所へ仕舞いながら、玄関に向けて声をかけた。

「友彦君！　いいよ、上がって」


環は手を合わせて、友彦に頭を下げる。

「ありがとう！　助かった、ここまで来てくれて」

乱雑な居間の真ん中で、友彦は落ち着かない様子のまま曖昧にうなずいている。

「ごめんね。ほんとはお茶でも出したいところだけど」

台所を見やりながら、わざと少し語気を強めた。

「……男の独り暮らしってさ、なんにもないんだよね。でさ、君の職場って……」

向き直ると、友彦の目が一点を捉えたまま動かなくなっている。

砂浜を一望できる戸口へ駆け寄り、彼は確かめるように外を見回した。今にも裸足のまま飛び出さんばかりの勢いだ。

彼はもどかしそうに後ろを振り返る。

「ここって⁉」

その剣幕はこれまでの友彦らしくない。

「どしたの？」

わざとのんびり返してみたが、効果はあまりなかった。

「環さんのお父さんって、誰か女の人と住んでいませんでしたか⁉」

意表を突く質問だ。父が、女性と暮らしていた？

「え？　なんで？」

「だから、例えば、二十代後半くらいの若い女性と……」

どんな意味があるのかわからないが、正直に答えた。

「私も初めて来たから、なんとも。でも、住んでないと思うよ。だって、さっき家の中見て回ったけど、女性の影は微塵《みじん》もなかったし。典型的な男の独り暮らしにしか見えない。それに、ほら」

環は部屋を指し示す。

「もし、女の人と住んでいるのなら、彼女がもっと片づけているはずでしょ？」

乱雑な部屋の中を、友彦の目がせわしなくチェックしている。

「そう……ですか」

納得したのか、していないのかわからないが、彼は右手の指で眉間をさすり始めた。

「どうしたの？」

一瞬、言葉に詰まった後、友彦はポツリと漏らした。

「ここ、僕、見たことあるんです……。直接じゃないけれど」

012　魔物 ―― 新納《にいろ》シゲル

大雨が降ったことを感じさせないほど、空は晴れ渡っていた。

昼間の熱気が嘘のように引いている。

シゲルはトキの自宅近くにある五叉路《ごさろ》にしゃがみ込んでいた。彼はなにかを一心不乱に磨いている。ひと言も発さず、真剣な面持ちだ。濡《ぬ》れた手ぬぐいの下には、蛇行した文様が入った石碑があった。

石敢當《いしがんとう》と呼ばれるもので、日本の南方に多く見られる。

俗に言う道祖神的役割を担う石だ。道の突き当たりや分かれ道に多く建てられる、魔除け石である。石の表面に石敢當と文字が彫られていることが多い。

シゲルが住むこの島ではこの石を〈せっかんとう〉あるいは〈ケーシイシ〉〈ケーシー〉〈マジムンパレーイシ〉と呼ぶ。マジムンパレーイシのマジムンとは魔物や妖怪を意味する。マジムンは集落を徘徊《はいかい》するが、基本的に直進のみしかできず、道の突き当たりや分かれ道にぶつかる。その反動で対面にある家に這入《はい》り込んでしまうため、その家には不幸が起こると信じられていた。だから、魔物を祓《はら》う、あるいは跳ね返す石――マジムンパレーイシを置いて、対策したのだ。

ただ、シゲルが手入れしているような文様の石敢當は、この島にしかない。元々は蛇の姿を模した紋が彫られており、それは古代信仰の痕跡であったと、若い頃トキから聞いたことがあった。

〈強い神サンヨー。だから大事にせんといかんとヨー〉

なぜか泣きそうな顔で訴えられたことを、昨日のことのように覚えている。

（マジムンか）

島では蛇、特にハブをマジムン、マズィムンとも呼ぶ。魔物と蛇――蛇神は近しい存在なのだろうか。いや、そんなことはない。あってはならない。マジムンは魔物でなくてはならないのだ。

シゲルの手に力が入ったそのとき、近くで耳障りな子供の嘲り声が聞こえた。

顔を上げると、学校帰りらしき小学生が数名、こちらを指差し忍び笑いを漏らしている。

思わず目を伏せる。背後を囃《はや》し声が通り過ぎていった。

溜息《ためいき》をひとつ吐き、かたわらにあった硝子《ガラス》瓶を引き寄せる。ハウスでもらった飲み物の空《あ》き瓶に半分ほど水を入れてある。その口に切りそろえた野の花を挿し、そっとマジムンパレーイシに供える。次の瞬間、目の前で瓶が倒れ、割れた。

驚きのあまり仰《の》け反《ぞ》ったせいで、尻餅をついた。なにごとかと辺りを見れば、四方へ散らばる硝子片を押し分けるように、子供の握り拳くらいの石が転がっている。

「わぁい、ははっ。ダッセェ！」

「はははは、ははっ」

「ショッボ！」

さっきの小学生たちが大声で笑いながら逃げていく。それぞれ、シゲルを指差していた。

つむじ風のように小学生は路地の向こうへ消えてった。

痛む腰と尻をさすりながら、シゲルは立ち上がった。痛みはすぐに引かず、七十一の老体が悲鳴を上げている。

割れた瓶と散らばった花を見下ろし、シゲルはまたひとつ深い溜息を吐いた。


虫や蛙《かえる》の声に混じり、なにかが屋根裏を這《は》いずる音が聞こえた。

散らかった自宅の部屋の真ん中で、シゲルは天井を見上げた。光量が落ちてきた蛍光灯が灯るなか、その手には欠けた茶碗が握られている。黄色くなった冷や飯が、わずかに入っていた。

(音に重みがある。毒へビ《ヒャン》じゃねえ。ハブか。雨が降ったからだな)

雨が降った後はハブが出る。そしてこの家はムィー……森に囲まれている。森はハブにとって隠れ家だ。今、ハブは乱獲され、金に換えられている。個体数も減った。それでもハブたちは森に隠れ住んで命脈を保っている。シゲルの粗末な家もハブの住処《すみか》と同じく、森に隠れるようにひっそりと――。

シゲルはふん、と鼻を鳴らした。

彼はハブを捕らない。蛇が苦手なわけではなく、自分に課しているだけだ。なぜかと言えば、石敢當に刻まれた蛇神の紋をハブを象《かたど》ったものだと思い込んでいるからに過ぎない。島に古《いにしえ》からいた神。それがハブであるなら、自分のようなものが手を出してはいけないと彼は思っていた。

目を伏せると、小さな卓にパパイヤの漬け物が入ったタッパーが開けられていた。その脇には、小さな赤い折り鶴がポツンと添えてある。

あの子は、飯のおかずにと毎日、漬け物や野菜の総菜を持ってきてくれる。「冷蔵庫がないこの家なら、漬け物か火を通したものじゃないと駄目だよね、魚もお肉も食べられないから丁度良いでしょ」と屈託なく笑いながら。

確かに冷蔵庫もなければ、魚も肉も食べられない。飯を食うには結局、漬け物か塩をきかせた野菜の炒めたものが一番だ。

シゲルはそっと左へ顔を向ける。

そこにはこれまで漬け物や総菜と一緒に届けられた、様々な折り鶴が色とりどりに並んだ棚があった。

（リン）

どうしてあの子はこんなに自分を気にしてくれるのか。理由については幾つか思いつくが、言葉にするとあの子ごと消えてしまいそうで恐ろしかった。

（——うとぅるか？）

恐ろしい？　シゲルは自問自答する。なぜ恐れる必要がある。リンがいつまでも自分に構うことはやめさせなくてはいけない。彼女は若い。可能性とこの先長い人生がある。

同時に、自分がどれほどリンに救われているかを思い知ってしまう。それはよくないということも、ちゃんと自覚している。慌てたように飯と漬け物を掻《か》き込み、粗末な食事を終えた。折り鶴を手に取り、上下左右、回すように見た。丁寧に折られていた。リンの指先がどう動いたのかすら、容易に想像できる。

少しだけ眉尻を下げ、シゲルはその折り鶴を棚に並べる。

そして、奥へ——リンに入るなと命じた部屋へ通じる戸に、手をかけた。

０１３　同調 ―― 片岡友彦

ウン、と低い音が鳴る。

ラボ内のエアコンは、設定温度通りに空気を冷やしていた。壁の時計は午後七時前になっている。カーディガンを羽織った未央と葵が、作業を終える準備に忙しそうだ。その隣では、春樹と弘治が明日の予定を確認しつつうなずき合って、ヘッドセットを弄《いじ》くり回している。

友彦は自分の席で、眉間に皺を寄せていた。

（あそこはなんだ？）

今日、訪れた園田環の父親の家。

そこから見た景色は、明らかにあのとき――シミュレーションの見知らぬフィールド内にあった、夜の浜辺そっくりだった。

環に断りを入れてから外に出て確認したが、建屋もほぼ同じ造りだったと思う。

現在、自分が把握しているデータ上に、あんなフィールド、エリアは存在しない。他のスタッフにもそれとなく確認したが、全員が首を振った。

(……システムデータに触ったから出たバグか?)

普通のビデオゲームですら、完成後にソフトメーカーが意図しない挙動が起こったり、存在しないフィールドが生成されたりすることがある。プログラム上の誤り、不具合。バグ。虫、虫喰《く》い、を意味する言葉だ。特に分業制で制作されたものは、バグが出ることが多い。ビデオゲームより複雑なプログラミングの集合体であるシンセカイ・シミュレーションなら、予想外のことが起こっても不思議ではない。

いや、しかし、と友彦は眉間をさする。

(前任者や初期に関わっていたプログラマーが仕込んだものかもしれない)

ゲームだけではなく各種ソフトウェアと称されるものに、意図的に仕込まれた隠しプログラムが存在することは多い。OS——オペレーティングシステム(コンピュータの操作を司るシステムソフトウェアプログラム)ですら、隠し機能が存在しているくらいだ。

しかし、あのとき目の当《ま》たりにしたものは異常としか言いようがなく、ホラー的な要素を多分に含んでいる。だとすれば、シンセカイ・シミュレーション内にホラーイベントでも実装しようとした残骸が残っていたのか。

友彦は自分の目の前に右手の指先を持ってきた。あのとき、ログアウト後にも関わらずなぜかヘッドセットや身体に、出所不明の水滴が付着していた。確かにシミュレーター内でずぶ濡《ぬ》れになったが、それは仮想現実内でのことだ。現実世界に影響するはずはない。

ならば、どう理屈をつける。超自然的ななにかが関係しているとするか。例えそれが馬鹿げた妄想だとしても。

(駄目だ。それは論理的思考を放棄している)

自分らしくない。もう一度冷静に考えるべきだ。シミュレーション内のデータチェックをしようとデスク上のキーボードに指を這《は》わせたとき、ハッと気づく。

今、自分が使っているデスクは、亡くなった井出が使用していたものと後に聞いた。来たときには、引き出しを始め、すべてがきちんと片づけられていた。が、なにか問題を解くヒントが残っていないだろうか。例えば、引き出しの裏や、デスクの天板の下に付箋やメモを貼りつけたまま、放置されていることはないだろうか。無駄な行動になる可能性が高いが、探してみる価値はある。

デスクの下に潜り込んでみた瞬間、思わずギョッとした。

真っ正面にある幕板に、無数の傷が入っていた。

傷は太く深めのものが数本の他、浅く細いものが三、四本、どれもほぼ並列に並んだ状態で縦横無尽に刻まれている。

板の塗装を削るがごとく走る傷の痕跡は、まるで「出してくれ」ともがき苦しむ何者かが、必死に爪を立てたような光景を想像させた。

しかし、どうやったらこんな傷が入るのか。幕板は金属製で塗装もしっかりしている。

爪では傷ひとつつけられないだろう。鋏や工具、金属製のものさし、硬貨のエッジ部分で意図的に削り取ったとしか思えない。

（でもそれに、なんの意味が）

狼狽《うろた》えていると、背後に誰かの気配を感じる。咄嗟に後ろを振り向いた。赤いスカートの裾が通り過ぎていった。

未央か、葵か。机の下から外へ出て、ある事実に気がついた。

二人とも、今日は赤いスカートを穿《は》いていない。未央はパンツスタイル。葵は青みが強いフレアスカートだ。

唖然《あぜん》と立ち尽くす友彦の脳裏に、井出の赤いワンピースと言葉が蘇《よみがえ》る。

――落ち着いたら、直接相談したいことがあるの。

思いつめたようなあの顔はなんだったのか。なにを相談したかったのだ、彼女は。

もう一度机の下に屈《かが》み込んだ。やはりそこに井出のメッセージが隠されているのではないかと思ったが、傷以外なにもない。

外に顔を出すと未央が立っており、こちらを見下ろしていた。

「なにか、お探し？」

今、彼女にすべてを打ち明けるべきではない。いちいち説明するのが手間だ。だが、ある程度の事情は知りたい。友彦は、瞬時に言葉を選んだ。

「これ、井出さんが使っていたデスクですよね？」

未央は小首を傾《かし》げた後、こくりとうなずいた。

「彼女が、どんな研究をしていたのか知りたくて」

ラボにいる全員の視線が友彦に注がれた。


モニター内に幾つかウインドウが開いている。

ラボのサーバーに残っていた〈sample_sonoda〉フォルダを友彦はクリックした。

中身は履歴書だった。疲れた風貌の中年男性の写真が貼りつけられている。用紙に書かれたものをスキャンしたPDFファイルだ。拡大して名前を確認した。

園田哲夫、とあった。

（園田……哲夫。ソノダ？）

どんな話の流れだったたか、環の父親のフルネームを耳にしていた。ソノダテツオ、だった。ならば、これが亡くなった環の父親なのか。写真にある顔の特徴とシミュレーション内に現れた男性を比較する。雰囲気は似ている気がするのだが、あの人物は俯《うつむ》いたままだったので同じ顔かわからない。友彦は眉間を少しさすった。

「この園田哲夫さんと井出さんは、どういう関係だったんですか？」

「それ知ってどうするんだよ」

弘治の鋭い声が飛んできた。葵も続く。

「ねぇ、お願いだから。もうぶり返さないでよ」

二人は井出について話すことを明らかに嫌がっている。ゆっくりと腕組みをほどいた春樹が、溜息《ためいき》を漏らすように口を開いた。

「……この島で募った被験者のひとり、とか？」

「え⁉　それはまだ許可が下りてないよ」

未央が頭を振る。現状として、シミュレーションの被験者はデナゲート社社員の一部と、ラボのスタッフだけだ。将来的に守秘義務を守ってくれそうな島民を被験者として雇い入れる予定だと、春樹から聞いた覚えがある。そのために通信ケーブル設置を島の各所に行った話も初日に耳にしていた。

「せや、お前の言う通りや。島民相手の実験は、本社からの決裁がまだ下りてへん」

未央の顔が曇る。

「そうだよね。でも……井出さん独走するとこがあったから……」

濁った語尾と言葉の端々から、忌避感が滲み出ている。

「だけどな、警察にも調べてもらったんだし」

唐突な弘治の言葉に葵もうなずく。

「急性心不全。突然死ってことで……」

井出の実験は、彼女と園田哲夫の死と無関係だ、と言わんばかりの論調だ。

井出の遺体を発見したのは、春樹を始めとしたスタッフ一同だと聞いていた。当時からこのハウス内で皆と暮らしていたのだから、警察から事情を聞かれたり、状況を教えられていたりしても不思議ではない。だが、心不全という言葉が引っかかった。

「単なる警察と病院の怠慢です」

そう吐き捨てた友彦を、全員が呆気《あっけ》にとられて見つめている。自分でも意外なほど強い口調だった。なぜかはわからない。気を取り直して、説明を重ねる。

「……心不全は死因に書けません。報道では使われますが、ただそれだけです。警察や病院が皆さんに対する説明に心不全を用いるなんてこと、ありません。死因が突き止められなかったから、苦肉の策で心不全なんて言うのは、職務放棄と同義です」

そやなと春樹がうなずくのを横目に、他のフォルダになにかないかと友彦は調べ始める。マウスを動かし、キーボードを叩《たた》いた。隠しフォルダも表示させ、検索も可能にした。後は思いつくままに探し回る。

「あ、これ」

未央がモニターを指差す。並んだフォルダの中に〈ide sonoda Cause of death〉と名付けられたものがある。井出、園田、死因、である。

「誰や、こんなもん作ったんは？」

春樹の問いに答えはない。友彦はフォルダをクリックした。

中には死亡届の写しらしきものの画像が二枚と、もうひとつ、ゼロが四つ並んだ名称のフォルダがあった。まず画像の両方にざっと目を通す。

「井出さんと……園田哲夫さんは同じ日、同じ推定死亡時刻、同じ死に方をしている」

友彦の指が一瞬止まった。

(同じ死因？　これって)

環とトキの元へ訪れたときのことが、否応なく思い出される。だが、今は思考のノイズになる。あのときのことは脇へどかし、死亡届を見比べながら記載内容を確認していく。

「まったく別の場所で……室内で……」

死亡の原因、直接の死因は原因不明の溺死。肺の内部に海水が満たされていた。

(──海水で溺れた。室内で？　理屈が通らない。もしあるとすれば、海で溺れた溺死体を室内へ運び直すことだけれど)

死亡場所は園田哲夫が自宅、井出がハウス内になっている。これに間違いがなければ、室内で溺死したことは確実だ。

「井出さん、ヘッドセットを被《かぶ》ったままチェアに座っていたんや。俺が発見したとき」

春樹の告白に、さらに疑問が深まる。溺死するシチュエーションではない。ふと、自分の身に起きた〈シミュレーション内で濡れた後、ログアウト時に付着していた水滴〉を思い出す。

ログイン中、井出はその仮想現実内で溺れ、それが現実に影響したのか？

（そんな馬鹿なことがあるものか。リミッターもかけている。シミュレーター内での出来事が人体へ影響するとしても、リンクされた脳が反応して分泌物を出すくらいだ。その分泌物によるわずかな身体の変化はあるだろうがただそれだけで、溺死などするわけがない）

ありもしない海水で肺が満たされることは決してないのだ。

（同じ死因の園田哲夫のケースは、どうだったんだろう）

マウスを動かし、園田哲夫の死亡届を一番上に表示させた。

ヘッドセットについての記載はない。しまったな、と友彦は眉根を寄せる。知っていれば環が案内してくれたとき、室内を調べていた。もしヘッドセットや機器が残っていたら、ログデータなどから使用状況が解析できた可能性が高いからだ。

（環さんに訊《き》いてみるか。……あとは、これだ）

死因フォルダ内に置かれたフォルダを開いた。中には〈Simulation_001〉と名付けられた動画ファイルが入れられていた。

二人の死因に関係する動画だろうか。プロパティを探り、作成日時を調べる。二人が亡くなった日時と合致した。周りから溜息とも感嘆ともとれる息が漏れる。

「再生します」

メディアプレーヤーを起動し、友彦は再生を始めた。

まず、黒い画面が映し出された。

続いて幾つか判別できない映像が断片的に飛び、何者かの主観映像になった。

ウインドウ端に表示されたアイコンは、記憶情報データであることを示している。

その脇に〈001 Tetsuo_Sonoda〉とあった。ＩＤ００１。園田哲夫の記憶データだ。

「げッ、俺と一緒かよ……」

弘治が呻《うめ》く。彼のＩＤはもまた、００１だった。

映像は夜の浜辺だとかろうじてわかるものの、上下に激しく揺れていた。荒い男性の息づかいも途切れ途切れに聞こえてくる。怯《おび》えや焦りがそこにあった。

映像は時折背後を振り返る。そこにはなにもない——のだが、肩越しに薄紅色の陽炎《かげろう》のようなブロックノイズが被さるように描画され、映像を歪《ゆが》ませていた。

（なんだ、この状況は。データエラーによる描画崩れか？）

突然、未央が悲鳴のような声を上げた。

怪しい、おかしい、と春樹も呻く。葵も同様だ。弘治だけは感情を露わにしていないが、どこか落ち着かない様子だった。

（なぜだ？）

彼らの反応に疑問符が付く。ただの描画エラーのはずだ。動画を一時停止する。

「どうしたんですか？」

「え？　先生、見えへんのか？」

見えない？　これはただの描画崩れだと指摘するが、葵が首を振る。

「嘘。おかしなものが……」

そんなものはない。少しスライダーを戻し、該当箇所を再生した。やはり薄紅のブロックノイズがフィルターのようにかかった程度の異常しかない。

「え。なんで？　なくなってる」

未央を始めとして、全員が目を丸くしている。

「なにが見えていたんですか？」

それぞれが顔を見合わせてから、弘治がポツリと呟《つぶや》いた。

「女の顔っぽく、見えたんだよな。薄赤く染まった、生気のない」

全員うなずく。友彦は呆気にとられた。そんなものは最初からない。春樹が「見間違え、やったんか？」と頭を振る。

「多分、そうですよ。しかしこの映像の状況ですが、シチュエーション的になにかに追いかけられているように思えます。でも、なぜこんな状態になっているのか」

友彦の問いに誰も答えない。仕方なく、映像から割り出した推察を提示してみる。

「……井出さんは、皆さんに内緒でなにか研究を進めていた。ところが、この日、記憶データをサンプリング中、被験者の身になにかが起こった。——まだ仮説ですが、それが原因で二人が室内で亡くなる事故が起きた、と考えるのが妥当な線だと思います」

ここまで話しながら、友彦は持論の不備について気づいていた。これは園田哲夫の記憶データである。ならば、井出に直接影響を与えることは不可能ではないか。確かに井出はヘッドセットを被ったまま死んでいる。多分、シミュレーションにログインしていたのだろう。では、なぜログインしなくてはならなかったか。

(あ。そうか)

友彦は目を見開き、思わず声を上げた。

「ヘッドギアとサンプリング時の事故だ」

事前に知らされていた事故事例のことに思い当たった。

「どういうこと?」

腑《ふ》に落ちない顔で、未央が訊き返してくる。友彦は妄想に近い説だと前置きしてから持論を展開し始めた。

「自宅で記憶サンプリング中の被験者、園田哲夫さんになんらかの理由でエラーが起きた。そのエラーとは、シミュレーション内でログイン状態と同じ状況になったこと」

「おいおい、サンプリングはサンプリングや。ログインでけんぞ」

春樹の指摘にうなずきつつ、友彦は続ける。

「実は記憶サンプリング中に異常をきたす事例があったらしいんです。被験者がバイザーなし、ヘッドギアだけでシミュレーション内にリンクしたような事例が。被験者が現実に見ているものと記憶データが混ざり合うような状態からの変化だったと聞きます」

「はあ？　そんなことあるのかよ」

弘治の否定ももっともだ。友彦も話しながら仮説を組み立てるしかない。

「要するに、サンプリング中の被験者の記憶データがシミュレーション内にリアルタイムでロード――読み込まれ、開発用ＡＩ辺りが自動でフィールドを形成した。記憶サンプリングツールもベースはシン《S》セカイ《S》・シミュレーション《S》・ルーム《R》ですからね。データを取る最中、常時起動している訳だから、可能性はある。被験者はそのリアルタイムに構築されたシミュレーション・データ内にログインした状態になるわけです。これがサンプリング中の事故の原因でしょう。――まさかと思いますが、園田さんがその初回事故時の被験者だった可能性があります」

そんな、と未央が掠《かす》れた声を漏らすが、構わず先へ進む。

「そして、再び事故は起きた。サンプリング中の事故とはいえ、被験者はシミュレーションにリンクした状況と変わりません。それもハウス――ラボから離れた所、園田さんの自宅で。緊急事態です。でも、ネットワークを使い、管理者権限で強制的にリンクを切ると脳へのダメージの恐れがありますよね。それを受けさせないため、緊急で井出さんがシンクロ・リンクにより救出に出た。そのときは、井出さんしか動けなかったのでしょう。皆さんはこの実験を知らなかったんですよね？」

全員がうなずく。

「シミュレーション内で井出さんは園田さんと合流した。しかし、この映像データ上では反映されなかった。これも事故の影響なのでしょう。だからここに井出さんの姿がない。その後、シミュレーション内で起きたトラブルが二人の脳にダメージを与え、現実世界の肉体にも影響を及ぼし、死亡させた。例えば、仮想現実内で溺れてしまったことで脳が身体に〈溺れた状態〉を作り出してしまった。――あるいは園田さんだけが溺れてしまったのに、彼のデータとリンクしてしまったがために、井出さんの脳に溺れたデータが逆流してしまって、死に至らしめた」

周囲は水を打ったように静まり返る。

「もし、理論付けるならこれは――ブレイン・シンクロニシティだと思います」

ブレイン・シンクロニシティは、精神科医であり心理学者だったユングが提唱した脳の共時性、同時性、同時発生を表す。今回のパターンで言うなら、井出、園田両名が体験したシンセカイ・シミュレーション内での出来事、事故が二人の脳に同時に影響した結果だ、と仮定する他ない。シミュレーションはそれぞれの脳をダイレクトに――例え記憶サンプリングだとしても――ネットワークに繋《つな》いでいるので、起こりえないとは言い切れない。ただし、肺に残された海水という物理的異常以外なら、と限定されるが。プログラム及びネットワーク上に存在する海水がどうやって二人の肺を実際に満たしたのかまではフォローできない。そう、穴だらけの説でしかないのだ。

当然のように、四人は友彦の説を理解できないようだった。

席を立った友彦は眉間をさすると、ポツリと呟いた。

「……明日、改めて説明します」

四人はほっとした顔を浮かべ、再びそれぞれの仕事を終える作業に戻った。

四人の行動を横目に、友彦はトキの言葉を改めて思いだしていた。

〈どうしたことか、こっちの人も同じ日、同じ死に方をしているネ―〉

014　仮説 ―― 片岡友彦

窓の外に、朝の空と海が広がっている。

少し風があるのか、木々の葉が揺れていた。白くなり始めた日差しは、今日もまた暑くなることを予感させる。四月とは思えない日の光だ。

適度にエアコンの効いたハウスの共用スペースに、春樹たち全員が揃《そろ》っていた。それぞれが真剣な面持ちで友彦の言葉を待っている。

「これから、もう一度説明をします。論理の飛躍は無視して下さい」

席を立ち、少し間を置いてから、友彦は本題に入った。

「ブレイン・シンクロニシティ。体の感覚を共有するボディ・シェアリングを越えた、記憶や思考、感情までも共有するシステムです。行動だけでなく、主観的な情報……悲しみ、苦しみ、喜び、怒り、恐れ。あらゆる感情もシンクロする」

身体の感覚。言わばシミュレーション内での五感を、ログインしたアバターに共有させることは容易《たやす》い。やろうと思えば、外部から身体感覚や動作すらコントロールすることも可能だからだ。ツールで自動化させて、単純作業を繰り返させることもできる。

対する思考や感情面を意図的にシンクロさせるのは難しい面があった。技術的にではない。ある種の禁忌を孕《はら》んでいるからだ。例えば、個人、あるいは集団をある人物にシンクロさせ、同じ思考パターンと価値観を持たせる。言わば洗脳である。さらにそこから罪悪感そのものを削除し、悪事に対する忌避感を失わせてしまえば、殺人やテロ行動ですら容易に行うように仕立て上げられるだろう。それも理論上は脳に直接上書きができるので、ログアウト後に現実で行動させることも難しくない。当然、真逆の使い方も不可能ではない。人としてのモラルを悪人に植え付けることすら可能だ。もちろん、他に危惧すべき点は多く、簡単に手を出してはいけない領域であることは言うまでもない。

故に、友彦はこの機能を実装することを躊躇《ためら》っていた。しかし——。

「推測ですが、これこそ井出さんの目指していたプロジェクトに不可欠なシステムだったんじゃないか、と。ここへ来る前に提供された資料にありましたから。ブレイン・シンクロニシティに関するものが」

春樹が呻《うめ》いた。

「マジか……」

「どこまでいっちゃうわけ……」

信じられないと言った顔で、未央も頭を振っている。一方、葵は少し興奮気味だ。

「それってなにかもう、神の領域じゃない？」

「でも、その神の領域には欠陥があって、二人は死んだ」

春樹が吐き捨てた。

神がいるか、存在の証明ができるかどうかは置いておいて、友彦は断言する。

「そうです。欠陥があった」

多分、井出が実装していたであろうシステムには大きな欠陥があった。

片方に起きた事象は、もう片方に影響を及ぼす。この前提を完全に無視し、事前にセーフティを用意していなかったことが一番大きなミスだろう。

シミュレーション内でアバターに重篤な問題が起きた瞬間、ブレイン・シンクロニシティで繋《つな》がれた別のアバター側のリンクを強制的に解除するくらいの仕組みは必要だ。

しかし、井出はそれを行っていなかった。

（なぜだ。わからない。そもそもなぜ彼女はこんなシステムを入れていたんだ）

なにか他に理由があるのか。いや、今はそこを論じるタイミングではない。

「欠陥はあった、かもしれませんが、死んだとはいえない」

友彦の目が、春樹を捉えた。彼が小首を傾《かし》げる。

「死んだ、とはいえない？」

「肉体はなくなったのかもしれませんが、シンセカイのステーションに、彼らの脳のデータは存在しています。きっと」

春樹が呆《あき》れたように声を上げた。

「お前、ケロッとなに言うてんねん」

一同はそれぞれ顔を見合わせたまま、狼狽《うろた》えている。

「えっと、弘治さん」

ああ？　と弘治が反応する。

「前に言っていましたよね。犯罪者をログインさせて、そのままログアウト不可にする」

「……あー、言ってたな」

「それです」

葵が、あっと小さく声を上げた。構わず友彦は続ける。

「あのときは〈ログイン状態を維持したまま、アバターの状態が人体の状態にどのような変化をもたらすか観察する実験を〉ってことでした」

弘治が鷹揚《おうよう》にうなずく。

「でも、井出さんと被験者である園田哲夫さんの場合は、ログアウトしないまま、身体が生命活動を停止しています。シミュレーション内で起きたなんらかの事故が、二人の身体に影響し、肉体的に、身体的に死んでしまった、ということになります」

「ああ、そうなるな。しかしそれじゃ、シンセカイ内で殺したら、現実でも死ぬ、ってことになる。そうなると永遠の罰なんて与えられないってことだ」

顔を顰《しか》める未央を無視して、友彦は反証を試みる。

「いえ。それも少し違うんです。肉体の死とは別に、脳活動そのものをネットワークとコンピュータが代替して復帰させているのなら、死ではありません」

少しわかってきたかもしれん、と春樹が頭を掻《か》いた。

「それ、要するにサンプリング事故の時に抽出された各自の脳データがいまだ電子の世界で生きとる、今もどこかで動いとる。そういうことやな？」

「ええ。シンセカイのステーション内に彼らの脳データが残っていて稼働している可能性が高いんです。だとしたら、まだ広義の意味で生きているってことになります。医学的な死の定義はこの際、無視することになりますが」

ステーションとは、シミュレーション全般のデータ解析の中枢マシンを指す。

「それ、魂がコンピュータ上で生きているってことだよね？」

葵が口にした魂という言葉を、友彦はあまり認めたくない。魂そのものの存在はいまだ証明されていないからだ。しかし各自の認識を統一するには、これ以上ない言葉だろう。抽象的だが、今回は共通用語として受け入れることにした。

「……ええ。そんな感じです」

絞り出すように、未央が口走る。

「デジタルの牢獄《ろうごく》じゃん、それ」

春樹と葵がギョッとした顔で未央を振り返る。

「自分の意志で出られない、思考活動を止められない。仮想現実に延々と生き続けなければならないのは地獄だよ」

弘治が鼻で笑う。

「でもよ、それって原因は井出さんのやらかしだろ。自業自得だよ。それにさあ、もしかするとあっちで楽しくやっているかもしれないだろ。シンセカイ内だって気づかずに、さ」

その物言いに、未央は憤懣《ふんまん》やるかたないという口調で返した。

「あのね、井出さんはアンタみたいな悪趣味な活用なんて考えてなかったんだよ」

はあ？　と弘治は肩をすくめる。

「井出さん、少し前に言ってた。このシミュレーションが完成したら別の使い道がある、人の心を治療したり、癒やしたりできるかもしれないって」

ああ、と友彦は内心膝を打った。対象の脳に直接アクセスできれば、精神疾患などの治療に利用可能となるだろう。脳内の神経伝達物質の乱れもコントロールできるはずだ。さらに、ブレイン・シンクロニシティを適度に活用すれば、ケアを含めて効果は望める。井出の目指すプロジェクトはそれだったのだ。

「それが？」

出した矛が収められないのか、弘治は居丈高な態度だ。それが逆に冷静さを取り戻させたのか、未央は諭すように言った。

「それだけじゃなかったんだよね。井出さん、〈このシミュレーションなら、自由に外出ができない人たちに、散歩や旅行を楽しんでもらえる〉って言ってた。なんのビジョンもなく研究をしていたんじゃなくて、人の、世の役に立つものにしようって、あの人は高い理想を掲げていた。だから、今回のことを自業自得っていうのは駄目なんだよ」

弘治はぐうの音も出ない様子だ。

友彦は井出の研究理念に対し、興味深いと思った。革新的メタバースとしてのシミュレーター構築だけではなく、社会貢献を意図していたとは。

井出の試みに対し、もし自分ならどうシステムを構築するかと思考を始めたとき、春樹が友彦の背中を叩《たた》いた。

「あのな、センセ」

「……え?」

「井出さんたちの魂のデータ、どこにあるんや?」

「それは」

「まだ見つけとらんのやろ?　なら、ハウスのデータ総ざらいやな」

うなずきを返すと、春樹は一瞬笑ってから真剣な顔つきになった。

「ええか!　これから全員で井出さんと園田哲夫さんのデータを探すで。これはチーフ命令や！　速やかに開始してや！」

未央と葵が率先して地下へ下りていく。その後をやれやれといった様子の弘治が続いた。

「さて、俺らもやるか」

そう言って、春樹は下手くそなウインクを友彦に投げかけた。

015　追求――片岡友彦

チチッと、どこかで甲虫《こうちゅう》が軋《きし》むような音がしている。

ハウスの地下、ラボの中で友彦はモニターを睨《にら》みつけていた。

画面には、脳波をグラフィックスとして描画するソフトが立ち上げられ、ウインドウが二つ開かれていた。そこにはそれぞれ異なる脳波データが走っている。

眉間をさすりつつ友彦は立ち上がると、ラボ内の全員にデスクの上を指し示した。

そこには外付けストレージが二基置かれていた。それぞれにラベルライターで記されたテープが貼られていた。

ひとつは、〝００１　園田哲夫　ＢＷ：ＭＤ〟、とある。ＢＷはBrain Waves――脳波。ＭＤはMemory Data――記憶データの略だ。

もうひとつには〝CHIEF　井出文子　ＢＷ：ＭＤ〟とあった。

「ここに井出さんと園田さんの記憶や感情、脳のデータが保管されています」

スタッフ総出で調べ上げた結果だ。ただ、データ化までに幾つか問題が生じた。二人の脳データはステーション内で断片化しており、復元するのに手間取った。さらに各種データは簡単に解析されないよう暗号化され、プロテクトされていた。専用のソフトを使い復元していくが、全データが揃《そろ》うまで時間がかかった。特に園田哲夫のものは事故が起きたときのものだ。無事にサルベージできたのは幸いだろう。さらにデータ量は予想を遙《はる》かに上回り、用意していたストレージの容量では足りなくなるところだった。

(人間の脳の凄《すご》さだな)

友彦は感心すると同時に、脳構造に関する研究をさらに推し進めようと心に決めた。

モニターを振り返り、軽やかに何度かキーを叩《たた》く。

メディアプレーヤーが立ち上がり、件《くだん》の園田哲夫の主観動画が再生される。元データである記憶データから作成した映像にも、振り返る彼の肩口に陽炎《かげろう》のような影状のノイズが入っている。そのノイズを指差し、友彦はある案を提言する。

「記憶データに残っているこのエラーを解析、復元するため、僕らの脳のデータもプログラムに学習させてみましょう」

友彦以外の全員がそれぞれの席に着き、チェアの背もたれを最大に倒した。そして、ケーブルを捌《さば》きながらヘッドセットを頭に被《かぶ》る。

「な、これって頭ン中を丸裸にされる、ってことやんな?」

春樹が軽口を叩く。溜息《ためいき》交じりに未央が言い返した。

「その言い方……」

自分のデスクに座り直した友彦が、モニターを見つめながらキーを叩く。

「今回使うのは脳波データなので、記憶データとは違ってそこまで丸々可視化できません。オペレーターは最初、僕がやります。いいですか？　リラックスして下さい」

モニタリングしている各自の脳波は安定している。奥の階層へのアクセスの準備は終った。モニターに四人のパーソナライズされたウインドウが開く。

「データ収集を開始します」

キーを叩いた。四人の身体が、わずかに跳ねた。


「なんや、複雑な式だらけやな」

珈琲を口にしながら、春樹が感心したようにうなずいている。

大量の数式が書かれたホワイトボードを前にして、友彦は眉間をさすっていた。

自分を含めた五人の脳データを元に、映像データの復元アルゴリズムを解こうとしているのだ。これまでの研究や経験からある程度は方向性を絞れたが、さすがに一筋縄ではいかない。井出たちの脳データ回収から、すでに数日が経過していた。

「こういうのって、閃《ひらめ》きらしいよ。数学者って積み重ねた努力だけじゃ駄目で、センスと閃きが難題を解く鍵になるんだってなんかで見た」

暢気《のんき》なことを葵が言っている。

閃き。閃光《せんこう》。連想から、閃輝暗転という言葉が浮かぶ。突然視界にギザギザの光の波が広がる状態である。脳にとって好ましくない症状だ。症状。脳の状態……。

（あ）

友彦は数式を少し書き足した。解の入り口が、それこそ閃光のように見えてきた。

勢いづいてボードと格闘する友彦を横目に、弘治は肩をすくめて嗤《わら》った。


友彦は大きく溜息を漏らした。

「――なにか足りないんです」

モニター内の動画にある、紅《あか》い陽炎はいまだ姿を変えていない。

「私ら、五個の脳みそじゃ足りないんだって……」

未央は落胆した顔で、自分の頭を軽く小突いた。

「いえ、そうじゃなくて。ブレイクスルーのための、重要なファクターが足りないんです」

「ファクター、因子かぁ」

復唱する未央の声が途切れると当時に、甲高い音が鳴った。

「お客さんや。珍しいな。それかシゲさんか」

春樹が壁にあるインターフォンモニターを覗《のぞ》き込んでいた。相手と二言三言交わして、くるりと振り返る。その目が笑っていた。

「センセ、お客さんでっせ」


「ちょっと聞いていい？」

ハウスの外にいたのは、環だった。

辺りは夕暮れ時になっていた。スマートウォッチで確認すると十八時を回っている。

「ええ、いいですよ」

この前とは環の様子が違う。不機嫌というか、少し喧嘩腰《けんかごし》というか。いや、どこか思いつめたようにも思える。しかし、他人の機微はよくわからないのが本音だ。友彦はなかなか口を開かない環をよそに、提案した。

「……あの、お父さんの家を調べさせてくれませんか？　機器があれば回収……」

友彦の言葉を無視して、環はさっさと歩き出す。仕方ない。また後で頼むことにして、後をついていく。

休憩所の東屋に辿《たど》り着き、二人は対面に座った。

彼女が小さな冊子のようなものを差し出してきた。銀行の通帳だ。

表には環の名が入っている。そう言えば、給料の振込に関して、島内に銀行の出張所があると聞いたことがあった。それと同じ銀行だ。

「これ、環さんの？」

環は一瞬うなずきかけてから、首を横に降った。そして、頁を開いて指を差す。

そこには振込先の名が印字されていた。

デナゲートシャ、だ。

「この前、聞きそびれたけど……。父にこの会社から入金があったの、何度も」

井出が秘密裏にとはいえ雇い入れた被験者だから、手当が支払われるのは当然だ。だが、同時にこの実験をデナゲート本社も把握していたということになる。友彦を始め、ラボのスタッフに報《しら》せなかったのには事情がありそうだ。

眉間をさすっていると、環が大声で詰問してくる。

「何日も調べたよ。この会社のこと。どういうこと⁉　友彦くん、あなた、なにか知ってるんじゃない？」

なにか、とはなんだろう。皆目見当がつかない。守秘義務に抵触しなければ答えてもいいのだが、質問の意図を測りかねる。

「それに、どうして父が女の人と住んでたっていったの⁉」

「あぁ、それは」

今は違うと思っています、と答えかけて、はたと口が止まった。なぜ、自分はあの家に園田哲夫が女性と住んでいると思ったのか。しいて言えば、あの異常なフィールドデータとエラーに端を発する。あのとき見た家屋と実際に訪れた哲夫の家は同じものだった。そこに現れた男性と女性を思い出したに過ぎない。

そもそも赤い服と後ろから現れた腕に表示されたCHIEFの文字で、あの家にいたのが井出ではと推察したが、一緒に暮らしていた事実はない。春樹たちに井出のことを尋ねたとき、「俺らは島に来てからというもの、同じ屋根の下で一緒に暮らしとった」と聞いた。

自分が見たあの女性の正体は、ブレイン・シンクロニシティによって井出のアバターデータが園田哲夫の記憶データに影響を与えてしまった結果だと予想している。

（……だとしても、なぜ井出さんのアバターはあんな姿に変貌してしまったのか）

シミュレーション内で会ったときの健康そうな印象は消え失《う》せていた。単にスキンデータの読み込みが上手くいっていなかったのか、それとも別のエラーなのか。――無言で考え込む友彦に、焦《じ》れた環が問いつめる。

「なんで黙るの？」

あのとき話したことは、ただの勘です、今は違います、と素直に答えたらきっと怒るだろう。それほど環の顔は切羽詰まっていた。ただ真実が知りたいだけなのだ、彼女は。

自分がなぜ、園田哲夫が女性と住んでいたと感じたのかを包み隠さず伝えるべきだ。すべてを伝えたその後、シンセカイのことを口どめすればいい。

（まず、どこから話すべきだろう）

逡巡《しゅんじゅん》している友彦をよそに、環の怒りは鎮まったらしい。ぎゅっと通帳を握りしめ、俯《うつむ》いたまま声を漏らす。

「……私、やっぱりお父さんになにがあったのか、知りたくて」

だから、ここへ来たのか。友彦は彼女の赤くなった目を見つめる。

「それに、同じ日、同じ死に方だ、ってユタさんも言ってた。その相手が、友彦君が言った、一緒に暮らしていた女性のことじゃないか、って……」

（ユタ、か）

ユタ。霊能者。ユタ神のトキに会ったあの日のことを思い浮かべる。そのとき、なにかを思い出さなかったか――。

（あ！　あれか！）

脳研究者が霊能者に対して行った実験についてだ。霊能者の脳波は、特殊な波形を描く。だとすれば、トキから自分たちにない脳波データが取れるはずだ。

友彦はベンチからやおら立ち上がって、叫んだ。

「それだ！」

環がキョトンとした顔で見上げている。

「それですよ！　ユタ！　ユタの脳波！」

アルゴリズムに足りないピースを見つけた。無意識に環の両手を取る。

「ちょっ、友彦君」

我に返った瞬間、顔を赤くした環に気づく。慌てて手を離した。

後ろを向きながら、今まで感じたことのない感情の動きに狼狽《うろた》える。

もう一度、彼女の方を振り向いた。まだ顔は赤く染まっていた。

(——やっぱり誰かに似てる)

それが誰なのかは、やはり思い出せなかった。

「あの——お父さんは他の人と暮らしていませんでしたよ」

取り繕うように、環の問いに改めて答える。

「え？　そうなの？　じゃあどうして友彦君、あんなことを……」

友彦は深々と頭を下げた。

「ごめんなさい。あれは早とちりです。これから説明します。環さんなら、大丈夫だと思うから」

０１６　助力　――　片岡友彦

焚《た》かれた香が漂う部屋で、多くの人間が動いている。

春樹、未央、葵、弘治、そしてシゲルだ。

未央が祭壇やお供え物の隙間を縫うようにケーブルを這《は》わせていた。

「きゅらー、娘さんサー（美しい娘さんだなぁ）」

祭壇の前、座卓に座ったトキが未央に向かって微笑んだ。

友彦は廊下の方へ視線を流した。縁側には集まってきた島民たちが、ハウスの人間や持ち込んだ機材に奇異の目を向けながらヒソヒソと囁《ささや》き合っていた。その中には、フェリーの中で出会った少女、リンの姿もあった。かたわらには母親らしき女性が控えている。島民たちはみな、滲《にじ》み出す汗も拭わず、固唾《かたず》を呑んでこちらを見守っている。

それだけではなく、庭や低い塀の向こうでも野次馬たちが押し合いへし合いしている姿が目に入った。日差しに灼《や》かれながら、室内をじっと見つめているようだ。

（どこから情報が漏れたんだ）

島の人間にとっては物珍しい娯楽のようなものかもしれないが、邪魔をされるわけにはいかない。

「これ、なんだイ？」

トキが、ヘッドギアを両手で弄《もてあそ》んでいる。バイザー部分が取り外されているが、脳波を測定するだけだから問題ない。

トキの前には、哲夫の骨壺《こつつぼ》を手にした環が膝を揃《そろ》えている。

先日、正直に現状を打ち明けた後、環が「トキさんの脳波を測定するなら、霊能力を使っているときのものが必要でしょ？　だったら、私が父の霊を呼び出してもらったところを測定すればいいんじゃないかな？」と提案してきた。飲み込みが早く、現状に対する適応力がある。環は聡明な女性だ。即、協力をお願いしたのは言うまでもない。

そういえば昨日、トキの脳波サンプリング打ち合わせの最中、環は「やっぱり君、変わってるね。こんな最先端の技術に霊能者の脳波を使うなんて」と笑った。

（僕が変わっているかとか、霊の存在とかはよくわからないけれど）

緊張した顔つきの環から目を離し、友彦は未央の方を向く。彼女はトキの頭を調べていた。ヘヤピンや金属、問題がありそうなものがついていないことを確認し終え、指でＯＫサインを出した。

「トキさん、それを被《かぶ》って下さい」

友彦の指示で、トキはヘッドギアを恐る恐る頭に載せた。

「これ、危ないもんかい？」

「病院のMRI検査と同じだと思って下さい。病院のそれより精密ですが」

ヘッドギアにはデナゲート社、及びシンセカイ・シミュレーションの驚くべき技術が詰まっている。このサイズでMRIレベルを超える磁場・電磁波などを生じさせ、各種測定から脳へのアクセス、相互通信などをこなせる。再設計すればモバイルMRIとしても商品化できるだろう。

ヘッドギアから延びたケーブルは、廊下にあるノートパソコンと簡易ステーションとも言うべき機器に接続されていた。パソコンとステーションには他に外部ストレージを始めとした様々な機器が繋《つな》がれている。そのすべてが安定化電源を使用していた。

友彦は各種ノイズ対策を可能な限り行いながら、接続チェックを続けた。

（本当ならハウスに来てくれるのが良かったけれど）

トキはかたくなに断った。足腰が心配なら送り迎えもすると申し出たのだが、頑《がん》として首を縦に振らなかった。ユタとしての仕事は、自宅の祭壇じゃないと駄目だと言う。

「きちんと神サンに護《まも》られたとこじゃないと、わん（自分）に返りが来るサー」

要するに、神霊で護られたフィールド内でないと、魔物、あるいは呼んだ霊が障りとなって、自分の命に危険がある、ということらしい。それが本当か論じる手段はないが、相手の要求を呑まなくては話が進まなかった。

仕方なくハウスから島に通している通信ケーブルを利用することにしたが、残念ながらトキの家には届いていないとわかったのは、今から数時間前だった。仕方なく、各種機材を揃え直し、トキ宅へ入ったのである。

「えむあーるあい……？　病院？　わん、至って健康じゃがや。なんか知らんけど、これは役に立つかい？」

「必ず立てます」

トキを安心させるように、友彦はきっぱり断言した。廊下に視線を送ると、春樹と未央、葵が指で丸を作った。準備完了のようだ。弘治の姿はいつの間にか消えていた。人数的には四人いれば十分だ。これから始める作業の再確認をするため、三人を呼ぶ。

「この後、トキさんの脳波を測定開始します。今回は脳波サンプリングで、記憶データのサンプリングとは違い、事故は起きづらいと思われます。でも、急場で設置した機器が多いですから、予期しないトラブルも予想されます。加えて、高齢の被験者はこれまでいなかったはずです。ヘッドギアの電磁波が身体へどのような影響を及ぼすかわかりません。必ずトキさんの安全を第一に考えて下さい」

皆、真剣な面持ちでうなずいた。台所からやってきたシゲルがトキのそばにつく。

「霊能者の脳モデルか……」

未央は誰に言うでもなく声を漏らす。

「ほんまやな。先生、非科学や言うてた癖に」

春樹の反応に、葵も続く。

「やっぱ紙一重なのかな。友彦君みたいなの」

「紙一重？」

未央の問いに葵が答える。

「天才の行動って、凡人から見たら怪しいらしいじゃん。天才か否か、紙一重だって」

「まあ、俺らには完全理解は難しい、ちゅうことやな」

春樹が苦笑いしながら、二人の肩を叩いた。

「そろそろ開始や」


ヘッドギアを被ったトキの後ろにシゲルが控えている。彼の目は廊下にいるリンに向けられていた。リンはリンで、手にした小さな折り鶴を彼に向けて見せ、頬を緩めている。

見物人たちのざわめきがやまず、被験者の集中力の妨げになりそうだ。友彦は廊下側の障子を閉じながら、トキに話しかけた。

「なるべく彼女だけに集中して下さい」

硬い表情の環が、トキをじっと見つめる。トキもまた、環の方を向いた。

友彦は廊下へ抜け出し、後ろ手で障子を閉め切った。狭いスペースは人いきれが充満していた。

リンがじっと友彦を見上げている。その手にあった折り鶴が、やけに鮮明に目に映る。

少女はなにごとか話しかけようとしたが、口を閉ざした。視線が障子の方へ向かう。

（この子）

さっきシゲルとアイコンタクトしていた。二人の関係性は知らない。祖父と孫なのだろうか。客観的に見ても、二人は親しげだった。

「……なんでシゲルがあそこにいるサー」

廊下の見物客のひとりが小さな声で吐き捨てるのが聞こえた。振り返れば隣にいる男性もうなずいていて、障子に塡《は》まった硝子《ガラス》越しにシゲルの方を盗み見ている。その言葉の主をリンが睨《にら》みつけた。彼女のそばに座った中年女性がそれを窘《たしな》めた。

「リン……！」

「でも、お母さん」

リンの母親はバツが悪そうに膝を揃え直した。その様子を目にしたのか、シゲルが身を隠すように裏口から出ていく。

（どうしてこの人たちはシゲさんに冷たいのだろう）

トキの家に来たときから感じていたが、シゲルに対する島民の反応は芳しくない。かといって面罵することもなく、ただ遠巻きに文句を言うだけだ。まさに腫れ物に触るような、といった風である。なぜここまでシゲルが疎外されているのか、わからない。

「ほな、ええか？」

ステーション脇にいる春樹の声で我に返る。

「はい。トキ……ユタさん、お願いします」

障子越しに友彦は呼びかける。同時に、未央がノートパソコンのキーを叩いた。

017　複合 ―― 北島弘治

遠くから人のざわめきが伝わってくる。

それが余計に弘治を苛立《いらだ》たせた。

路地に建てられた鳥居の下で、煙草に火を点《つ》け、煙を一気に吸い込む。アメスピの、ひと吸い目独特の香りといがらっぽさが、喉から肺へ降りていった。

握ったジッポーを弄《もてあそ》びながらトキの家を振り返り、フン、と鼻を鳴らした。


弘治は二十四でデナゲート社に入社した。

大学院の修士課程を終えた後だ。ソフトウェア、ハード面の開発者、研究者として将来を嘱望されていたと思う。あの頃の自分は自信に満ち溢《あふ》れていた。

研修を終えて配属された先は、社の極秘プロジェクト部署だった。

〈これからのメタバース時代、その一歩先を行く〉

会社としても鳴り物入りのプロジェクトだったため、弘治は興奮を隠せなかった。結果を出せばプロジェクトチーフ、いや、それ以上の地位に抜擢される可能性があった。実際、上司の一部からは弘治をプロジェクト中核に抜擢する、そんな話も漏れ聞こえていた。出世して社内で実権を握ることができたら、自分のやりたい研究を自由に行えるはずだ。期待に胸を膨らませていた。

だが、プロジェクトリーダーは、自分の後に入社した女性に決定した。

井出文子。脳科学の博士号持ちである。博士課程を終えたばかりらしいが、他の人間の頭を飛び越えての登用だともっぱらの噂《うわさ》だった。

その後は、井出のプロジェクトチームで働くことになったが、彼女から度々注意された。彼女の言葉はストレートでわかりやすい反面、人の心を抉《えぐ》ってくる。せめて肯定から入り、改めて否定する話法、イエスバット法でも使ってくれたらいいのだが、井出は正論しか言わなかった。わずかに残ったプライドをへし折られる毎日だった。

チームには東京本社で採用された未央と葵、そして大阪の会社からヘッドハントされた春樹がいたが、経歴や能力から、彼がチームのナンバーツーだった。

居場所が少しずつなくなっていくように思えて仕方なかった。せめて仕事で認めてもらおうと頑張るのだが、いつも空《から》回りの連続だ。未央からは「中二病か」と罵られたこともある。春樹からは「やりたいことはわかるが、具体的な対案を出さんと」と窘《たしな》められた。

チームメンバーが揃《そろ》ってから少しして、とある島にラボを作る計画を聞かされた。

〈他社にプロジェクトを盗まれないように。また集中して研究開発ができるように〉

そんな理由が掲げられ、ついに島での生活が始まった。ここで汚名返上、名誉挽回《ばんかい》だと息巻いてみたものの、東京本社のときと評価は変わらない。いや、逆に同じハウスに住み、四六時中顔を突き合わせている分、チームメイトからの評価が余計下がった気がしないでもなかった。

日々仕事に悩んでいる中、葵の存在がいかに自分にとって大切か、自覚してしまった。ふわふわした物言いの葵は、東京にいたときから事あるごとに周りから弘治を庇《かば》ってくれた。周囲との軋轢《あつれき》が最小限に抑えられていたのは、彼女のお陰と言っても過言ではない。

島に来てからさらに思いは募った。葵に振り向いてもらいたくて、未央にちょっかいをかけたこともある。嫉妬させれば、自分のことを意識してくれるのではないかと考えたからだ。ところがあまり効果がない。もっとストレートに行くべきか、軽いジャブ程度でいいから告白しようかと考えていた矢先だ。朝方、春樹の部屋から出てくる葵の姿を偶然見てしまった。気づかれた瞬間、彼女の目が氷のように冷たくなったことを昨日のことのように覚えている。誰にも言うな、という圧力を含んだ視線だった。

当時、春樹は未央とつき合っていたはずだ。なら、葵は二股の相手だ。だから彼女が誰にもバレたくないと思うことは重々理解できたが、やはり心が痛い。いや、それ以前に葵が心配だった。彼女は春樹に騙《だま》されているのだ。だから、二人きりのときに優しく話しかけ、いろいろ訊《き》いてみた。返ってきた答えは「あなたには関係ない」「私が好きでやっている こと」「春樹は私の方が好きだから」「人に口出す暇があるなら、自分の足下を見直せば？」。豹変《ひょうへん》した葵に、言えることはもうなにもなかった。

それ以降、葵の当たりも強くなった。ああ、これはもう駄目だと思った矢先、井出が亡くなった。ラボのチェアの上、ヘッドセットを被《かぶ》ったまま溺死していたのだ。そこからは研究開発の引き継ぎやチームの再編などで忙殺された。

そして、片岡友彦がやってきた。

彼はとても非凡な――要するに天才だった。

たちまち弘治の立場は以前より悪化し、現在はこのていたらくだ。ゲンナリする。

(しかし、天才様のやることはわからんわ)

煙を吐きながら、弘治は片眉を上げた。井出の死、被験者園田の死、映像の薄紅のノイズ。三つの原因究明にチームの脳波だけでは足りないから、霊能者に協力を仰ぐ。そのファクターとして、死んだ被験者の遺骨と娘まで利用する。

(人の機微ってヤツが、アイツには理解できないんだな)

人間性の欠如ってヤツだろう。弘治は苦笑いを漏らしながら、ポケットを探った。

スマートフォンを取り出し、時間を確認する。終了時刻は決められていないが、就業時間を過ぎたら帰るつもりだった。それまでここにいるのだから、文句を言われる筋合いはないはずだ。

弘治は画面を何度かタップした。間違えてアルバムアイコンに指が当たる。

先日やったSUP《サップ》の画像があった。あのときは観光で来ていた女性数名と楽しんだ。が、途中で海に落ちたとき、なにかで膝を強く打った。傷にはならなかったが、痛みは今でも残る。水面から見た感じでは、材木の一部のようなものが沈んでいた。多分それに膝をしたたかに打ちつけたのだ。頭にきたので踏みつけてやった。その衝撃で材木は海流に乗って流れていったが、紐《ひも》か鎖のようなものが巻きついていたように思う。

（あの後、女たちとはそれきりだもんな）

後悔と共にアルバムをスワイプしていく。

「……ん？」覚えのない画像が数枚あった。

バックは真っ黒で、右隅に赤いなにかがぼんやりと写っている。いや、黒いと思ったバックは黒と紺の他、その中間くらいの色がマーブル状のように渦巻いていた。赤いものはよくわからない。薄紅色の発光体が掠《かす》めていったらこんな感じに写るだろうか。他の画像もすべて似たようなものだった。違いがあるとすれば、マーブルの模様具合と赤の位置くらいだろう。

（なんだこれ）

撮影データをチェックする。一昨日から昨日の日付だが、撮影された時間帯がおかしい。会社の就業時間内だ。だとすれば、レンズは封印されている。

（だから、こんな変な画像に……）

いや、なる訳がない。レンズ封印シールを貼ったまま撮影してもこんなものは撮れない。真っ黒になるだけだ。では、この画像はなんだ。考えてみるものの、結論は出ない。

画像を削除しながら、なぜかふと井出のことが脳裏に浮かんだ。

（井出さん、赤い服が好きでよく着てたな）

スマートで美人だったから、よく似合っていた。逆に一般レベルの女性が真っ赤な服を着るのは、無謀なコーディネートだと理解できた。井出の笑顔と同時にその死に顔を思い出す。ヘッドセットを取ったとき――。

（でも俺、なんであんなことしようとしたんだ）

あの日、泣いて取り乱している葵と、冷静に対処している未央と春樹のかたわらで、弘治は井出の遺体をじっと眺めていた。観察のつもりだった。死体なんか怖くないんだ、俺は他と違うんだ、という無頼を気取った行動だった。しかし、誰もこちらを見向きもしない。警察には連絡したのかと言う未央の声を耳にしながら、どうすれば注目が集められるかを考えた。

そうだ。井出の死体を玩具《おもちゃ》にしてやればいい。

例えば、首を絞めてみたり、髪の毛を引っ張ってみたり、胸を揉《も》みしだいたり、ワンピースの裾を捲《まく》って下着を剝ぎ取ったり――人間は死んだらただの物だ。損壊さえしなければ、なにをしても許される。そう思った。

ゆるゆると右腕を伸ばしかけたとき、葵が胸に飛び込んできた。彼女の震える身体に我に返る。ああ、良かった。人間として最低なことをするところだったと彼女に感謝し、抱き返してやろうとした瞬間、葵は春樹の方へ駆け出し、抱きついた。そのとき、未央の姿はなかった。春樹は弘治の顔を眺めながら、やれやれと言わんばかりに肩をすくめた。

(結局、井出さんの死因は謎のままだ)

トキの家の方に顔を向ける。

天才様が頑張っているのだろう。考えてみれば彼の部屋は、井出が使っていた部屋だ。死後、皆で片づけたが、荷物はかなり少なかった。仕事に関するものが多く、後は赤いワンピースの他、同じデザインと色の組み合わせの服が何組かと下着、簡素なメイク道具くらいだった。片づけはあっという間に終わった。彼女のことを語るような私物はなにひとつない。家族の写真も、恋人の影も、なにもかも。

(井出さん自身が、わからない人だったな)

そういえば、この島にラボを作ることを進言したのは井出だったと聞いたことがある。

他の島でもいいはずなのに、この島じゃないと駄目だと拘《こだわ》り、強く推したようだ。

その理由すら自分は聞かないままだった。

弘治は再び鼻を鳴らした。苛立ったように足先を上下させる。

煙草を地面に叩《たた》きつけるように棄《す》てた。ふと気づくと、吸い殻のすぐそばに赤い折り鶴が落ちている。

（赤、かよ。どっから来たんだ、これ）

まだ燻《いぶ》っている吸い殻を爪先で折り鶴に近づける。

鶴の羽根の先端が焦げていく。そして赤く小さな炎を上げ始めると、不自然なほどあっという間に燃え尽きた。

それを見届けてから、路地をゆらゆら歩き出す。

少し離れたところから、誰かがじっと様子を窺《うかが》っているのが視界の端に入る。

シゲルだった。

陰気な目つきで弘治と地面の燃え滓《かす》をじっと見つめている。

なにか文句でもあるのか。荒々しく二、三歩近づくと、物陰に隠れるようにシゲルは去っていった。

追いかける気力もない。何気なく視線を落とすと、塀際に変わった模様の石を見つけた。

蛇のようなものがぼんやりと刻まれている。

感情をぶつけるように思い切り踏みつけた。が、びくともしない。
弘治は大きく肩を落とし、その石を見下ろした。

０１８　現出　――　園田環

暑い。香の香りが纏《まと》わりついてくる。

エアコンは唸《うな》りを上げているが、汗が滲《にじ》み出てきた。

祭壇に上げられた剝き出しになった白い父の骨壺《こつつぼ》が、蛍光灯の光を跳ね返している。

環は、ヘッドギアをつけたまま目の前に座る老婆――トキをじっと見つめながら、右手を差し出した。トキもまた両手で、こちらの手を柔らかく握りしめた。

すう、と息を吸ったトキが、おもむろに口を開いた。

「ええか？　あちらさんにもあちらさんの都合がある。だから詮索せんほうがええと言うたんサァ。いいね、踏み込み過ぎるようなら、そんときは手を離すからや」

手を離す――ユタの儀式を止める、と言うことか。

「はい」

環の返事を聞いてから、トキが左手はそのままに、右手を彼女の頭に添えた。自然と頭を垂れる形になった。

「あぢゃ（父親）……あじゃのことだけ考えておけよ」

いよいよ始まるのだ。トキの声に、環の全身に緊張が走った。

夫神は　唯一にして御形なし　虚にして霊有
天地開闢て此方　国常立尊を拝し奉れば
天に次玉　地に次玉　人に次玉　豊受の神の流れを
宇賀之御魂命と　生出給ふ
永く神納成就　なさしめ給へば
天に次玉　地に次玉　人に次玉
御末を請け信ずれば――。

祝詞《のりと》が始まる。部屋中の空気に共鳴しているか如く、凜《りん》と響いた。

低く、高く、唸るように続く祝詞の合間に、異音が混じり出す。頭を下げたまま、音のする方に目をやった。

祭壇にある、父親の骨壺に異変が起きている。

蓋の隙間から、じわりじわりと水が滲み出ているのだ。気のせいではない。水圧が蓋を押し上げ始めた。脈動するように水が溢《あふ》れる度、蓋と本体がぶつかる音がする。ついには蓋が完全に外れ、小さな骨片が祭壇へと溢れ出ていく。

（私、なにを見ているの――？）

思わず頭を上げかけたとき、背後でなにかの気配が膨れ上がった。

人――多分、大人。それも男性。なぜわかるのか、自分でも説明がつかない。

廊下の奥で幾つも声が上がる。波形が、こんなデータは、どうしてこうなる……シンセカイの皆の狼狽《うろたえ》ぶりが伝わってきた。

気配は消えない。さらに強く、存在を増していく。部屋の気温が一気に下がった。

意を決し、振り返ろうとしたとき、右耳の後ろから影が差した。誰かが顔を寄せてきたのが、見ずとも理解できる。

電撃に打たれたように、身体が跳ね上がった。同時に全身が硬直を始める。振り向けない。目の前のトキは、一心不乱に祝詞を続けていた。

――タ……マァ……キィ……。

掠《かす》れた男性の声が、右耳に伝わってくる。普通とは違う、フィルターが掛かったような、遠くから聞こえるような、それでいてすぐそばで響いているような、そんな声だった。

――タ……マァ……キィー……。

たまき。環と呼んでいる。

（この声）

記憶にある。自分の名を呼ぶ、懐かしい声。

「……お父さん？」

顔の横にあるものが、幽《かす》かに動いた。うなずいたようだった。

——……シ……マ……ヲォ……デ……ロォ……オ……。

島を出ろ？

「でも……でも！　お父さんはどうして？」

動けない環の必死な問いに、答えはない。祭壇に点《とも》された灯明が、異様な動きを始めた。縦に長く伸び上がったかと思えば、とたんに消え入る寸前まで縮んでいく。そこから再び大きく伸びた。炎の大きさに合わせ、部屋中の光量もまた揺らいでいく。

廊下から島訛《なま》りのざわめきが渦巻いた。

〈なんだこれは。影。二つ。誰。トキとあの女の人。違う。じゃあ。誰。なにごとか……〉

彼らはなにを目にしているのか。

大声を上げそうになった瞬間、右手がグッと引っ張られた。視線を降ろすと、トキの左手が環の手を押さえるように引いている。彼女の目はじっとこちらを——いや、環の背後を睨《にら》みつけている。いつの間にか、祝詞はやんでいた。

視線を外さず、トキは首を小さく左右に振った。

「待って、トキさん。ユタさん、まだ」

環が囁《ささや》くように乞い願うが、トキはずっと首を振っている。

ふっ、と鋭く呼気を吐き出し、トキは環の頭に添えていた右手を外した。

「……あ」

顔の横からすうっと気配が遠ざかっていく。

身体の硬直が解けた。必死に振り返る
少し離れたところに、父親の姿があった。

記憶より歳を取り、着ている物も粗末になっているが、間違いなく父親だった。

懐かしい顔には困ったような笑みが貼りついている。

その背後に、巨大な星雲のような形の暗闇が広がっていた。父親はその中心に向け、絡め取られるように遠ざかり始めた。

「待って！　もう少しだけ！」

環は縋《すが》り付くようにトキの手を握る。まだ、訊《き》くこと、訊きたいことがあった。いや、それ以上に、父親がいなくなることに耐えられなかった。

だが、その姿は暗闇に溶けるように、いや、暗闇に喰《く》われるように消えていくところだった。

「父さん！」

黒い星雲は父親を吞《の》み込み終えると収束するように縮み、なんの痕跡もなく消え失《う》せた。

トキが大きく息を吐いて、環の手を両手で包む。二人が互いを見つめたとき、突然強い光が閃《ひらめ》き、耳を劈《つんざ》くような轟音《ごうおん》が轟いた。激しい落雷だった。環は思わず瞼を閉じる。

環が目を開けると、白い障子に黒い人影が三つ、焼きついたように浮かんでいた。が、すぐに消え失せた。見間違えたのか。それとも、父親の残滓《ざんし》だったのだろうか。

長い息を吐き、環は祭壇の方へ向き直る。

トキが両手で頬を優しく撫《な》で始める。温かな掌《てのひら》の感触が心地よい。

「大丈夫ヤー？　目を開けて」

目はしっかり開いている。トキには見えていないのか。頬に添えられた手を握り返そうとした瞬間、ぞわっと背中に怖気《おぞけ》が走る。

（……え？）

下に置いた両手は、今も握られている。

――誰に？　トキの両手は自分の頬にある。思わず顔を下げた。

そこには、自分の手を掴《つか》む、二つの白い手があった。

血の気の一切ない、抜けるように白い指と甲が緩慢に蠢《うごめ》いている。手首から先を辿《たど》れば、トキの白い羽織物、その左右の袖から一本ずつ腕が伸びてきていた。

ひゅうっ、と喉が鳴る。声が出ない。貼りついたように、そこから視線が動かせない。

白い腕を伝うように、長い黒髪が蛇のごとく這《は》い出てきた。

咄嗟《とっさ》に思い切り腕を引くと、環の手を離さないと言わんばかりに、白い腕がズルリと長く伸びてくる。

腕の表面に、沢山の瘡蓋《かさぶた》のようなものがへばりついていた。海の岩に貼りつくフジツボに似ていた。しかしすぐに違うとわかった。

小さな穴だった。

水にふやけたようにグズグズになった皮膚に、無数の穴が開いている。すべての穴の奥から虫のようなものが頭を覗《のぞ》かせては引っ込むことを繰り返していた。

環は喉が張り裂けんばかりに、悲鳴を上げた。

なにかに気づいたのか、トキは自らの手を引っ込め、呪文のようなものを唱えだした。

「どうしたんですか⁉」

廊下から友彦が飛び込んでくる。同時に、長く白い腕はトキの両袖へ引き込まれるように消えた。

障子の硝子越しに島民たちが好奇の目で様子を窺《うかが》っている。

環の身体から力が抜け、厭《いや》な臭いを放つ脂汗が全身を伝う。

腥《なまぐさ》い潮の香りが立ち上ってきた。出所はわからない。

床にへたり込む環の耳に、関西訛りの声が入ってきた。

「――波形、フラットになったで」

019　満天 ―― 片岡友彦

キーを叩《たた》く音が、ラボ内に反響する。

壁に据えつけられた時計は、すでに午後十時を回っていた。

モニターには脳神経回路の3Dモデルが描画され、回転を続けている。

操作している友彦の後ろで、春樹がじっと無言で作業を見守っている。少し離れた場所では、弘治が腕組みしたまま二人の様子を窺《うかが》っていた。

友彦は複雑な脳神経回路の全体――コネクトームを、AIによる演算を併用し詳細に映像化していた。

コネクトームの描画バリエーションは幾つか存在する。例えば線と線を繋《つな》いだような形だ。線の太さでノード間の接続の強さを、点の大きさがノードに集まる接続量を表す。また、同様のデータを数列《マトリクス》の形で出す方法もあった。またDTI（拡散テンソルイメージング）により脳内の神経繊維の走行図も描画できる。これら複数を統合させたものが、友彦とAIが作り上げた画像だった。ちなみに人間のコネクトームは〈ヒト・コネクトーム（Human Connectome）〉と称される。コネクトームはひとりひとり違うパターンを持つ。その多様性が、人間の人格や心を決めているのではないか、そんな仮説があった。

（……これが、トキさんの）

無言のままコネクトームを見つめていると、不意にラボのドアロックが解除され、未央が入ってくる。その後ろから環が顔を覗《のぞ》かせた。昼間の脳波データサンプリングに協力してもらって以来、二人は仲良くなったようだ。環曰《いわ》く「未央さんとは馬が合う」らしい。どことなく取ってつけたような言い回しだったが、彼女がそう言うのなら、そうなのだろう。

春樹の隣に陣取った未央が、物珍しそうに周囲を見やる環に説明を始める。

「昼間のユタさんの脳波データを取り込んで、記憶体験モデルを作ってるの」

「これで、なにがわかるんですか？」

「あれだよ、あれ」

環の横にやってきた弘治が、上からの物言いで指を差す。

別のモニターに映し出されているのは、園田哲夫の主観映像だ。

例の陽炎《かげろう》のような影を目にした環が、目を見開く。

「なんですか、あれ」

「私たちにもわからないの」

肩をすくめる未央の後ろに、いつの間かやってきた葵が立っている。彼女は答えを引き継いだ。

「あなたのお父さんと井出さん……あ、井出さんはここの元チーフね。その二人になにがあったかを調べるんだよ」

「あれが……父の？　調べられるんですか？」

環の問いに、今度は春樹が反応する。彼はモニターに映し出されたトキのコネクトームを指し示した。

「要は、あの婆さんの霊感みたいなもんを使ってやな、俺らの誰でも体験できるってこと」

理解が追いつかないのか、環が言葉もなく立ち尽くす。未央が助け船を出した。

「簡単に言えば、正体不明の映像をクリアにして、誰でも見られるようにするために私たちの脳波データとは違う、特殊なデータを使うってこと。あのユタさんが持っているような脳波をデータ化してね」

環は曖昧にうなずいた。その耳元に弘治が唇を寄せる。

「そいつを解明するために、あんたは利用されたんだ……」

身を引きながら、環は訝《いぶか》しげな目を弘治に向けた。未央が怒鳴りつける。

「弘治！　なんでそんな言い方しかできないの？　邪魔すんなら、どっかに消えて！」

「おー、怖ッ」

弘治が茶化すように両手をひらひらさせながら、二人から離れていく。その様子を眺めながら、友彦は指で眉間をさすった。

（……あの話、本当なのかな）

脳波サンプリングの最中のことだ。

環は亡くなった父親、園田哲夫に会った、と言う。

ユタの力で呼び出された父親だったのだと彼女は言うが、そんな痕跡は一切なく、にわかに信じがたい。しかし、直後の混乱と狂騒は確かに起こった。そして、トキの脳波データもあまり類を見ない波形を描いていた。このコネクトームそのものも興味深い。その後の環自身からの訴えも切実で、真に迫っていた。

（もし、環さんの言うことが真実なら、この脳波は得がたいデータになる）

いわゆる霊能者が、霊能、霊力と呼ばれるものを使用している際の脳波サンプリングなのだ。それを体験モデルとして構築できれば――。

（いや、それなら同時に環さんの脳波サンプリングもやればよかったな。トキさんのデータと照らし合わせることができる。後々の研究に一石を投じつつ、役に立っただろう）

後悔を表に出さず、友彦はモニターに視線を戻し、キーを叩いた。新たな脳波描画プログラムが立ち上がる。トキのデータを読み込ませ、数式化させた。続いて解析プログラムの拡張機能《プラグイン》をインストールする。迷いのない作業だった。

「凄《すご》く夢中だね」

肩越しに環が話しかけてくる。振り返ると、彼女の微笑みがあった。こちらへ向けられた真っ直ぐな目に思わず戸惑い、視線を逸《そ》らしながら訊《き》き返す。

「……夢中？」

「友彦君ってさ、ホントは人が好きなんじゃない？」

理解が追いつかない。なにが言いたいのだろう。

「人と関わらなくていい世界、だけど共有したいんでしょ？」

それはそうだ。シンセカイ・シミュレーションはヒトと直接関わらなくていい世界であると同時に、ユーザー全員が個人の体験や感覚を共有できる革新的なソフトになる予定だ。そのために研究・開発を重ねている。

「矛盾していますか？」

ううん、と環は首を振りながら苦笑を浮かべる。

（なんなんだろう。なにが言いたいんだろう）

友彦はモニターに視線を戻す。進捗状況を示すプログレスバーが立ち上がった。ゼロパーセントからなかなか動かない。

「お疲れさん！」

友彦の背中を軽く叩く春樹に、未央がバーに目をやりながら訊く。

「これって結構かかるよね？」

「あとはレンダリング待って……やな？」

「ええ、明日の朝には」

春樹から投げかけられた質問のパスを、友彦は眉間をさすりながら返した。トキの脳波データを用い、件《くだん》の映像にある薄紅の部分をレンダリング――情報やデジタルデータから画像生成する――を開始したのだ。たったあれだけの箇所なのに、数時間以上かかると表示されている。

葵が背伸びをひとつ打ち、朗らかに声を上げる。

「おつかれさまぁ！　シゲさんの夜食、食べる人！」

春樹が両手を挙げた。未央は環の腕を取り、ラボの出口へ引っ張っていく。弘治の姿はすでになかった。

友彦はチェアに座り直し、モニターをチェックする。

(明日の朝になれば)

立ち上がり、出口へ向かう。もう一度だけ振り返って、それからドアを閉めた。

ややあって、ラボ内に動体がないことをセンサーが感知し、照明が落ちた。

柔らかな風が頬を撫《な》でていく。見上げれば、夜空に満天の星が広がっていた。

友彦はシゲルお手製の夜食を手に、ハウスのウッドデッキに出ている。海から吹く潮風が、延々と回転を続けていた脳を冷やしてくれる気がした。

手すりに肘を突き、夜食のラップを剝《む》いて、ひと口頬張った。

大ぶりなおにぎりだ。少し甘みを付けた薄焼き卵で包んだ白米の中身は、炒めた漬け物と昆布の佃煮《つくだに》、焼いたランチョンミートの薄切りが挟まっている。

（ポーク卵おにぎり、って言っていたな。タンパク質、炭水化物と油脂、塩味、甘味……イノシン酸にグルタミン酸の相乗効果もある）

歓迎会で未央と話して以来、毎回の食事を分析し、主観・客観的に美味《おい》しいかどうかを判断・蓄積する癖がついた。栄養素を摂《と》る目的に加え、味覚と記憶が脳に及ぼす影響という研究テーマも、シミュレーションに必要だと理解したからだ。

シゲルは作業が長引くことを見越して夜食を用意してくれていたようだ。作ったものを持って帰ればという未央の言葉に、シゲルは「俺は肉、食べられないから。でもひとつもらっていきます」と頭をぺこりと下げた。菜食主義者なのだろうが、ひとつ受け取ったのはなぜだろう。誰かにあげるのだろうか。

（あれ？）

そのシゲルが、すぐ目の前の暗い浜を歩いていく。

ぼんやり見つめていると、知らぬうちに横に来た環が大声を上げた。

「あのぉー！」

シゲル作のポーク卵おにぎりを持った左手を振っている。もう片方の手にはもうひとつ、齧《かじ》りかけのおにぎりが握られていた。驚いた様子でシゲルが振り返った。

「ごちそうさまでーす！　美味《おい》しいです、これ！」

環の素直な感謝の言葉に、シゲルが恐縮したように会釈を繰り返した。

彼女の行動を横目にしながら棒立ちになっていると、彼女に肘で脇腹を突かれた。

（……あ、そうか）

友彦もシゲルに軽く頭を下げた。当の本人も頭を下げつつ、背をまるめて徐々に遠ざかっていく。そのまま浜辺の先、鬱蒼《うっそう》とした木々の間へ消えていった。

（シゲさんの家、あっちなんだっけ？）

わからない。訊いたことすらなかった。思えばシゲルのことは春樹から聞いたこと以外、なにも知らない。トキの脳波サンプリングの際、島民が彼に取った態度の理由もわからずじまいだ。明日、シゲルに話しかけてみようかなと柄にもなく思っていると、環が右手で肩を叩いてきた。

「ほら、早く食べなよ！」

見れば、彼女は二つ目のポーク卵おにぎりのラップを取り、大きく口を開けて頬張るところだった。勢いよく咀嚼《そしゃく》すると、小さく、美味しい、と呟《つぶや》いた。

友彦もおにぎりに齧り付いた。

──ウッドデッキの手すりには皿が二枚置かれている。ポーク卵おにぎりをおかわりした分だった。ただ、そのほとんどは環の胃に収められたのだが。

満足した様子の彼女は、お茶のペットボトルを傾けた後、つと口を開いた。

「……明日になったら、お父さんになにがあったかわかるんだよね？」

やはり気にしていたのだ。

「それだけじゃない。園田さんの記憶や感情も共有できるかもしれません。環さんのこと、どう思っていたのかも」

シンセカイ・シミュレーションの性質上、ログイン時にユーザーの脳データと共に、海馬と大脳の新しい記憶、古い記憶の両方を保存するのだ。今回は事故で記憶サンプリング状態から疑似ログイン状態へ変化したわけだが、多分自動的に行われているに違いない。上手くデータをサルベージできたら、残された記憶すべてを第三者が共有する形にできるはずだ。加えて、データ元になった人物が重ねてきた人生のすべてを──全部がサンプリングされ、揃っていれば、だが──主観映像として再生させられる。一時停止、再生速度調整など、普通の映像データと同じ処理ができる。

ただし、その人物の心の裡まではわからない。映像化されるのは視覚データだけで、そのときの思考についての再現は現段階では難しい。もし文字や音声にするなら、疑似アバターを用意し、そこへ変換したい記憶データをインストールする。そして思考した内容を語らせるか、書かせるかしかない。

とはいえ、人間の思考には感情が伴う。言葉をひとつ取っても、優しい「馬鹿」もあれば、人を陥れる「愛している」もある。言葉と感情の両輪が揃わない限り、その人物すべての記憶や感情は共有できない。ただひとつの方法を除いては。

そう。

シンセカイ・シミュレーションのシステムを使って他者の脳に記憶データを読み込ませて再生し、追体験させるのだ。

友彦は途中までシステムを開発している。お陰で記憶の一部を切り出すことも、何十年分の記憶でも問題なく処理できる目処《めど》は立った。長い人生であろうと、再生時間も現実の数分から十数分に圧縮して見せることも不可能ではない。見せられている本人は、その何十年を本当に過ごした感覚を受けるに違いない。

しかし現段階だと諸問題が多すぎて、実験は行えていない。まず、他人の記憶を主観で見た場合、受け手の脳と精神にどのような影響が出るか未知数であること。

また、視聴時間を圧縮した記憶を体験する側は、現実世界との時間の進行が違うことで感覚の齟齬《そご》が起きる可能性があること。当然の結果として、精神と脳への影響は著しいはずだ。下手をしたら脳損傷や記憶置換――データとして取り込んだ他者の記憶と自身の記憶が置き換わり、書き換えられる――が起こってしまう可能性もある。

友彦は安全面をクリアできないか常に考えていた。ある種〈他者の記憶を使ったタイムマシン〉とも言える、このシステムを活《い》かすために。

（明日、環さんのお父さん、園田哲夫さんのデータを映像化する。でも、感情面や思考のすべては誰かがシミュレーション内で脳にデータをロードしないと読み取れない）

友彦は覚悟を決めた。多少の危険があっても、自分が被験者になることを。

環の方を振り返る。彼女は、今にも笑い出しそうな、泣き出しそうな、どっちつかずの顔で小首を傾《かし》げた。

「それは……今のままでいいかな」

「どうして？」

手すりを摑《つか》んだ腕を伸ばし、後ろに体重をかけながら空を見上げた彼女は、溜息《ためいき》を吐くように言葉を並べた。

「……過去は過去のままだし、父はもう死んじゃっているから」

「でも、不安や恐怖をなくせるかも」

ユタの家で起こった出来事だけじゃない。もし、彼女がそれ以外の不安や恐怖を抱いているなら、取り除いてあげたい――。はっと友彦は目を見開く。

（どうして僕はこんなに、彼女のために）

環のために、なにかをしたいと思うのはなぜだ。自分でも意外な感情だった。

戸惑いながら環の横顔を盗み見た。なぜか井出の顔が重なる。いや、それだけじゃない。自分の記憶の奥底にある、思い出の一部が重なり合っていく。

（ああ、そうか。環さんも、井出さんも……）

これまでの疑問に答えを得られそうになった瞬間、環が微笑みながらこちらを見つめ、口を開いた。

「なんていうか……恐がれなくなるのが、恐いから？」

友彦は眉間をさすると、彼女が空を見上げた。釣られるように視線を上げる。

輝く満天の星は、変わらずそこにあった。

020　三線《さんしん》——新納シゲル

珍しく、虫の声は聞こえない。

シゲルは自宅の散らかった部屋で、鉛筆を片手にノートを見つめていた。

電圧が不安定なせいか、それとも蛍光灯が切れかけているせいか、部屋は時折暗くなったり、明るくなったりしている。だが、彼はいっこうに気にしない。じっと集中している。

ノートには二桁の筆算問題が並んでいた。辿々《たどたど》しい回答の上に、整った赤い文字で正誤の解説が残されている。そばには折り目や皺《しわ》が入った小学校低学年用の算数の教科書と、小さな折り鶴が置いてあった。

真剣な面持ちでシゲルは自身の回答について考え続ける。なにがどう正しく、なにがどう間違えているのか。理屈さえ身につけてしまえば、理解はできる。

（……あの人たちはこんなの、すぐに答えられるンだろうなァ）

鉛筆を置き、シゲルは自分の書いた数字を指先でなぞる。自分が働きに出ている先のひとつ、デナゲート社のハウスに集まった若者たちなら、この程度の問題は造作もないことなのだろう。少しだけ口惜しい。

シゲルは中卒である。それはただ義務教育を終えただけだった。

小学校、中学校の成績は最悪であり、通知表には一と二が並び、学友から「杭《くい》に囲まれたアヒル」と馬鹿にされたものだ。ただし、当人の問題ではない。教諭連中を含む周囲の人間に、勉学の邪魔をされたからに過ぎない。

お前のような人間が、人並みに学業に勤《いそ》しもうとするのは間違いなのだ――要約するとそのような理由で、学びを妨げられた。

理不尽だが、シゲルはそれもまた仕方がないことだと諦めていた。自分の立場からすればそう扱われるのも当然だと、子供ながらに諦観していたのだ。

しかし、今はこうして勉強ができる。

リンが教えてくれるからだ。彼女は飯のおかずを差し入れしてくれるし、なにかれと世話を焼いてくれた。

シゲルはかたわらに置いていた小さな可愛い巾着袋を開いた。それはリンが置いていったものだ。中にはラップに包まれたポーク卵のおにぎりがひとつ、大切に入れられている。

（ちょっと暑いが、明日の朝までなら持つだろ。リンに持たせてあげなくては）

食べ盛りの子だ。きっと喜んでくれる。

シゲルは声を立てて独り笑った。ぎこちない笑顔だ。彼は笑うのが下手だった。いや、笑うという感情表現を今まであまりしてこなかった。リンと出会ってから、ようやく笑うことを自然な行為と思い始めたのだ。

おにぎりを大事に袋へ戻し、再びノートに目を落とした。回答説明の終わりに『シゲおじい　さんしん　またおしえてね』と書いてあり、周囲をぐるりと線で囲っている。

（教えろと言っても、俺の腕前はたかが知れているがなァ）

三線とは、三味線に似た弦楽器だ。三味線と違い、ニシキ蛇の皮を胴に張る。だから、島では蛇皮線《じゃびせん》と呼ぶものもいた。

シゲルは三線が弾けるが、それは自身の耳で音を取り、見よう見まねで覚えたものだ。調弦や構え、弦の弾《はじ》き方は我流である。だから普通の演奏家とは違う癖があり、音の響きが独特のようだ。そもそも、自分が持っている三線は、ゴミ捨て場から拾ってきたものでしかない。一時期、喰《く》うに喰えず、ゴミを漁って生きていた時期がある。売れるものは売り、喰えそうなものは喰った。

（そんなことせず、野たれ死んじまっても、よかったんだがなァ）

生の意味を見いだせないまま、ただ生きた。生きたかった。それでも時々無性に死にたくなる。と、なぜかトキが止めに来る。ほぼ同年代の彼女だけが、シゲルを馬鹿にせず庇《かば》ってくれた。その度に周囲から責められるというのに、トキは我関せずといつも微笑みかけてくれる。ユタ神の家系の私に周りの人間は本気で文句を言わないし、言わせない、と。こちらの罪悪感すら消そうとしてくれるほど、優しく立派な人だった。思えば、若い頃のトキは今のリンに雰囲気が似ていた気もする。

そのトキもすでに老境に入っている。生涯独身で、子はいない。恩を返す意味で、彼女の身の回りの手伝いをするようになったのはいつからだったか。

三年くらい前に後を継ぐものがいないからユタはもう終わりだと言っていた矢先、トキは「見込みのある子を見つけた。段階を踏んで本島や決められた場所へ連れていき、拝ませ、ユタになる準備を執り行う」と喜んでいた。その子は誰だと聞いたが、教えてくれなかった。正式に継ぐまで、マジムンに気取られぬよう、口に戸を立てるのだと笑っていた。

誰か知らぬが、トキはユタ神を継がせる者を得た。シゲルはシゲルで、勉学の師でありつつ、三線の生徒であるリンを得た。

（だから、今は、死ねねぇなァ……）

かたわらに立てかけた三線を手に取る。張られた蛇皮は、限界を迎えつつあった。拾ったときはまだ真新しく、高価そうな楽器が棄《す》てられていた理由に首を捻《ひね》った覚えがある。しかし売ろうと思わず、手元に残した。子供の頃、三線に憧れていたからだ。

銅を撫《な》でる。もう手の脂だけでは艶が戻らない。

天《チラ》（糸巻き部を含む頭の部分）の糸巻き《カラクイ》を回し、調弦《チンダミ》する。男弦《おとこげん》のウーヂル、中弦のナカヂル、女弦《おんなげん》のミーヂルそれぞれを鳴らし、音が合ったらカラクイの根元をグッと押し込み、固定した。

　おもむろに〈吾《わ》きゃシマぬウタ（私たちの村の歌）〉である、とある島唄を爪弾く。義甲《バチ》（爪）は買えない。自前の爪を伸ばすと力仕事に支障を来《きた》すので、短いままだ。加えて胴の皮もボロボロで、奏法も自己流だから音に難がある。聞く人が聞けば、それが味になっていると言うだろう。が、残念ながら、シゲルの三線演奏は自身とトキ、リンしか聞いたことがない。三人に共通しているのは、三線の専門家ではない、ということだ。演奏の善し悪しの正しい判断は誰もできない。それでも、トキとリンはシゲルの三線と歌う声を大好きだと言ってくれた。喜んでくれた。面映ゆかったが、本当に嬉《うれ》しかった。

（トキさん……リン……）

　二人を想うと演奏に熱が入る。唸《うな》るような弦の響きは、西洋音楽にない独特の旋律を紡ぎ出した。音に揺れる空気は熱を帯び、粗末な家全体を包み込んでいく。

　次から次へと覚えた曲を繋《つな》げるように弾き、歌い続けた。何曲目だったか。無意識に独特で癖のある節回しの曲を始めてしまった。シゲルははたと手を止める。

（ああ、駄目だ）

　前、興に乗ったときリンの前で弾いたことがある曲だった。

　彼女は「その曲、大好き！　教えて！　覚えたい！」ととても喜んだ。少しずつ教えているが、今は後悔している。

（この曲は、なァ）

シゲルの顔が曇る。さらに深くなった皺が濃い陰影を浮き上がらせた。

三線を手に、おもむろに立ち上がる。折り鶴の棚を眺め、深い溜息《ためいき》を吐いた。

小さなテーブルに広げられたノートを閉じ、部屋の奥に顔を向ける。リンに入るな、と命じた場所だ。

入り口を開ける。ここだけ電気配線がないので蠟燭《ろうそく》に火を点《とも》した。揺れる光が部屋の中を赤く照らす。

シゲルは戸を閉めると、部屋の真ん中に陣取り、激しく三線を掻《か》き鳴らし、歌い始める。

リンが教わりたいと言った曲だった。

左手のひとさし指で弦を弾く。掛け音だ。糸の唸りが大きく響き、部屋全体を満たす。

シゲルは夢中で演奏を続けた。紅潮した顔に流れる汗には一切構わず、取り憑《つ》かれたように三線を掻き鳴らした。

目の前の土壁がほの赤く光を放っている。赤い部屋が、共鳴するかのように軋《きし》んだ。

021　密談 ―― 山本春樹

壁の時計は、午前一時を回っている。

棚、デスク、ベッド、冷蔵庫やゲーム機、折りたたみ自転車などが置かれた以外、シンプルな部屋だ。それこそモデルルームのようで生活感はあまりない。

空気清浄機が微《かす》かに唸《うな》った。デスクには未開封のミネラルウォーターのペットボトルが置かれている。

「――連絡、遅うなりました」

春樹は有線のマイク付きイヤホンを右手で調節しながら、頭を下げる。目の前にあるノートパソコンの画面には、茶髪の中年男性が映し出されていた。

デナゲート社、社長兼最高経営責任者の市来《いちき》である。

市来はソフトウェア事業で財を成した、いわゆるＩＴ成金だ。そこから始まった複合企業であるデナゲートのトップに、年若くして収まった。シンセカイ《S》・シミュ《S》レーション《S》・ルーム《R》のような莫大な予算がかかるプロジェクトを続けられるのは、彼のお陰と言っても過言ではない。

『本当に遅かったねぇ、山本君』

軽口なのか、嫌味なのかわからないが、一応「ほんますみません」と謝っておく。

「今日はいろいろ立て込んでまして。さっきやっと落ち着いたとこですわ」

レンダリングが始まり、シゲルの夜食を食べたのはほんの一時間ほど前だ。市来が腕組みをし、春樹を睨《ね》めつける。

『ところで、研究開発の進展だけれども、送られた資料はとても興味深いね』

実は、共用スペースのパソコン以外に春樹の部屋にも別回線でネットが引かれている。だからこうしてリモートで安定した会話もできる。もちろん、ハウス内のネットワークから隔離された状態にしてあった。さすがに研究データの流出は避けたい。この回線の存在は井出も知らなかったはずだ。当然、ハウスの人間にも教えていない。

ここから本社へ開発データを送ることは基本的にやらないようにしていた。データは週に一度外付けストレージにコピーし、定期的に本社から島を訪れる田中《たなか》という女性に手渡ししている。アナログな手法だが、これが一番確実だ。

さらにデータそのものは何重にも暗号化されている。解凍パスワード及びツールは市来を含む上層部の一部、そして井出――今は春樹だけが管理していた。

髪を掻《か》き上げながら、市来が感嘆の言葉を漏らす。

『片岡君が来てから、飛躍的にシステムの開発が進んでいる』

「ええ。まさに天才の所行、ってヤツです」

市来が口の端を片方上げる。厭《いや》な笑い方だ。

『お陰で、想像通りのモノが開発できそうだね？』

春樹も愛想笑いを返す。

「社長肝いりのプロジェクト……ですね？」

シンセカイ・シミュレーションは、仮想現実の革新とも言うべきソフトウェアである。

これまでにないレベルのメタバースツールとして活用できることは元より、井出の掲げる〈人の心や精神の治療に活用するだけでなく、身体が不自由な人たちへリアルな世界での自由な体験を提供する〉ことすら可能な夢のツールだ。

しかし市来の狙いは別にあった。

それは〈サイバー・ドラッグ〉としての活用だ。

方法としては脳に直接アクセスして分泌物のコントロールを行い、脳内麻薬を引き出すという直接的な使い方もある。

だが、市来の目論見はそれだけではなかった。

脳内麻薬コントロールに加え、現実世界だとモラルの欠如として扱われる行為や行動を、不快感を伴わない形にチューニングしてログインユーザーに提供、仮想現実内で思う存分楽しんでもらうサービスを立ち上げるのだ。

例えば、ユーザーが仮想現実内で飲酒やドラッグを楽しむのなら、酩酊《めいてい》感や万能感、目眩《まばゆ》く楽しい幻覚、ハイな状態のみを作り出してやる。

性行為もユーザーが望んだ形に設定し、最適化して提供する。どんな変態行為でも、だ。それも蕩《とろ》けるような快楽のみを与えるよう、調整しておく。また、ログインユーザー同士で愉《たの》しむ場合、性癖を解放しあっても互いの正体が判明しないよう、匿名性重視のマスクをかけてやる。他はＡＩによるダミー・アバターを用意しておけば問題ない。プレイのベストパートナーになるようにお膳立てしてやる。

当然、快楽殺人も可能にする。素手や武器を使った一対一の殺し合いからチーム戦、銃器乱射や刃物による一方的な大量殺人まで実装する。殺す相手はＡＩが管理するＮＰＣ《ノンプレイキャラクター》でもよいが、実在の人物の脳データから生成してもよい。そのほうがよりリアルで殺しがいが出るだろう。他にも、様々な〈アトラクション〉を用意する予定だった。

市来曰《いわ》く「現実に近い仮想世界で好き放題やりたいことをやらせる。現実世界ではないのだから罪にはならないし、現状としてそれを裁く法律もない。合法だ。さらにアトラクション内の行為で生じる快楽物質をこちら側でコントロールしてやる。これぞサイバー・ドラッグだ」。

井出の掲げる理想とは真っ向から反する思惑だ。

ただし、クリーンなイメージのシンセカイ・シミュレーションも一般に提供する。その裏でサイバー・ドラッグは会員制にし〈権力者や金持ちを引っ張ってくる〉流れにしたいと市来はぶち上げる。各界の名士の名簿は、いざというときの切り札になる。サイバー・ドラッグを利用してると世間に知られれば、彼らも困るだろう。脅しの材料として十分使える。多少の無理やトラブルがあっても彼らの力は充分揉み消しに使える、という魂胆だった。

『現在の開発状況から考えると、完成までまだかかるかな？』

「ええ。でも完成後にドラッグ用プラグインとデータを入れて微調整とデバッグ。テスターに試させるくらいですから。ある程度短期間でイケると思います」

市来が大きくうなずく。

『いいね。提供時期の前倒しができそうだ』

「しかし、シンセカイ・シミュレーションはユーザーの脳と直接リンクしますからね。サイバー・ドラッグで脳内麻薬——ドーパミンを分泌させるとするでしょう？　繰り返しログインをキメ続けると、依存する人も出てくるんちゃいますか？」

『それはそれでいい。狙い通りだ。それに分泌量もコントロール可能だろう？　この仕様なら好きにできる。……しかし、君もエセ関西弁が上手くなったね』

春樹は苦笑しつつ、話を続ける。

「社長と私が作った設定通りに演じてますから。大阪から来た気のいいニイチャンで、チームのまとめ役、っていう形をきちんと。それこそ思考言語すら、関西弁にしています。そこまで徹底しないと、ボロが出てしまう」

標準語に戻した途端、市来が声を立てて笑った。

『公開している君の経歴は実際とは違うからね。しかし、気をつけておけよ』

「バレないよう……バレへんように？」

『いや、ラボのスタッフが脳の損傷を負ったり、死んだりしないようにさ。このソフトウェアはまだ安全性に問題を孕《はら》んでいる。その証拠に井出君も死んだ』

「ああ、それは重々承知しています」

『報告を受けたときも言ったが、大問題だよ。それに島民を勝手に被験者にして、これも殺している。まあ非公式な実験だから、と井出君に全責任を被《かぶ》せて事なきを得たが』

「ええ、私も知りませんでしたから、驚きでした。井出さんの遺体を見つけたとき、すぐになにをしていたか理解できましたけど」

春樹は未央らスタッフや警察に気づかれないよう問題がありそうなデータを分散し、秘密裏に隠蔽《いんぺい》した。さらに被験者である園田宅を割り出し、隙を見て現地へ走った。

「慌てて被験者宅へ行って機器の回収をしましたよ。痕跡を残さないように。二つの事件が紐づけられないように処理しましたから。その後、公衆電話から匿名で通報しましたけど。園田さんが自宅で死んでる、って。自分だとバレやしないかひやひやでした」

『しかし、その後、会社からの振込の件でいろいろ訊《き》かれただろう？』

「そうですね。そこは機材セッティング及び研究協力、ってことで誤魔化しました。そちらにも問い合わせあったでしょう？　それなりにデカい額でしたから、警察も怪しみますよ。ま、一応死亡届には心不全、あとは原因不明の溺死としか記載されていませんでしたね」

『追求はされなかっただろう？　本来ならハウスのラボ内にある機材を押収してでも井出君の死因を調べるのが警察の筋なんだけどな。ま、蛇の道は蛇だ』

金銭か太いパイプからの圧力か。なにかが島の警察に掛けられたのだろう。市来の物言いはそれを物語っている。春樹はお追従の笑みを続けながら、少し文句を伝えてみる。

「蛇の道は蛇、ですか。はは。しかし、井出さんから実験に関する稟議書《りんぎ》がそちらへ上げられていたとか。なぜ私にも……」

市来は眉間に皺《しわ》を寄せた後、すぐ笑顔を作る。

『それは君、時には、ね』

誤魔化されたが、特に驚きはない。市来の人間性を知っているからだ。

『しかし、現スタッフには重々気をつけてくれ。事故や死亡が起こったら、プロジェクトの瑕疵《かし》になる。ドラッグどころか、一般にも売れない商品になるだろう。そこだけは注意してほしい』

うなずく春樹に、市来が問う。

『片岡君以外のスタッフの調子はどうだ？』

「ええ、それなりに。でもやつら、自分たちが選抜された理由を知ったら驚くでしょうね」

『そうかな？　君と僕で選んだサンプルじゃないか。なにか不備でも出てきたのか？』

「いえ、多彩な脳データが採取できていますよ。コンプレックスの塊から、勝ち気な性格、天然を演じる人間……なかなかのものです。まあコンプレックスを持っているヤツは、本社時代にそうなるよう仕込んでおきましたけど。あそこまで単純な人間だとは」

本当に単純ですよ、と春樹は失笑を禁じえない。

『選んだかいがあったな。で、井出君のデータは？』

「あの人、勘が鋭いのか自分のデータは分散して隠していましたよ。でも、断片すべてをサルベージしたので、利用は可能です」

『あとは片岡君のデータか。記憶データを取れよ、騙《だま》してでも』

この前取ったのが脳波データだけだったことは、報告済みだ。

『天才の思考を追体験できるなんて、楽しみだよ』

市来の言葉にうなずきながら、春樹はなにかを思い出したかのように話題を変える。

「そういえば、送ったデータ、楽しみましたか？」

市来が下卑た笑みを浮かべる。

「二十代の天然ちょい不思議ちゃん、でしたが」

『それなりによかったよ。しかし、あれは君の記憶データだろ？　内容がいささか好みではなかったな。以前もらった、勝ち気な女性の方が好きだね。とはいえ、片岡君が実装させたシステムじゃないから、まだ単なるＶＲを見ているのと同じだ。本物のオンナの方が、まだまだ上だ。悪いが』

だからドラッグ並に依存してしまうレベルじゃない、と切り捨てられた。

内心で春樹は苦笑いを浮かべた。本社の田中を通じて社長に渡したのは、春樹の記憶データだが、主観映像と一部の音声だけに加工してあった。友彦の言う〈他者の記憶データを他人の脳に入れた場合の危険性〉に関して、以前から気づいていたからだ。

「今度は片岡君が作った五感と物理演算の実装データを送ります。パラメータを変更すれば、感度調整が可能でしょうから、とんでもない代物《しろもの》になりますよ。それこそドラッグをキメてからの行為以上に依存度が増すでしょうね」

『それは楽しみだ。いや、早く愉しみたいな。待ちきれない』

市来が舌舐《な》めずりしそうな顔になる。彼は元よりスキモノなのだ。

『特例で、今、送ってくれないか？』

そんなことをしたら、データを盗まれる可能性がある、ここから本社へ開発データを送ることはしないのが前提だ、次の便で山田へ渡すと一度断ったが、市来は頑として聞き入れない。

『前もあったじゃないか。二度も三度も同じだ。暗号化しているなら大丈夫だろう？』

仕方なく、昨日バックアップしておいた、フィールドデータ以外の最新データをこの後送る約束を交わした。ただし大容量なので、送信にどれくらいかかるかわからない。

「後ほどお送りしますが、とんでもなく時間がかかると思いますよ。いいですか？　解凍にはいつものパスでお願いします。ツールは以前のものをお使い下さい。フィールドは……以前、本社でスキャンした港区のデータがいいでしょうね。重ね重ね言いますが、個人的にお楽しみ下さい。他者へ渡したり、参加させたり、新規サンプリングを追加するのは厳禁です」

相手の我がままに呆《あき》れながら説明するうち、報告することをひとつ思い出した。

「あ、あと後日、もうひとつ凄《すご》いものを送りますよ」

『凄いもの？』

「ええ――霊能者の脳波データです」

『それ、本物？　なにに使えるの？』

「本物かどうか私には判別がつきかねます。この島に古来からいたユタという霊能者であることは確かです」

『ユタ。へえ』

あまり気乗りしない反応だ。

「使うなら、そうですね。例えば、霊能者が見ている世界を擬似的に体験できる、とか。あと、我々一般人には計りしれない感覚を追体験させる、でしょうね。ざっとチェックした限り、コネクトームそのものは我々と違いましたから。ホラーコンテンツに活用するより、仮想スピリチュアル体験としたほうが売れるかもしれませんが……。そういうの、好きな人間は多いでしょう。とはいえ、まだ脳波データだけです。そこまではまだ実装できないと思います。これからのデータサンプリングと研究次第です。でも、一応社長も脳波データを見ておいて下さいよ」

市来の目が輝いた。商売に直結すると、反応が良い。

『それはいいね。しかし、僕が見てわかればいいけど。あ、あと島民たちを被験者にする稟議書、そろそろ回してくれ。サンプルは多い方がいいからな。……さて、時間も時間だ。次回の定時連絡をまたよろしく。それからデータ、待っているよ』

リモートを終え、春樹はイヤホンを外した。

(早いところシミュレーションを完成させて、こんな会社とおさらばだ)

実は社長に言っていないことがある。

園田哲夫の記憶データ解析のことだ。

井出と園田哲夫の死後、チーフになったものの開発は停滞した。それはそうだ。社長と自分が選んだ〈ライトスタッフ（正しい資質。適任者）〉である。井出が良く口にしていた「デナゲート社から選ばれしスタッフだもの。私は皆をライトスタッフだと思っているよ。だから力を貸してね」なんて、歯の浮くような台詞とは真逆の連中なのだから。開発が遅れるのも当然だ。

これではいつまでも島に縛りつけられたままだろう。

そこで井出が選んだ天才、片岡友彦の存在を利用することにした。

彼が島に来てから急速に開発は進み出したが、まだ決め手に欠ける。園田哲夫の履歴書、及び井出の分を含む死亡届のデータ、封印しておいた記憶データから作った映像ファイルを探しやすいように用意しておいた。状況が状況だったから、おそらく友彦が食いつくだろうと思ったからだ。そこに至るまでに様々な餌を撒《ま》いておいたが、一番彼を焚《た》きつけたのは、エラーによる謎のフィールドと、園田哲夫の記憶データで発見された薄紅のノイズだろう。偶然起こったこととはいえ、開発の起爆剤になったことは間違いない。

後にステーション内に分散しておいた井出と園田哲夫の記憶データを発見させ、さらに複数のコネクトームを利用したレンダリング技術に至らしめた。

（どの技術が、ＳＳＲの完成に役立つかわからないからな。友彦センセにはこれからも頑張ってもらわないと。しかし──）

薄紅のノイズ、そしてそこに見えたものの正体は一体なんだ。葵も騒いでいたが、女の顔だというのはどうしたことか。

考えても仕方がないのは確かだ。開発が停滞しないよう、他にもいろいろ仕込んでいるが、それが天才のインスピレーションを刺激することを祈る他ないだろう。

シミュレーション開発の成功報酬は桁が違う。それを頂いたら、都内にこだわりのカフェでも開こうかと社長には話していた。「上手くいくといいな」と、彼は嗤《わら》って応《こた》えた。

春樹は気づいている。サイバー・ドラッグについて知り得る自分が、素直に退社を認めてもらえるはずのないことを。最終的には延々と飼い殺しにされるか、然るべき人間に命を狙われるか。そのどちらかだろう。会社の中枢に近づこうとしたことが裏目に出た。

（まあ、それでもいい）

チェアから立ち上がった瞬間、足下になにかが動くのが見えた。視線を下げるとなにもない。

（……なにか長いものだった気がするんだが）

ロープやチェーン、あるいは――蛇。

（気のせいだ……気のせいやな）

思考言語を変更し、常温のミネラルウォーターを一気に飲み干した。島の水は口に合わない。一息吐いた後、外部ストレージをノートパソコンに繋《つな》ぎ、社長へのデータ転送を始める。

（これで漏れても、俺のせいやない）

プログレスバーをチェックし、ベッドに腰かけた。ぼんやり壁を眺めていると、スマートフォンが震える。

『すぷりんぐ　はず　かむ』

通信アプリに表示されたのは、葵からの連絡だった。春樹は苦笑いで了解と返信する。これは葵特有の暗号だ。春が来た。春樹が来た。春樹に部屋に来てほしい。そんな意味を含ませてある。逆に春樹の部屋へ行くときは〈やまへいくね〉。春樹の苗字が山本だからだ。二人だけのヒミツの暗号だ、と葵は嬉《うれ》しそうだった。天然を気取った彼女らしい暗号だ。

正直、こっちはつき合ってやるだけだ。二股を掛けられた女性と、横恋慕してきた女性、そして好意を抱いた女性を横取りされた男性の脳データも、そのうちすべて手に入る。

（そもそも、俺の名前は山本春樹じゃないからな）

市来も、葵も、未央も、弘治も――友彦も井出も永遠に知ることはない。

社長の言うがまま、会社に飼われる山本春樹は存在しえない人間だ。

本来の目的は、デナゲート社の機密情報を手に入れることでしかない。

ＳＳＲのデータは常に他社へ渡し続けている。

しかしクライアントはそれに飽き足らず「完成したものをいち早く欲しい。先手を打ってこちらで発表したい」と常々プレッシャーをかけてきた。

そのためにラボの連中の安全を含め、開発がスムーズに進むよう尽力している。連中になにかあれば作業の進展に遅延が生じ、自身の仕事に問題をきたすだろう。使えない人間の集まりとはいえ、丸っきりの素人ではない。友彦の指示で素直に動けば、それなりに役には立つ。そのための障害を取り除く努力は常に惜しまない。

シミュレーションが完成し、すべてを終えたら島から脱出して本来の自分に戻る。すこしゆっくりしてから、次の予定を立てればいい。

(スマンな、社長。あと、みんな。……さて、みんなの山本春樹さんに戻ろか)

冷蔵庫から新たに水を二本取り出した後、手慣れた様子で机の引き出しを開ける。中に入っていたゴム製品を数個ポケットに突っ込んだ。

(減ってきたな。そろそろ買い置きしとかな)

机の上にあるパソコンをチェックする。プログレスバーはまだわずかしか増えていない。

葵の部屋から戻る時間には終わっているだろう。

部屋を出るとき、目の端にまたなにか長いものが入った。

振り返るが、いつもと変わらない部屋がそこにあるだけだった。

０２２　悪戯《いたずら》　――　北島弘治

暗がりの中、弘治はポケットを探った。

硬く薄い板状のものが指に触れた。取り出すと、自身のＩＤカードだ。

左右に身体を揺らしながらセンサー部にカードを翳《かざ》すと、レッドからグリーンにランプが切り替わった。そのまま体当たりをするようにドアを開ける。

ハウスの共用スペースは真っ暗だ。スマートウォッチを点灯させると、周囲がぼんやり照らされる。画面は午前五時を大きく回った時間を表示していた。

千鳥足のまま自室に入った。自ら揃《そろ》えた家具やウイスキーコレクション、趣味のアイテム、アクセサリー類が所狭しと並んでいる。我ながら趣味がいいと、自画自賛してみた。

しかし、神経が昂ぶっていて眠れない。棚からシングルモルトのウイスキーを取り出し、グラスにスリーフィンガーほど注ぐと一息に煽《あお》った。喉から胃の腑《ふ》にかけて熱がゆっくりと流れていき、思わず顔を顰《しか》める。本当はウイスキーが苦手だった。

（島の酒の方がまだいいなぁ）

島では焼酎が一般的だ。黒糖焼酎というものもある。近くの飲食店で注文すると、焼酎の瓶とグラス、氷が出てくる。勝手に好きなように呑《の》めと言うことだ。

今日は島の店で呑んだ後、顔見知りの家へ転がり込んでさらに痛飲してきた。

（しかし、腹減ったな）

ラボから飛び出した後、シゲルに夜食を勧められたが手をつける気にもなれず、そのまま外へ出た。知人宅で簡単なつまみは出たが、それにもあまり口にしていない。

夜食を断らなければ良かったと後悔しつつ、グラスにウイスキーを注ぎ、また飲み下す。食道を辿《たど》る熱と苦みに眉を顰《ひそ》めた。

ベッドへ倒れ込んでみたが、なぜか部屋のすべてが癇《かん》に障った。好みで揃えたアイテム類——そのどれもが心を掻《か》き乱す。こんなことは初めてだ。

気を鎮めようとしたが、ここ最近の不満が一気に噴き出してきた。いや、デナゲート社に入社してから溜まっていた怒りすべてだ。

クソッと吐き捨て、部屋を出た。そのままラボへ向かう。酔いで足が縺《もつ》れた。階段を転がり落ちそうになりながら、地下のラボ入り口までようやく辿り着く。

ＩＤカードを翳し、ドアに寄りかかるように開ける。

「おっはよぉございまぁーす！」

幾つかのモニターが稼働中で想像より明るい。当然、誰の姿もない。

「なんだよ、誰もいねえのか」

当然のことに舌打ちしながら覚束ない足で中へ入る、がセンサーが反応せず、照明が点かない。酔いのせいか、弘治はそれにすら気づかずチェアに座る。足で床を蹴り、ぐるりと回ってみて気づいた。友彦の席だった。

目の前にある点灯したモニターディスプレイには、プログレスバーが表示されていた。弘治はまた舌打ちした。と同時に、レンダリングが完了する。

画面に目を凝らしてから、矢庭に立ち上がる。壁際へ行くと、ヘッドセットを毟《むし》り取った。そのまま友彦の席に戻り、近くにあった端子にケーブルを差し込もうとする。しかし、手元が定まらない。何度かチャレンジして、ようやく挿入できた。続いてキーボードを何度か叩《たた》き、自分のログイン画面を開いてから幾つかキーを操作する。

乱暴にヘッドセットを被《かぶ》ってゴーグルの位置調整をすると、隙間から確認しつつ、キーボードのエンターキーを押す。

〈LOGIN　KOUJI KITAJIMA　001〉

しかしそこから中々進まない。処理に時間がかかっているようだ。

（いつもと違うからな）

ゴーグルにはラボ内部が映し出されている。ヘッドセットに仕込まれたカメラがリアルタイムで映している外部映像だ。本来ＡＲ用だが、今は外部カメラモードになっていた。

当然画像処理されており、暗い部屋でも明るく補正されている。視覚補助の機能である。

鈍重なログイン処理に苛立《いらだ》っていると、床表面が細波のように揺らいだ。

「あ？」

思わず声を上げた。

ゴーグルの内部モニターの中で、床全体が水浸しになって表示されている。

どこから水が漏れているのだろうか。いや、そんなはずはない。ここは地下だが、ある種シェルターのように設えられている。外部からの影響は皆無に等しい。

（まさか）

思わず立ち上がり、ヘッドセットを外した。直にラボを確認してみたが、暗い部屋の中、モニターの光や非常灯にぼんやり照らされた床は完全に乾いている。

（なんだよ、これ）

酔い過ぎたのか。チェアに座り、ヘッドセットを被る。同時に我が目を疑う。やはり、床は水に濡《ぬ》れていた。それどころか、水位そのものが上がりつつある。あっという間に足首まで上がってきたかと思えば、いつの間にか腰辺りまで浸《つ》かってしまった。ヘッドセットを取ると、水は消え失《う》せる。

ＡＲ機能に、ラボの床が水浸しになるようなシチュエーションを加えていたのか。少なくとも、弘治には覚えがない。

（……アレのせいじゃないよな）

ログインするとき、レンダリングが終わったばかりの園田哲夫の記憶データをリンクさせていた。単なる悪ふざけのつもりだったし、友彦たちへの当てつけでもあった。俺が先にあの薄紅の謎をSSR内で見てやった、ざまあみろという子供じみた行動に過ぎない。

キーを叩いてAR機能を切り、再びヘッドセットを被る。床に水はまったくない。ああ、やはりAR機能にバグでも出ていたのか。安堵《あんど》の息を吐いたそのとき――。

足首が冷たくなった。ヘッドセットごと視線を下げる。足首が水に浸かっている。

ログインしていない状態だ。それに触感に影響するようなARはまだ開発されていない。

「……んだよ！　なんなんだよ、これ⁉」

ヘッドセットを毟り取った。

視覚補助のない、暗いラボがそこにある。が、目の焦点が合わない。

なぜだ、と何度か目を瞬かせる。すぐ目の前に白っぽいなにかあった。バレーボールよりわずかに小さく、丸いものだ。焦点を合わせるべく身を引きながら、右手を伸ばす。

ふっ、と息が漏れた。差し出した手が止まる。

女の顔が眼前に浮かんでいる。

病的に血の気のない白い顔が、暗がりを切り取るように迫ってきている。

情けない声を上げ、弘治はチェアから転げ落ち――。

「――あ、れ？」

気がつくと、女の顔は消えていた。水も引いている。いや、それだけではない。腰を抜かして座面から落ちたはずなのに、チェアに座っている。

頭を触った。ヘッドセットがない。腕を見ると、001のIDナンバーが浮かんでいた。時折、ノイズが入るように目の前が明滅する。

（じゃあ、ここは）

自覚しないうちにシミュレーションにログインしていたのか。しかし、園田哲夫の記憶データ内とは違うようだ。あの砂浜の景色ではなく、ラボ内部のフィールドになっている。島に来て最初に実装したエリアだ。

（なぜだ……いや、俺）

思い起こせば、ログインの最中なのに、途中何度もヘッドセットを取っていた。酔いで判断力が鈍っていたせいか。そんなことをしたら事故の原因になるから、普段はそんなことは決してしない。

無事にログインできていることに感謝しつつ立ち上がると、足下が柔らかくなった。腰から下が一気に冷たくなる。

轟《ごう》と頭上で風が鳴った。見上げるとそこはラボの天井ではなくなっていた。ただ、暗い空が広がっていた。

全身を揺らすような抵抗に視線を下げると、黒い波が腰まで満ちている。

弘治は、夜の海に腰まで浸かっていた。

自分が置かれた状況に対応できず、両手で波を掻き分けながら周囲を見回す。

そそり立つ岸壁に囲まれた入り江のようだった。こんな地形作った覚えがない。狼狽《うろた》え、戸惑うしかなかった。どこからどこまでが現実で、どこからが仮想空間だったのか。女の顔が出たところからか。それともその直後からか。

一度ログアウトを行うべきだと管理者権限モードを始める。だが、起動しない。ならばと、緊急ログアウトのアクションを試みた。が、一切コマンドが開始されない。思い着く限りの方法を試しても、シミュレーション内から脱出できなかった。

焦りが判断力を奪う。単純な言葉しか頭に出てこない。嘘だ。厭《いや》だ。駄目だ。嘘だ。厭だ。駄目だ――シミュレーション内に閉じ込められるのは厭だ。弘治の頭に、あの日の言葉が蘇《よみがえ》る。〈例えば、重罪人とかさ、世の中に必要のない人間をログインさせて、その後ログアウトできない状態に――〉

ごめんなさい、ごめんなさい、あんなことを考えてごめんなさい。心の中で謝罪を繰り返しながらログアウト操作を試みるが、なにも起こらない。

泣きそうになりながら、空を見上げる。

いつの間にか井形に組んだ木材が目の前に現れていた。

自分が立ったまま潜《くぐ》れそうな高さがあるが、全体的に雑な形状だ。どことなく鳥居に似ている。が、違和感があった。鳥居のような神性さを感じないのだ。

どこからともなく、三味線の、いや、違う。島で馴染みの、三線《さんしん》の音が聞こえる。島唄のような素朴な旋律が、耳の奥に纏《まと》わりついてくる。

弘治の動きが止まった。

（……行かなくちゃ）

波を押し返すように歩き出す。

どうしても、この先に行かなくてはいけない。誰かが呼んでいる。そうだ、自分を呼んでいる。どこからだ。ああ、あそこか――鳥居状の建造物の下を潜った。

水深は深くなる一方だ。波飛沫《しぶき》が絶え間なく顔に降りかかる。

弘治は、笑い声を上げ始めた。ひきつけを起こしたような、甲高く短い笑い声だった。

目は上下左右に泳いでいる。頬が不自然に引き攣《つ》れていた。

井形に組まれた木材の向こうに抜けた後、ゆっくり後ろを振り返った。囲いの向こうに、ラボの風景が蜃気楼《しんきろう》のように揺らいでいた。

現実世界ではありえない光景に、弘治は笑い声を上げ続ける。その目には涙が浮かんでいた。

陸地の方から、高い波が押し寄せてきた。物理法則を無視した波だ。

波が弘治の身体を無慈悲に攫《さら》っていく。

渦巻く水流の中、もがきながら水面に顔を出したとき、目の前に赤い服を着た者がいた。

それが伸ばしてきた白い右手が、左頬に触れる。相手の白い顔は、明らかに嗤《わら》っていた。

この顔、知ってるぞ。そうだ、知ってる。

その正体を口にしようとした瞬間、左目から葡萄の粒が潰れるような湿った音が聞こえた。同時に、全身が震えるほどの熱さと痛みが頭蓋を貫いていく。

声なき叫びを上げながら、弘治は赤い服の女に抱きすくめられた。

彼は抵抗すらせず、暗い波間へ引き摺り込まれるように――消えた。

023　存在 ―― 片岡友彦

友彦はラボの中で立ち尽くしていた。

朝、ドアを開けて入ると、潮の匂いが充満していた。

いや、タンパク質が分解される途中の臭気、腐敗臭を伴った悪臭だ。環と乗ったバスで一度嗅いだことがある。あのときのことは誰にも話していないが、印象に残っていた。

原因を探るべく周囲を見回す。床にある水溜《た》まりは天井の照明を反射し、揺らめいていた。水面には藻屑《もくず》が点々と浮いている。乾いた部分の一部には砂が散乱していた。

呆然《ぼうぜん》とする中、ラボのドアが開き、賑《にぎ》やかな声が入ってきた。

「レンダリング、終わったかあ?」

「あれー、なにしてるの?」

振り返ると春樹と葵、未央と環だった。昨日は遅い時間だったので、環をビジタールームに泊めたのだ。

一歩ラボに踏み入れた春樹が、困惑した様子で鼻を摘まむ。

「くっさ……。なんや、これ」

彼は床に落ちていたヘッドセットを拾い上げた。水がしたたり落ちていく。

水滴を目にした途端、友彦は慌ててステーションに駆け寄った。インジケーターランプはグリーンだ。他もチェックしてみるが、異常はない。水の被害は皆無だ。ほっと胸を撫《な》で下ろしたのもつかの間、もうひとつの懸念事項を思い出した。

「……データは？」

井出がサンプリングした園田哲夫の記憶データは無事だろうか。昨日レンダリングをかけた、あのデータだ。未央が手近なコンソールのキーを叩《たた》く。

「無事みたい。レンダリングも無事終わってる」

その脇では環が水浸しの床を除《よ》けるように歩きながら、小さく声を上げていた。

データチェックをひとまず終えた未央が、不安げに春樹に話しかける。

「山本、これって」

春樹はヘッドセットの水滴を指で擦《こす》り、鼻に近づけた。

「海水。……井出さんのときと一緒や」

ああ、やはりそうかと友彦は得心する。

以前、井出と園田の死因を聞いた流れで、発見時の状況を耳にしていた。

井出が亡くなった日、チェアの上で硬直した彼女を春樹たちは発見した。脳波は途切れているものの、いまだログイン中であることを確認し、ラボ権限でログアウト。改めてヘッドセットを外すと、中から水が流れ出した。そこには砂や藻屑、小さな虫が含まれていた。そして強い腐敗臭があった。すでに呼吸は止まった状態だった。

濡《ぬ》れた髪の毛が顔面に貼りついており、搔《か》き上げてやると——。

(左目が潰されていた、んだよな)

直に見ていないからどんな状態だったかはわからない。春樹の言葉を借りるなら「親指とか棒を突き立てたら、ああなるんやないか」。

司法解剖された井出の肺から大量の海水が出てきたと聞く。混在していた砂や微生物から、島近海のものであることがわかったが、なぜ水気のないラボ内で溺死していたのかまでは、いまだ判明していない。

「あれぇ?」

唐突に葵が声を上げた。

「弘治は?」

その場にいる全員が顔を見合わせた。

みんなで探したが、弘治の姿はハウス内のどこにもなかった。

各ドアの解錠施錠ログ及び、玄関やラボのドア部にある人感センサーログを見る限り、深夜に帰ってきた彼が再度外出した形跡はない。ただし、自室へ戻った後、再び部屋を出てラボに入ったであろうことがわかった。しかし、ラボ内に彼はいない。忽然《こつぜん》と消えたとしか言いようのない事態だった。

自席のキーボードで、春樹は幾つかのパスワード入力を終えた。

エンターキーを叩くと、ラボ内のディスプレイに映像が映し出される。

ラボに仕掛けられた、防犯カメラのものだ。研究内容が盗まれないように、という意味もあるが、スタッフたちがログインしたときの状況を外部から記録する意味もあって定点でカメラが設置されている。

「進めるぞ」

春樹がスライダーを動かす。深夜のラボに弘治が入ってきた。

「北島……コイツ、酔ってんな」

驚きのせいか、春樹は思わず苗字呼びになっている。

記録映像の中の弘治は、友彦の席のモニターを覗《のぞ》き込んだ後、ヘッドセットを接続し、キーを叩き出した。シミュレーション内へログインしようとしているようだ。

「おい、あの馬鹿――」

春樹の叱責の声が終わらないうちに、ラボ内に突如として激しいビープ音が鳴り響く。

全員、カメラ映像から顔を上げた。

周囲にある、ありとあらゆるモニターに〈ALERT〉の警告表示が点滅を始めたかと思えば、急に画面が切り替わる。

あの、園田哲夫の主観映像だった。

環を除く四人は顔を見合わせた。誰もこんな操作をしていない。未央が近くのキーボードを打ったが、映像は止まらなかった。

「これ、お父さんの」

逃げ惑うような動きとあの浜辺に立つ建屋の映像に、環が呟《つぶや》く。友彦は無言でうなずきながら、ある一点から目が離せなくなっていた。

件《くだん》の陽炎《かげろう》のような揺らぎと影があった場所が真っ黒になっている。そこだけテクスチャが表示されていないような、データそのものが欠落したような状態だ。未央と葵も気づき、完全にバグっていると騒ぎ出した。

友彦は近くにあったキーボードに飛びつき、キーを叩いた。管理画面を呼び出し、停止コマンドを入力する。

今度は間違いなく映像が一時停止され、ビープ音が止まった。ラボ内が静けさを取り戻す。

「黒くなって、なにもなくなっとったやんけ。どういうこっちゃ」

春樹はモニターを指差し、怒鳴った。その疑問に答えず、友彦はさらにキーを操作する。

呼び出されたのは、弘治の個人データだった。その中からシミュレーションにログインしたとき、自動的にバックアップされる映像のフォルダを選ぶ。

「これ、見て下さい」

友彦の前にあるモニターを、全員が覗き込む。キーを叩くと弘治主観の映像が始まった。

暗いラボ。視覚情報補正がかかり、明るく見える。何度か途切れるように映像が暗転した後、視点が安定する。

見回す視界の中に、薄赤い靄《もや》のようなものが現れた。

次第に個体化していき、ぼんやりとした白い女の顔に変わっていく。ただ、弘治は一切気づいていないようだ。

じわりと滲《にじ》むように、女の顔の後ろに井形に組んだ材木のようなものが現れた。見ようによっては鳥居だが、デザインや構造はそれよりも単純で、粗雑だ。

何度かノイズが入り、今度は真っ暗な場所が映し出される。

夜の海だ。水面が近い。どういう訳か、依然として井形の材木が正面にそそり立っていた。視点が前へ進んでいく。材木の下に近づく頃には水深が深くなったのか、波が視線の下辺りにきていた。

「なに、これ、どういうこと?」

環や未央、葵は怯《おび》えた声を漏らす。春樹は黙ったまま、硬い顔で画面を睨《にら》んでいた。

鳥居状の材木を潜《くぐ》り、通り過ぎる。いつしか、周囲に岸壁が現れていた。

波が四方から押し寄せてくる。

白い波頭が上へ伸び上がり、細い腕になった。腕は触手のような動きを見せながら、無数に増え続ける。途中からすべての掌《てのひら》が水面を叩きつけ始めた。手招きのようだった。

予想外の方向から大きな波が迫ってくる。

波の中に揺らぐ赤い影があった。そこから白い腕が伸びてくる。そのすべてに赤い袖が纏《まと》わり付いていた。蠢《うごめ》く指が眼前に来た瞬間、映像はブラックアウトした――。

誰も口を開かない中、未央がようやく声を上げた。

「……なに、今の？」

「なにって、アイツやんけ。ここにおった」

春樹が指差すのは、一時停止をかけたままで放置した、一部欠けている哲夫主観の映像だ。葵も同意しているが、戸惑いが垣間見え、言葉の端切れが悪い。

「だよね？　……え、ちょっと待って。どういうこと？　ねぇ、友彦君」

多分、これのことだろうと予測し、友彦は弘治の映像のスライダーを動かした。波に隠れた赤い影のシーンで停止する。春樹が言う。

「似とん、な？」

これは園田哲夫の主観映像にあったものに似ているのか。すでに比較対象が消え失《う》せているのでいかんともしがたい。ただ、今さらながら、そのとき皆が見ていたものが理解できたような気がする。

（でも、レンダリングして表示されないなんて。どうしてだ……）

まさかと思うが――思わず口を衝《つ》いて出る。

「哲夫さんのデータから抜け出して、こっちへ移った？」

友彦の言葉に、未央が当然の反論を露《あら》わにする。

「いや、でもこれ、保存された映像だよ？　そんなこと……」

まったくその通りだ。自分でも馬鹿げたことを言っているのは重々承知していた。

春樹が呻《うめ》くように呟いた。

「……ユタさんの霊感を取り込んだからや」

確かに弘治はレンダリングが終わったモニターを覗いていた。自身のログイン用個人データに、レンダリング済みになった園田哲夫の記憶データをリンクさせていても不思議ではない。これが事実だと前提して、仮説を立ててみる。

「感覚や感情部分のデータが溢《あふ》れて……次元を越えたとか」

友彦は眉間をさすった。安易な言葉の羅列で非論理的な思考でしかないが、他者と意識を共有するには有効だ。だからあえて続けた。

「見える、だけじゃすまなくなった」

自分の声が震えていることに気づいた。

「だけじゃすまないって、どういうこと？」

環が疑問をぶつけてくる。が、誰も答えられない。友彦もまた、自分が口に出したことであるにもかかわらず、その論理の飛躍に面食らっているところだ。

（我ながら……。しかし）

園田哲夫の家を再現したフィールドへ迷い込んだときのことを思い出す。あのとき、シミュレーション内で海に転がり込んだ。ログアウトしても身体が潮で濡れていた。仮想現実と現実世界の境が曖昧になったと言えないか。ならば――。

おどおどとした口調で葵が口を開く。

「……その赤い影って、井出さんだったりしないよね？」

全員顔を見合わせる。

最初に仮想現実で会った井出は、確かに赤いワンピースを身に着けていた。前に未央から聞いたが、赤は井出のパーソナルカラーであったらしい。赤イコール井出、だ。しかし、その想像は短絡的すぎではないだろうか。

周囲の反応に臆したのか、葵は未央に同意を求める。

「ほら井出さん、赤い服好きだったし。それに、亡くなったときも赤だったし。井出さん、自分のラッキーカラーは赤だって言っていたよね。こういう仕事している割にスピリチュアル的な発言だったから、覚えてるんだ」

「なら、この一連のおかしな出来事は、死んだ井出さんがやっているってこと？　井出さんが祟《たた》っている、ってこと？」

未央の低い声に、葵は下を向き、黙りこくる。

ラボ内の空気が重くなる。同時に友彦の脳裏に、もうひとつの記憶が蘇《よみがえ》った。

園田哲夫のフィールドで海に落ちた後、背後から誰かに後ろへ引かれたことを。

あのときの白い腕には〈CHIEF〉のＩＤがあった。

(あれは井出さん？　まさかそんな)

予想通り井出は死してなお、シミュレーション内に潜んでいるのか。開発者である自分たちの目を欺いたままに。一体どういう存在に成り果てたのか。否。シミュレーション内に取り込まれた彼女の記憶データがエラーを起こした結果である可能性は？

あらゆる仮説を展開していると、仕切り直すように未央が声を上げる。

「……そんなことないって。でしょ？　葵、なに言ってんの？」

「だよね」

葵が肩をすくめてみせる。

(しかし、なにか原因はあるはずだ)

二人の横で、モニターを見比べる。園田哲夫と弘治の主観映像になにかヒントがないか。

加えて、井出と園田哲夫の死。自分が来てから入れたプログラム。ユタのデータによるレンダリング。様々なファクターが重なり合っている。

「なんにしても、今、やたらにログインするのはやめた方がよさそうです」

友彦の提案に、春樹が溜息《ためいき》交じりに肩を小突いてくる。

「当たり前やろ。こんなん、殺人VRやんけ。もう俺らの手に負える代物《しろもの》やないやろ、常識的に考えて。本社に渡してる報告データも凍結してもらわな」

未央が春樹の発言を遮る。

「殺人VRって、どういう意味？」

「どういうって、井出さんと園田哲夫さん、死んどるやんけ。それに弘治の状況見たら、井出さんのときとソックリや。アイツも、もしかしたら」

死んどるかもしれん、と声を潜める春樹に対し、未央がコンソールを弄《いじ》り出す。

「弘治の行方……えっと」

記録された防犯カメラと弘治の主観映像の再チェックを始める。防犯カメラはログイン後の途中で記録が止まっており、主観映像の方は腕が伸びてきた後に終わっている。

「これじゃ、わからない」

「せやな。肝心の部分が映っとらん」

ガックリと肩を落とした未央の手で、波の向こうにある赤い影の場面まで映像が戻される。これ、一体なんや、と春樹がぼやいた。

「ねぇ」

環が未央と春樹の会話に割り込んできた。

「その井出さんって、髪はどんなだった？」

脈絡のない質問に、未央が首を傾《かし》げる。

「どうして？」

環が、床からなにかをつまみ上げて、全員に見えるように差し出した。

濡れた黒髪だった。異様なほど長い。

未央、葵、環ら女性全員の髪はこれよりずっと短かった。井出はどうだったか。これより長くはなかったように記憶しているが、確実とはいえない。

答えを聞かないうちに髪の毛をかたわらのデスクに置き、環は話を続けた。

「あの、私もトキさんの家で見たんです。長い髪と赤い袖の、白い腕」

ユタの脳データを取っている最中の話を、環は改めて語り出す。トキの着物の両袖から出てきた、白い腕の話だ。知っていたのは友彦だけで、春樹たちにとっては初耳である。友彦を除く一同は呻き、否応なく画面に視線を向けた。目を離した瞬間、腕が伸びてきたら、とでも思ったのかもしれない。

目の前にある長い髪の毛を目にしているうち、自然に友彦の口が動いた。

「もう、こっち側に……いる？」

自身とラボの床を濡らした海水と同じく、薄赤い影の存在は現実世界で具象化、実体化しているのか。長い髪を残して――。

(そんな馬鹿な)

頭を振る友彦のかたわらで、残る全員が身構えながらラボの中を見回している。

園田哲夫、弘治のデータに出てきたモノ。環がトキのところで見たなにかが、すべて同一の存在であれば相手は女性である。そして、それがこの世のものではないと仮定すれば、この惨状すべてに理屈だけは付けられるだろう。

だが、にわかには信じ難い。自分がこれまで認識していた世界では、ありえないことだ。

それも、その存在の正体は――。

こっち側にいるんだ、友彦はもう一度呟く。自身を無理矢理納得させるかのように。

024　水蝠 ── 嘉秋奈

強い風が吹いた。生温《なまぬる》い風だった。

暗い道を歩きながら、嘉秋奈《よしみあきな》は乱れた髪を整える。

湿った空気の匂いに、また雨が降るな、と思った。傘を持ってきていて正解だ。

スマートフォンの画面ではすでに午前の時刻が表示されていた。自分の吐く息から漂うアルコール臭にうんざりしてしまう。

今日は島の青年団の呑《の》み会だった。二十五歳の自分からすれば、そんなに楽しい会ではない。ただ、参加しないと住民同士のしがらみでこの後が面倒になる。

（あーあ、最悪）

目の前を中年の栄がフラフラ歩いている。典型的な島の男だ。手には傘と懐中電灯が握られていた。呑み会はいつも遅い時間まで続くので、あらかじめ持ってくるらしい。その横には役場勤めの肥後が、同じく定まらない足で歌を歌っている。途中で栄から懐中電灯を奪い、それをマイク代わりにしてインタビューごっこをしながら練り歩き始めた。絶好調とはこのことだろう。

「おおい、こっち、こっちが近道サァ」

懐中電灯を奪い返した栄が脇道へ入っていく。ガジュマルトンネルと呼ばれる、木々に囲まれた道だ。

仕方なくついていくと、突然上の方から機関銃のような音が聞こえた。

ガジュマルの枝葉の隙間を抜け、大粒の雨が落ちてくる。島はひと月のうち、半分は雨が降った。それも季節によってスコールのように激しく降り注ぐ。

栄と肥後は傘も差さずに木の根元にへたり込んだ。

「もう！　そんなになるまで呑まないでよ！　雨で濡《ぬ》れるよ！」

怒っても二人は一向に堪《こた》えない。大声で笑っている。

「ップ……さっき話に出たサ」

ゲップをしながら、栄が振り返る。

「ハウスんとこの人間が行方不明だってよう」

「あー、聞いたな。駐在だけじゃなくて、警察署からも来てた」

うなずく肥後に、栄はしたり顔で続けた。この頃になると、全員が強い雨音に負けないよう、声が大きくなっていた。

「明日くらい、崖んとこに浮いてたりしてな」

二人はゲラゲラ腹を抱えて嗤《わら》った。秋奈には呆《あき》れるしかできない。

「ああ、そうだそうだ」

　肥後が頭上を指差した。

「ケンムンって、知ってるか？」

　栄が懐中電灯で樹上を照らす。いつの間にか雨がやんでいた。やはりスコールのような雨だった。風が吹き、葉擦れの音が聞こえる。

「ケンムン、って妖怪だっけ？」

　それくらいの知識しか、秋奈は持っていない。肥後は一際大きく笑い声を立てた。

「ケンムンってのは、ガジュマルやアコウの木に棲《す》んでいる精霊。頭に皿があって、水か油が入っている。手足は小さな身体に不釣り合いなほど長い。涎《よだれ》や身体が光る。顔は猿や犬や猫に似ていて、悪臭を振りまく」

「それって、河童《かっぱ》じゃないの？」

　秋奈の言葉に、肥後は首を振る。

「似ているが、違うモノとして扱うべし！」

　怪しい呂律《ろれつ》で彼は続ける。

「元々ケンムンはぁ、人間と共生していたぁ。それこそ人間の手伝いをしていたって話だ。でも時代が下るにつれて、怖い存在になっていく」

「怖い？」

再び雨が降り出す。上を見上げながら秋奈は傘を開き、訊いた。

「うん。怖いぞ。悪口を言ったり、住処《すみか》にしているガジュマルを伐《き》ったりすると、祟《たた》る」

「祟るんだ？」

「この祟りは厄介でな、目に出る。目が突かれたように真っ赤に腫れ上がって、失明することもあるんだなぁ、これが。目を潰される、ってことじゃないかね。それを避けるにゃ、伐った幹に対し、左巻きに縄を巻けばいい」

目が突かれたように腫れる。思わず左目に手をやってしまった。肥後はいつの間にか栄から奪い取った傘を差しながら、右手の人差し指をくるくる回し、昔の流行歌を歌っていた。私の彼は云々《うんぬん》、左巻き云々という歌詞だ。ひとしきり歌い終えてから、続きを話し始める。

「今の知ってる？　替え歌ァなんだァ。ップ……。えっと祟りと言えばなあ。戦争が終わった後、相手の国の最高司令官が〈島に仮刑務所を作る。だから、ガジュマルをどんどん伐れ〉と命令してきたんだ。でもそれだとケンムンが棲んでいる木にまで手を出すことになる。だから、伐るときは必ずその司令官の名前を言いながら斧《おの》を振るった。アイツが伐れって言ったから、仕方なくやってます、って体で。その後だよ。島からケンムンの姿が消えたのは。それまでは目撃談が多かった」

「え？　直に見た人、いるの？」

「そうだ、って話。で、この最高司令官が国で突然亡くなるんだ。その途端、島でまたケンムンの姿が見られるようになった。皆が〈ああ、ケンムンは最高司令官の国へ行って奴に祟った。祟り終えたから、島へ戻ってきたんだ〉って」

民話の類いとしてとても面白い。秋奈は感心しつつ、なぜ肥後がそんな話に詳しいのか尋ねた。横から栄が口を挟んだ。

「そりゃ、肥後は東京の大学へ行った秀才だからよ。そこでみ、民俗？　なんとかを研究していたんだ」

失笑を漏らしながら、肥後が説明を重ねる。

「俺はさ、大学で民俗学を専攻した。元々好きだったからな。いろいろフィールドワークとかしたもんだよ。でも、結局研究者じゃ食えなくてなあ。こうして島に戻ってきて公務員をしている。でもこの島はいろいろな伝承が残っているから、個人的に収集を続けてんだ」

初めて聞いた。だから肥後は島訛《なま》りが薄いのかもしれない。

「どうして黙ってたの？」

ああ？　と肥後が上目遣いに睨《にら》みつけてくる。

「そら、嫁がいい顔しねえからだよ。民俗学の話すると。それでお金が入るか、遊んでいるんじゃネェって。子供の将来のためにも、あんたの親のためにも金を稼げってよ」

肥後は島の女と結婚していた。実家の両親と息子と同居だ。妻の父親は海で亡くなり、母親は男と島外へ逃げた。それ以来没交渉だと聞いている。

「大変だねぇ」

秋奈の同情に気づかず、肥後は右手で頭上を指差した。

「そういえば、二年前に聞いた話だけどよ」

肥後の話はこうだった。


——島にある女性がいた。

彼女は夫婦でお金を嫁ぐため、本土へ渡る準備をしていた。

が、突然彼女の父親が事故で死んでしまった。真夜中、彼が独りで車を運転していたとき、路肩に乗り上げ横転。打ち所が悪く、そのまま亡くなったのだ。

発見したのは母親だ。いつまでも帰ってこない上、携帯電話も通じない。自分の車で探しに出たら、見つけてしまった。

その日、父親は知り合いの通夜に参加するために出かけていた。母親は彼が使う道の予想がついていたので、探しおおせたと言える。

父親の車が転がっていたのはとても寂しい場所だったが、車通りは多少ある道だった。

誰かが気づいて通報してくれていたら死ななかったかもしれない、と母親は泣いた。

父親の葬儀を済ませたが、母親を独りにできない。夫に訊くと「お義母さんも連れていけばいい」と言ってくれた。母親も乗り気だった。

ならば、と墓仕舞いをし、住んでいた家を売りに出した。買い手はすぐについた。安心して本土へ渡ったが、新居に入ってから間もなく、母親が行方不明になってしまった。夫と二人で探し回った挙げ句、母親の足どりが摑《つか》めた。島へ戻っていたのだ。売り払った実家の近くにある、小さな借家を借りて住んでいたらしい。たまたま出会った親族から連絡があってわかった。

夫と迎えに行くと、なぜか母親はさめざめと泣く。そして父親と住んでいた家の方を指差して訴えた。

〈あの家には、お父さんがまだいる。道がわからないから、本土まで来られない〉

なら、ちゃんとお父さんを連れていこう、ユタ神さんに頼もうとなった。島ではマブリ〈魂〉の存在を信じている。人はマブリを複数持っていると伝えられていた。また、生きた人から抜け出た〈生きマブリ〉の他、死んだ人から抜けたマブリは〈死にマブリ〉と区別する。死にマブリは生きマブリを誘いに来て、鼻の穴から抜くと言われているので、恐れられていた。ちなみに、ユタにはマブリが蝶《ちょう》のように見えるとも言う。また、人が死ぬとそのマブリを呼び返すため、血縁や近縁の人間が〈ムドゥトゥー〉と叫ぶ習わしもあった。

ところが、ユタが訪れる前日の夜中、家から母親の姿が消えた。

慌てて外に飛び出すと、甲高い鳥の声のようなものが庭から聞こえる。厭《いや》な予感がして行ってみると、木の根元にぼんやりと白いものがあった。倒れた母親の姿だった。

近づこうとしたとき、夫がなにかに気づいた。

指し示す指の先に、おかしなものがあった。

母親の真上、少し高いところに張り出した枝に、猿のようなものが座っていたのだ。

暗くてよくわからないが、大きな頭と長い手足をしている。丸くて大きな目が闇の中、爛々《らんらん》と光っていた。その猿のようなものがいる枝の上、葉っぱに隠れた場所からもう一頭同じようなものが出てきた。当初、母親はこの猿どもに襲われたのかと思い、夫と二人で叫びながら追い払った。二頭は手を取り合うように、樹上へ消えていった。

母親を助け起こすと、首にロープが巻いてある。近くには折れた枝が落ちていた。枝に引っかけて首を吊《つ》ろうとしたのではないかと思われた。

懸命の介抱で息を吹き返した母親に、なぜ首を括《くく》ったのだと問いつめたが、彼女は「そんなことをした覚えはない。そもそもなぜ自分は外にいるのだ」と言う。

どちらにせよ枝が折れ、上手くロープが固定されなかったことと、発見が早かったことで、母親は後遺症もなく元気になった。が、なぜか母親は〈あの家にお父さんがまだいる〉と泣いたことすら忘れていた。だから、ユタ神さんに頼むという話もお流れになってしまった。

数年後、母親は本土で亡くなった。骨は父親と同じ納骨堂に収められたが、死の直前、左目が痛いと訴えられたことを覚えている。眼科へ連れていくと左の眼球に充血が見られるから、と目薬を処方された。

翌日の夕方、母親が誰もいない自宅の居間で倒れていた。すでに息をしていなかった。突然死であり、明確な死因はわからない。発見時、左目だけが開いていた。

母親の死から何年かして、女性は左目を失明した。ちょっとした不注意でたまたま目を枝で突いたのだ。

不妊治療を始めたばかりの頃だった。

結局、女性は子供を諦め、夫と二人、今も本土で暮らしているという。

「って話よ」

思いも寄らない怪談話に、微《かす》かに鳥肌が立つ。

「それとケンムンの関係は？」

肥後は眉間に皺《しわ》を寄せた。

「その人が見たのはケンムンだろ、って話だよ！」

肥後が言うには、猿みたいなものが姿を現したのは、ガジュマルの木からだったらしい。

「ふうん。それだとしたら確かにケンムンかもね」

気のない返事の秋奈に対し、肥後は臍《へそ》を曲げた。

面倒くさいなと思いつつ、彼を持ち上げる。

「でも、凄《すご》いよね。いろいろ詳しくて。民俗学？　だっけ？」

少し気を取り直した肥後が、暗闇の向こうを指差す。

「島には石敢當《いしがんとう》ってあるだろう？　マジムン、魔物除《よ》けの」

子供の頃、祖母に教えられた覚えがある。うなずくと、相手が満足げに笑う。

「さっきの話で出てきた、島にあった女性の実家と借家。三叉路《さんさろ》に建っているのに、石敢當がなかったんだよ。だから、マジムンが入ってしまったんじゃないかな」

栄が話に参加してきた。

「でもさ、この島の石敢當は他のシマ（集落・村）にないんだよなァ」

「ああ、あの変な文様が入ったモノだろ？」

肥後が言うのは、石の表面に文字がない代わりに、うねるような文様が入ったものだろう。確か、五叉路《ごさろ》に置かれたものがそうだった。肥後が指先を動かして、分かれ道を表現する。

「五叉路のヤツだな。他にも何ヶ所かあるけど。あれ、普通の石敢當じゃないんだよなぁ。と言うより、あれは石敢當なのかもハッキリしない」

「え？　じゃあ、なに？」

秋奈の疑問に、肥後が真剣な面持ちで返した。

「わからん。一度幾つか引っこ抜いて転がしてみたんだが、文字はひと文字も彫られていない。代わりに刻まれた文様は、縄文期の土器にある蛇の模様に似ている。あと、根元に記号みたいなものがあったが、削り取られたみたいになっているんだよ」

「引っこ抜くなんて。そんなこと、していいの？」

「研究には必要だ。それに俺は島民だからな。赦《ゆる》されるよ。しかし」

「しかし？」

「蛇の石敢當の下――土の中におかしなものがあったんだよな」

肥後は地面の下も掘り返していた。慄《おのの》く秋奈に気づかず、彼は話を続ける。

「土の中に、錆《さ》びた薄い金属と、繊維質の残骸。あと腐った木片が埋められていたんだよ。どれくらい古いものかわからないけど。脆《もろ》いから土に混ざるんだよな。埋め戻すとき」

「それって大丈夫なの？」

「さあ……おっと」

肥後が立ち上がる。

「おい秋奈。ちょっとお前……ここに立ってみ」

「え？　なんでよ？」

いいからいいからと腕を引っ張られ、背中合わせに立たされる。後ろで肥後がなにやらゴソゴソしたかと思えば、地面に雨ではない水流が当たる音が始まった。

「あっ！　ちょっと！　もぉ、ヤダ！」

ガジュマルの盛り上がった根元の土を伝い、酒とアンモニアを足したような臭いを放つ液体が足下に流れてくる。逃げようとしたが、後ろ手に手を引かれ、引き留められた。

「おいおい、どこ行くんだよ……。隠してくれよ」

「ちょっと！　その手で触んないでよ！」

「知るか」

鼻歌交じりに延々と用を足し続ける。呑むと長ぇなと肥後は呟いた。

「馬鹿ァ、お前、そんなところでしたらケンムンのバチ当たっぞ」

「そうだよ、肥後さん。あなた公務員でしょ！」

栄と秋奈の忠告に、肥後は悪びれることなく笑い飛ばした。

「役人でもしょんべんはするわー。秋奈、お前もほら……連れションするナ？」

肥後の言葉に島の方言が混じり始めるとほぼ同時に、雨がやむ。秋奈は傘を畳みながら、悪態で返した。

「バーカ！　栄さんもなんか言ってやってよ。ん？　栄さん？」

黙り込んだと思いきや、栄が凄い勢いで戻し始めた。ガジュマルトンネルが、排泄物《はいせつぶつ》と嘔吐物《おうとぶつ》で汚れていく。

「くっさ！　もう！　だから言ったじゃない！」

肥後と栄は我関せずとばかりに好き放題だ。

（もう、さっさと帰りたい）

ふと、栄の足下に懐中電灯が落ちていることに気づいた。これを借りて、独りで先に帰ってしまおうと拾い上げる。

「あー、なんだこれ？」

誰に言うでもなく、肥後が呟く。

「……石？　ああ？　石敢當？」

小便で洗ってやるか、と彼は大声で笑い出した。

そのとき、金属音が響いた。

遠くもなく、近くもない。ガジュマルで覆われた小径の中を反響するように鳴り渡っている。どこかで聞いたような音だ。一体なんだったか。

（あ、れ？）

金属音に混じって、聞き慣れた三線《さんしん》の音が幽《かす》かに鳴っている。呑み会で誰かがいつも三線を持ち出して弾くから知っている。聞き間違いじゃない。三線の音に絡みつくように、か細い歌が続く。が、なんと歌っているのか聞き取れない。

（島唄？）

しかし、あまり知らない旋律だ。うら寂しいメロディだった。

耳をそばだてると、わずかに唄の文句が聞き取れる。


あわ……

真っ赤ン……目ヌィ……

真っ赤ン花ヌ　手ヌィ咲いティ……


「……なんじゃ、しょんべんしながら変な唄、歌うな……。気持ち悪い。小便長すぎなんだよ、頭おかしいのか。ああ、気持ち悪……」

そんな栄の悪態に、肥後が言い返した。

「俺じゃねえよ。しかし、コイツの汚れ、なかなか流れねぇな」

二人の会話をよそに、秋奈は耳を澄ます。音の出元はどこだろう。

ふと金属音の正体に思い当たる。鎖じゃないだろうか。ジャラジャラと引き摺《ず》るような鎖の音が、唄と共に頭上から聞こえる。

秋奈は懐中電灯を上に向けた。

瘧《おこり》にかかったように、全員が震え出す。

頼りない光の先、ガジュマルの幹になにかが絡みついていた。

白くて太い、大きな鱗《うろこ》の蛇が二匹――ではない。それは穴だらけになった白い二本の腕だった。途中から赤い布が絡みついている。

その二本の腕の間に、真っ黒で長いなにかがたれ下がっていた。

(人だ)

単純な言葉が頭に浮かぶ。続いて出てきたのは――さかさだ、だった。

赤い服を身に着けた、逆さ吊《づ》りの長い黒髪の女が、懐中電灯の光に浮かび上がっていた。

白い指先が、虫の足のように蠢《うごめ》く。ついで、鎖の音が鳴り響いた。

じわりと濡れた髪が動いた。相手は頭を上げ始めている。

(かお。あげ。みられ。なに。だめ。なに。みられたら――)

秋奈の喉の奥から、細い汽笛のような音が鳴った。

咄嗟《とっさ》に肥後の背中を押し、秋奈は傘を投げ出して駆け出す。

おい、ちょっとなにすんだ、という彼の声が途中で止まった。

野太い男の悲鳴が、後ろから轟いた。

秋奈は一度も振り返ることなく、その場から逃げた。

どう、とスコールのような大雨がすべてを覆い隠すように、再び降り始めた。

025　島唄　――　金城リン

太陽が沈みだしたのにもかかわらず、気温はまだ下がらなかった。

リンの足は重い。

例の三馬鹿にやり返したことで、今更だが学校から親を呼び出された。結果、三者面談のようになった。女性の担任にこんなひと言を言われたことが原因だ。

〈今回の件は反省しているようですし……。あ、ちょっと話は変わりますが、リンさん、成績は良いので本土の進学校を受けませんか？〉

母親はとても喜んで、かなり乗り気になった。高校、大学くらいは行かせるお金はあると言うが、それは海で亡くなった父親の保険金と船を売ったお金だろう。

（私は高校には行きたくないし、島で暮らしたい）

しかし、母親には島から出したい理由があるらしい。互いに多くを語らないが、言いたいことは大体伝わってくる。

先に帰されたが、家に戻りたくないので時間を潰すようにただ歩き続けた。帰ったら、面談の話の続きが待っているだろう。溜息《ためいき》が出た。

（私は私、自分が進みたい道を行く。しかし、あの教師はなぁ）

リンは、担任を先生と呼ばない。教員、あるいは教師と称する。それが彼女なりの抵抗だった。

そもそも、島に来る教師は本土からやってくるので、なにに置いても島より本土が上だという発言が多い。「何年かでいなくなるから」と赦《ゆる》しているが、基本的に島民は外部からの人間に対し一線を引いて対応する。島で商売を始めるような本土人に対しては別で、完全に敵視する節があった。島民の儲《もう》けを搾取するからだ。

（ギリギリ赦されてるのは、シゲおじいが働いてるところかな。島にお金落とすし）

確か、デナなんとかという会社だ。若い男女数人の他、船で会った変な機械を被《かぶ》っていた男性がいた。

シゲルはそこで世話人として勤めている。掃除から食事の準備までなんでもござれだ。魚や肉を食べない彼だったが、料理の腕は一級である。最近、シゲル作のポーク卵おにぎりをもらって食べたが、店で売っているものより美味《おい》しかった。調味は勘でやっていると言うが、料理人になって店を開いたら、大人気になるかもしれない。

（……でも、島じゃ無理か）

シゲルは、島民から忌み嫌われている。詳しい話は母親も教えてくれないが、中学三年生ともなると、なんとなく察することができた。多分、彼の出自が問題視されている。最近、トキにそれとなく尋ねてみたが、言葉を濁された。やはりなにかあるのだ。それを思うと、余計に足が重くなった。なんとなくシゲルの家に立ち寄るかと顔を上げたときだった。

（……あれ？）

ガジュマルトンネルにシゲルが入っていく。もう仕事は終わったのだろうか。

（確か、水浸しになったデナなんとかの会社の床掃除をするって言ってたっけ？）

疲れたのか、シゲルの足どりは遅い。後を追うリンの足が止まった。

（トンネルの中……）

昨日、事件が起こったことを思い出す。朝から警察がやってきて、大騒ぎだった。そのまま学校へ行ったから、詳しい話はわからない。漏れ聞こえてくるクラスメートの話に「事故」「心肺停止」「死体」「現場検証」のような言葉が混じっていたが、事情を訊《き》くことはできなかった。クラスで孤立しているからだ。さすがにこんなときだけ会話に加わるのは、プライドが許さなかった。

シゲルの姿が遠ざかっていく。リンは意を決して、トンネル入り口を通り抜けた。

少し進んだところに、警察の立ち入り禁止の黄色いテープが張ってあった。

シゲルはそこを避けるように、途中で分岐する小径へ入る。一見茂みで隠されているが、明らかに人が踏んだ跡が残っていた。道の先は下っており、人ひとりが歩けるくらいの幅があった。ガジュマルで陽が遮られているせいか、少し薄暗い。

気をつけながら進んでいくと、足下になにかを見つけた。

ハブだった。

太い身体をとぐろに巻いて、こちらをじっと見つめている。まるで門番のようだ。息を殺しじっと身構えていると、ハブは藪《やぶ》の奥へ消えていった。

ほっとしながら見送った後、ハブが通り抜けた先に小さな石碑を見つける。

うねる蛇のような浮き彫りが入った石敢當《いしがんとう》だ。そばには摘んだばかりに見える野の花が供えてある。

（シゲおじいかな？）

奥ゆかしい花を見やりながら、さらに小径を下っていく。

突然、視界が開けた。

茂みを抜けると、沈みゆく太陽が海を黄金色に染めていた。

そこは岩壁に囲まれた小さな白い浜だった。こんな所があったのかと驚いた。

砂浜にシゲルが座っている。いつの間に持ってきたのか、三線《さんしん》を掻《か》き鳴らしていた。周りの岩に反響しているのだろう、男弦《ウーヂル》、中弦《ナカヂル》、女弦《ミーヂル》が普段よりうねるように鳴り響く。

三線に寄り添うようなシゲルの低い声が、旋律に花を添える。
(これ、シゲおじいだけが知っている島唄だ)

あわれ　あわれ
真っ赤ン花ヌ　目ヌィ咲いティ
真っ赤ン花ヌ　手ヌィ咲いティ
のびた腕や　ハブヌよう
アゲー　ハゲー　吊るされハブヌよう
女ンカ　生まれたばっかりヌィ
奴隷だったばっかりヌィ
夕べィ　海ヌィ沈んディよ
お陽さん　共ヌィ沈んディよ

あわれ　あわれ
真っ赤ン花ヌ　足ヌィ咲いティ
真っ赤ン花ヌ　あそこヌィに咲いティ
ハブヌ皮　剝いだとティ

アゲー　ハゲー　戻らぬこの面相
女人ンカ　生まれたばっかりヌイ
美人カ　だったばっかりヌイ
朝には　海ヌィ浮かんディよ
お陽さん　共ヌィ浮かんディよ

あわれ　あわれ
真っ赤ン花ヌ　着物ヌィ咲いティ
真っ赤ン花ヌ　心　魂　ヌイ咲いティ
目隠さん　待っててヌェ
アゲー　ハゲー　島の人待っててヌェ
女ンカ　生まれたばっかりヌイ
馬車山だったら良かったのぉヌイ
今日も　海ヌイ　モドリユット
お陽さん　共ヌイ　カエリユット

あわれ　あわれ　あわれ

あぁ　アゲー　ハゲー　吊るされハブぬよう……

リンが大好きな歌だった。何度もしつこく教えてほしいとせがんで、ようやく教えてもらえるようになった大事な一曲だ。

シゲルの声は美声ではない。それに、節回しも稚拙で、音程もときどきぶれる。しかし、彼が弾く三線の音色と混ざり合うと、とても美しく響き合う。まるで無垢《むく》なる祈りのようだと、リンはいつも聞き惚《ほ》れてしまう。

しかし、今日の島唄はいつもと違う。やけに荒々しい。

（あ……）

シゲルが唄を向けている岩壁に囲まれた入り江に、朽ち果てかけた鳥居のようなものがあった。いや、正しくは鳥居ではないだろう。造りが簡素である上、片脚だ。色こそ赤いが、それもムラだらけだった。島ではユタ神さんの目印として鳥居が存在する。そんな鳥居を卑しめるような居心地の悪さがあった。

沈むにつれ赤みを増す太陽が、周囲を昏《くら》い朱《あか》に染めていく。

シゲルの島唄が、周囲の空気を震わせた。それはリンの首筋から背中、腰を撫《な》で回し、さらに下腹を掻き回すような不快感を伴った。

心臓が早鐘のように強く鳴る。それは圧倒的な不安からだ。

シゲルが知らない人に思えて仕方ない。

リンは踵《きびす》を返し、茂みに飛び込んだ。

遠ざかる島唄を背に、沈む太陽の赤色から身を隠すように、ただただ無我夢中で駆けた。

026 路地 ―― 園田環

空は、赤から薄紫へ滑らかなグラデーションを描いている。

環は立ち止まると天を見上げて、大きく息を吐いた。立て続けに起こったことに、心が疲れていた。

父親の遺骨を引き取りに来る際の葛藤が、すでに遠い昔のように思える。ユタであるトキとの一件。友彦たちとの一件。そしてついには――。

（この前まで、想像もしなかった）

再び歩き出す。足を動かし続けると、少し気が紛れた。当てもなくただ彷徨《さまよ》う。島の地理にはまだ不慣れだが、それでも歩く。

今、父親の遺骨はあの家にある。父親が住んでいた家だ。

あんなことがあって、父の家では寝泊まりしたくない。娘から恐れられ、遺骨を置き去りにされるのは寂しいだろう。申し訳なさと悲しみがあったが、どうしても耐えられなかった。だから島内の宿を取ろうと思っていた矢先、友彦を通じてデナゲート社と繋《つな》がりができた。お陰でハウス内のビジタールームに泊めてもらうことができるようになった。

（……でも、お父さんのこと）

ユタの脳データを用いてわかったのは、友彦たちの研究が原因で父親が死んだことと、なんらかの外部要因でおかしなデータが生成され、それがシミュレーションにログインした人に被害を及ぼす存在になったこと。そして、その存在がこちらのリアル世界にまで影響する可能性があること。これくらいだ。

友彦の「園田さんの記憶や感情も共有できるかもしれません。環さんのこと、どう思っていたかも」という誘いと心遣いは嬉《うれ》しいが、今も知らなくていいと思っている。大体、その人の心は当人だけのもので、他人が共有してよいものとは思えない。だが、これはせっかくの提案を蹴った上、彼の研究を否定してしまったことになる。

心の中で謝りながら、ふと友彦の顔を思い出す。年齢の割に幼くて、どこか頼りなげで、でも変わり者で。そして、他者に優しい。いや、人と深く関わらないことで相手を傷つけないようにしているのだろうか。それによって自分自身を護《まも》っているようにも感じる。それを勘違いして、こちらが優しさだと思い込んでいるだけなのかもしれない。

（いや、やっぱり彼は優しい）

人と関わりたくないのは、彼が人を想う気持ちが反転したものだ。逆説的だと思うが、多分それが正解なのだと思う。友彦は本質的に人が好きなのだ。自分と違って。

なぜか、少しだけ足が軽くなった。

(どうしてかな?)

自己嫌悪に陥りそうだったはずなのに、心も軽くなっている。

(まさか、友彦君のことを考えてたから?)

そんな自身を否定するように、環は少しだけ足を速めた。

どれくらい歩いたか。

気がつくとあの五叉路《ごさろ》にきていた。トキの家の近くだ。

そこから少し離れた石碑――石敢當《いしがんとう》のところにしゃがみ込む誰かがいた。

制服を着た少女だ。

(あの子――)

ユタの脳データを取るとき、トキの家に来ていた子だ。名前はなんだったか。トキと親しげに会話を交わしていたから、孫か親戚の子かもしれない。

近づいていくと、彼女が小さな折り鶴を石敢當に供えるところだった。そばには硝子《ガラス》の破片と、踏み荒らされた野花が散乱している。花はまだ枯れていないことから、ついさっき踏みにじられたような生々しさが残っている。

前もそうだった。一体誰がこんなことをするのだろう。思わず少女に話しかける。

「ひどいよね、これ」

突然話しかけられて驚いたのか、彼女がさっと振り返る。

「ごめん。トキさんとこに来てた子だよね？」

少女の目は明らかに怯《おび》えていた。

「えっと、その……違った？」

少女はバネ仕掛けみたいに立ち上がると、脱兎《だっと》のごとく走り去った。

（驚かせちゃったかなぁ……。でも、あの子の目）

友彦に似ているような気がした。

また彼のことを考えている。自嘲気味に笑い、ふと石敢當の方に視線を落とす。

小さな赤い折り鶴がひとつ、寂しげに供えられていた。

027　月影 ―― 南トキ

穏やかな夜風の吹く音が、涼やかに響く。

トキは祭壇のある部屋で、一心不乱に拝んでいた。

ここ最近立て続けに起こった出来事と、友彦と環という若者たちが持ち込んできた案件に明らかな因果を感じていた。

ユタである自分にできるのは、ただ拝むことだけだ。

祭壇の前に座ったときはまだ外は明るかったが、今はもうすっかり日が落ちている。点《とも》していた蠟燭《ろうそく》の光だけが部屋を照らしていた。

数珠《じゅず》を鳴らしつつ祝詞《のりと》を唱えていると、ある人物の顔が思い浮かんだ。

（シゲル……）

集落から爪弾《つまはじ》きにされたあの子は、今も疎まれ続けている。自分にできることは他になかったのか。もう少しなんとかならなかったのか。長年ずっと後悔を抱いて生きてきた。

（ユタの家に生まれても、島民の気持ちはどうにもできんかったナァ）

ユタは集落で尊敬を集めるが、同時に畏れを抱かれている。この現代でもだ。もちろん、そういったことを信じない若者も増えたが、それも仕方がないとトキは諦観している。新しい時代へ変わるのだ。人も、物も、なにもかも。

それでも、ユタの存在は残していかなくてはならない。しかし、トキに子はない。結婚をしていないし、男性と暮らしたことすらないのだから。

島で生まれた子の中で、跡を継ぐ者を探し始めたのは五年前からだ。

そして、三年前に見つけた。

金城《かねしろ》の家のリンだった。

神へ判示《はんじ》を何度も繰り返してみたが、間違いない。実際、リンと何度か話をしてみると、聡明で勘の良い子だった。

最近、島外のある場所で、継がせるための秘儀を行ったところだ。

最初はシゲルがついてきてくれる話だったが、船に乗せるわけにはいかんと一部の人間が騒ぎ出し、結局栄がやってきた。邪魔だけはするなと栄に強く言い聞かせたが、どうにも騒がしくて閉口した。

（シゲルとリン、か）

二人は、この家で最初の出会いをしている。

いや、互いに道ですれ違うこともあっただろうが、言葉を交わしたことはなかったと聞いた。それはそうだろう。シゲルは自ら島民に話しかけないし、リンはまだ子供だったから、親の言う「シゲルに近づくな、話しかけるな」を守って避けていた。

トキの身の回りを手伝うシゲルと、トキの元でユタを継ぐ準備をしているリンが打ち解けるにはさほど時間がかからなかったと思う。

ただ問題なのは、シゲルのことを理解し始めたリンが、学校や地域で浮き始めたことだ。あの子は賢すぎる。そして、自分に正直すぎた。

だから、同じ年頃の子らから孤立してしまった。

（これもなんとかしてやらんと）

とはいえ、リンの心を無視するわけにはいかない。

（子育て、いや孫育ての苦労する心境かもナァ。これは）

実子も孫もいないのに、とトキは小さく笑いを漏らす。

（いや、リンは我が子のようなもんヨー）

ユタを継がせるのだ。系図上でトキの直系になるのだから、我が子も同然だ。

系図と言えば、トキが若い頃、相談に来たある家の老人から見せてもらった家系図があった。様々な家々が繋《つな》がっており、島民のほとんどが遠い血縁ではないかと思ったことを覚えている。

皆が仲良くするのが一番良いことなのだが、と溜息《ためいき》を吐いたとき、風の音がやんだ。なにかの気配を感じ、蠟燭を消す。部屋中が暗くなった。代わりに外から月光が差し込んでくる。

横を向いた誰かの蹲《うずくま》った影が、障子に映った。

やせ細っており、背中がわずかに曲がりだしている。トキには見覚えがあった。

「どうした？　珍しい。……最近は楽しそうにしとるが？」

影は答えない。

「まあ、急に寂しくなることもあるが。特にこんな月夜はナァ」

やはりなんの応《こた》えもなかった。

「お前、短気を起こしたらいかんヨ……」

トキは再び蠟燭に火を点す。

そしてまた一心不乱に拝み始めた。

気配はいつの間にか光に掻き消されるように、消えていた。

028 水面 —— 三浦葵

ムッとした熱気が立ち籠《こ》めている。

葵はハウスの浴室で少し立ち眩《くら》みを覚えた。まだ誰も入っていない、一番風呂だった。

元来、風呂は嫌いではない。東京にいた頃は自室のバスルームでアロマキャンドルを焚《た》いて、温《ぬる》い湯に長々と浸《つ》かるのがとても好きだった。だが、共同生活だとそう言ってもいられない。お湯の温度を勝手に変えることもできず、長湯をするためのアイテムも、なにもかも使えないのだ。

入浴そのものは気分転換に最適だった。ハウスの風呂は、東京の部屋と違って浴槽が大きい。手足をめいっぱい伸ばして入ることができた。それだけが美点と言えよう。

しかし、今はそこまでテンションは上がっていない。

(でも、なんなんだろ、あれ)

映像の中に現れた、おかしな女の顔や赤い影、白い腕。各種バグ。なにより井出と園田哲夫の死。そして弘治の失踪。最近、異様なことがつるべ打ちのように起こる。

さらに春樹が言うには「社長が倒れはった」ようだ。シミュレーションの使用停止を連絡しようとした際、本社からメールが入っていたらしい。

力なく足を動かし、洗い場へ向かう。

浴槽に張られた湯の中で、なにかが動いた。

目を凝らすと、黒いもずくのようなものが揺れている。

あ、と声が出た。

弘治の顔が沈んでいた。左目が抉《えぐ》れているように見えた。

が、それは一瞬で消え失《う》せた。残ったのは仄《ほの》かに湯気を立てる透明の湯だけだ。

（——疲れているのかな）

立て続けに起こるトラブルの処理で、ストレスも溜《た》まっている。おまけに今日、春樹とは会えない。彼から断ってきたのだ。忙しそうだったが、それだけとは思えない。

まさか、未央のところへ行くのだろうか。湧き上がる仄暗《ほのぐら》い感情を抱えながら、改めて洗い場に座ろうと腰掛けを手にした。

ちら、と鏡の中を横切るものがあった。

自分が映ったのではない。どう考えても違う。なぜなら、赤い色をしていたからだ。

（赤、赤い色）

あの映像を思い出し、両手で自らの肩を抱く。なぜ、独りで風呂に来てしまったのか。

早く温まって出ようと浴槽から湯を汲《く》み、かけ湯をしたときだった。

肩先に伸ばした指先に、なにかが触れた。硬いものだった。

咄嗟《とっさ》に振り返るが、なにもない。気のせいかと息を吐く。

さっきからおかしな勘違いが続く。眼精疲労だろうか。目の周りを温めようと、もう一度湯船に向き直り、両手で湯を掬《すく》う。そのまま熱い湯で顔を洗った。

ふと、手の中に違和感があった。

額や頬に触れた感触が気持ち悪い。

顔から水滴を垂らしながら、確かめようと掌《てのひら》を何度か返した。

(なにもないじゃん)

手についた水滴を払おうと、甲側を上に向けた瞬間だった。

葵は声なく固まった。

自分の腕が変貌している。

異様に白い肌の表面は荒れ果て、十指、すべての爪が剝がれかけていた。爪の下から覗《のぞ》く肉は腐れかけ、青黒く変色している。

信じられない。呆気《あっけ》にとられた葵の目の前で、腕の表面がブツブツと粟立《あわだ》った。かと思うと、そのひとつひとつから極小の茶色い虫のようなものが這《は》い出してくる――。

葵の意識が遠くなりかけたそのとき、気がつけば、腕は元に戻っていた。ただし、両手が赤く濡《ぬ》れていた。湯船全体もまた、赤黒い液体で満たされていた。

金属臭と腐臭が絡み合った悪臭が鼻を衝く。
葵は絶叫し、浴室を飛び出した。

029　何方 ―― 深澤未央

エアコンが効いた共用スペースに、葵が寝かされていた。

(どうしちゃったんだろう、葵)

未央が浴室前を通りがかったとき、全裸の葵が飛び出してきた。

驚いて引き留めたが、彼女は大声で喚《わめ》き続ける。普段のノンビリした天然の印象は毛の先ほどもない。延々叫ぶことをやめないので何発か頬を張ると、やっと我を取り戻した。かと思えば、両手を何度も返した後、ああなんともなってない、赤くない、とさめざめ泣き始める。

早く服を着ろと言っても、脱衣所に入りたくないと駄々をこねた。訳を訊《き》けば「おかしなことがあった。お風呂が変だ」と震えだした。詳細は聞かず、脱衣所に独り入る。開け放された戸の向こうには、いつもと変わりない浴槽があるだけだ。手早くバスタオルと下着、残された衣服を持って出てきて、そのまま廊下で着替えさせる。

騒ぎに気づいたのか、春樹が駆けつけた。少し遅れて友彦と環がやってきたので、そのまま二人に協力してもらい、葵を共有スペースに連れていった。

彼女をソファに座らせ、一旦落ち着かせる。ようやく冷静さを取り戻してきたので詳細な内容を尋ねるのだが、口から出るのは取り留めのない言葉ばかりだった。

「浴槽に弘治の顔が沈んでいたように見えた。顔を洗ったら自分の手が腐りかけたものになって、虫に喰《く》われていた。気がつくと手は血まみれになって、浴槽も血で満たされていた」

断片を繋《つな》ぎ合わせてわかったのはこれくらいだ。

春樹が確認しに行ったが、やはり浴槽に異変はなかったと言う。

しかし葵の怯えは止まらなかった。春樹に抱きついたかと思えば、突然罵声を浴びせたり、服を脱ぎ出そうとしたりするので、その度に止めるのに苦労した。

おろおろする友彦に温めたミルク、環に毛布を持ってこさせる。毛布を肩に掛け、温かいミルクをゆっくり飲ませるとやっと落ち着いたようだ。周りにみんないるから安心だと促し、ようやく眠らせることができた。

壁の時計はすでに午前零時を回っている。

春樹、友彦、環が心配そうに、眠る葵を見守っていた。

未央は全員の顔を見渡して、おもむろに口を開いた。

「どう考えても変でしょ？　絶対なにかが起こってる。このままじゃ、私たちだって」

春樹もうなずいた。

「友彦、全部消去しよう。いや、そうさせてもらう。シンセカイ・シミュレーション・ラボは解体や。きっと……社長も会社も赦《ゆる》してくれる」

葵が時折痙攣《けいれん》を起こしたように手足を動かした。目を閉じているから、眠ってはいるらしい。未央は優しくその頭を撫《な》でる。

「でも、それで解決するの？」

もっともな反論を環が口にする。

「わからんけど、やれることをやるしか……」

なあ、と春樹は友彦の方を向いた。彼はずっと沈黙している。答えを待つ環は、その顔を見つめ続けた。

開発したシミュレーションを消すか、それとも別の方策を探るか。

いずれにしても、決断を下すときが迫っているのかもしれない。

葵の頬を撫で、未央は少しだけ目を閉じた。

０３０　葬列 ―― 金城リン

暗がりに、白い幟《のぼり》が風にはためいている。

幟には難しい漢字で書かれた経が染め抜かれていた。

揺れる軒先の提灯《ちょうちん》の下を、集落の弔問客が沈鬱な面持ちで潜《くぐ》っていく。

肥後の家の葬儀だった。

年老いた父母と妻が泣き腫らした目で、頭を下げ続けている。その足下を、事情のわからぬ彼の幼い息子が、仔犬《こいぬ》のように駆け回っていた。

制服姿のリンは母親と受付の手伝いをしている。集落では冠婚葬祭すべてにおいて、住民全員で手伝う習わしになっていた。互助を是とする村共同体ならではのものだ。

居並ぶ弔問客の波の向こう、縁側に秋奈と栄がボンヤリとした顔で座っている。

二人とも喪服だが、どことなく着崩れ、だらしない。

受付に並んだ人々が秋奈たちを盗み見ながら、ボソボソと何言か語り合う。

〈……肥後さん、ガジュマルトンネルで死んでたんやろ？〉

〈そうそう。死体の近くに栄さんが気ぃ失って、倒れてたって〉

〈肥後さんは片眼抉《えぐ》られてぇ、溺れ死んでたって聞いたけど〉

〈なんで？　あんなところで溺れるぅ？〉

〈栄と秋奈が浜で殺して、運んできたって噂《うわさ》もあるがぁ。あいつらできとるのか〉

〈いやあ、なんかね、栄も秋奈も変なこと言うてるてぇ〉

〈あいつら、よくもまあ顔を出せた……〉

　リンも近くの大人から聞いていた。肥後がガジュマルトンネルで死んだ晩、一緒にいたのは栄と秋奈だったこと。秋奈がガジュマルにへばりつく逆さ吊《づ》りの赤い女を見て、逃げたこと。その女が肥後の頭を摑んで、そのまま樹上へ引き摺《づ》り上げ、目玉を潰して殺したのを、栄が目の当《ま》たりにしたこと。

　死ぬ間際まで、肥後がけたたましく笑い続けていた声を栄が聞いたこと。

　あまりの凄惨さに栄は気を失い、朝まで肥後の死体のそばに倒れていたこと――。

（確かに変なこと言ってるなぁ）

　ホラー映画のワンシーンみたいな話だ。普通に聞いたら、でたらめだと思う。しかし、あそこまで憔悴《しょうすい》している二人の姿を眺めていると、嘘をついているようには見えない。それこそ、警察の事情聴取で疲れ切っているはずなのに戻ってすぐに葬儀に参列しているのだ。罪を犯した人間ならそんなことはできはしない。

　それにユタ神――トキはこんなことをリンに伝えていた。

「肥後の遺体と、秋奈たちにへばりつく――念があるサ。アンタにも見えるはずヨー」

目を凝らすと、薄赤い靄《もや》のようなものが肥後の遺体と二人を包み込んでいるのが幽《かす》かにわかる。

秋奈たちの言い分もまったくの嘘ではない、とリンは感じていた。


少しの間受付を変わってもらったリンは、肥後家の門に向かった。

葬儀の重い空気から逃げたかったのだ。

外に並んだ弔問客は、焼酎と塩で口を清めてから門を潜っている。

リンはそっと後ろを振り返った。普通の家なら公民館で葬儀を出すが、肥後の家はある程度資産を持っており、自宅葬が行える。

（本土の大学に行かせられるくらいだもんなぁ）

リンは母親とのやりとりを思い出していた。

母親はリンに本土の学校を受験させ、そのまま仕事も島外で、と考えていた。理由を訊《き》いたが、ただ「あんたのため。島にいたらいけんよ」と繰り返すだけだった。

リンはトキの元でユタを継ぎ、島に骨を埋めたいと訴えたが、聞く耳すら持ってくれなかった。確かに三年前も、トキが母親の元に参じて「リンにユタを継いでほしい」と畳に額をこすりつけたが、頑として首を縦に振らなかった。だから、トキの家を訪ねるときは他の用事だと、嘘をついた。母親が気づいているのかいないのか、知らない。ただ、先日の——東京のパソコン関連の会社が行った実験のときは、リン独りでトキ宅へ行かせないようにと、後を追って来たほどだった。

思わず唇を噛《か》みしめたとき、塀の外から怒鳴り声が轟いた。

「向こう行けぇ！　お前みてぇなもんが、なに見てるんだ！」

外へ出ると、シゲルが集落の男たちに詰め寄られていた。

飛び出そうとするリンを制したのは、いつの間にかやってきたトキだった。

「アンタはここにおれ。来ちゃいかんヨ」

逃げ出そうとしたシゲルをトキが呼び止め、二人で路地に入っていく。気になって仕方がないリンは、足音を忍ばせて後を追った。

曲がり角に身を隠し、路地を覗《のぞ》く。二人は薄暗がりで問答を始めていた。

「……シゲル、やあはなにしに来たわけ？」

「ユタさん、葬式は村八分に入ってネェだろォ。俺の勝手ヤ」

シゲルの顔に、微《かす》かな怒りが滲《にじ》み出ている。初めて見るその表情にリンは戸惑った。

「ユタさん、って、お前。いつも通りトキって呼べばいい」

トキは彼の頭を優しく撫《な》でた後、そっと尋ねた。

「……シゲル、訊きたいことがあるんばよ。やあの働いてるハウスの人なんか、なにをしよっちゅしてるわけ？」

目を丸くしたシゲルは、激しく首を振った。

「――知らねェ」

トキは深く息を吐き出した。

「そっか、わかった。なら連中に直接訊く。明日、来いって伝えてくれんね。――ああ、あの園田の娘、環もヨ。いるだろ、いっしょん」

頼むぞと言い添えたトキはシゲルから離れ、こちらへやってくる。リンは見つからないよう、慌てて門の中へ駆け込んだ。

（……トキさんとシゲおじいって）

改めて考えると、二人の関係性をまったく知らない。暗がりのシゲルとトキの間には、ただならぬ雰囲気が漂っていた。高鳴る心臓を落ち着かせていると、遠くから母親の呼ぶ声がする。

「リン！　さっさとせんね！」

受付に戻る途中、リンは何気なく門の方を振り返った。

トキがこちらを見つめ、なにか言いたげな様子だ。リンは逃げるように母親の方へ駆けていった。

031　今女 ── 園田環

激しい音を立て、大粒の雨が降っていた。

島特有の突発的な雨だった。

トキの家、その祭壇の部屋に環はいる。他に、友彦を始めとしたハウスの人たちも揃《そろ》っていた。廊下では同行してきたシゲルが竹細工を始めている。

祭壇側にある座卓の前に座ったトキが、環の顔をじっと見つめ、そして微《かす》かにうなずいた。なぜ自分まで呼ばれたのか、理由が伝わってくるような気がした。

祭壇の灯火が大きく揺れる。エアコンはついていないが、それでも涼しい。いや、寒いくらいだ。

(あれを見てると寒気がする)

環の視線の先に、三幅対《さんぷくつい》の掛け軸が掛けられていた。さっきトキが出してきたものだ。

目を惹《ひ》くのは、真ん中に据えられた髪の長い女の画《え》だった。赤い着物を身に着けている。

画法は日本画だろう。少し素朴な筆致だった。

女の左目は潰れ、全身に傷が走っている。無残絵《むざんえ》というものか。目を覆わんばかりの残酷な描写がそこにあった。

友彦たちも息を呑《の》むようにして、じっと画を眺めている。

トキはおもむろに湯飲みを手に取り、茶をひと口含んだ。ゆっくりと目を閉じ、飲み下す。ついで瞼《まぶた》を開け、躊躇《ためら》うように口を開いた。

「──あんたらが見たっちゅう赤い影、女の顔ネ」

未央と葵が前のめりになる。

「そりゃ、イマジョだが」

いまじょ？　頭の中で漢字に変換されない。

「いまじょ？」

訊《き》き返した友彦に、トキは大きくうなずき返す。

「イマジョダーリ。この島が生んで、こびり付いた罪穢《つみけが》れヨー……」

「いまじょ、だーり？」

口に出してみる。なぜか鳥肌が立った。トキが環の目を覗《のぞ》き込む。

「ダーリは、本土の言葉で憑《つ》くこと、憑物。イマジョは──娘の名ヨー」

掛け軸を振り返り、トキが居住まいを正した。

「これから話すのは、二人のイマジョのコト。藩政時代のことヨ……」

──藩政時代、島は本土の藩によって統治されていた。

本土の藩は、黒糖を始めとした島の特産物は専売制にし、安く買い叩《たた》いて利益を得られるように画策した。さらに、黒糖は年貢と同じ扱いになった。当然ながら、年貢を納められない農民も多数出てくる。その場合、農民は自らを豪農である衆達《シュウタ》、由緒人《ユカリッチュ》（役人の家柄）に売るしかない。言わば農奴化である。この農奴を家人《ヤンチュ》と呼んだ。どちらにも属さないものは自分人《ジブンチュ》である。

家人でも祭日には踊り、愉《たの》しむ権利はあった。ただし、集落全体の寄り合いへの参加は憚られていた。荒くれ者の家人も多く、荒事がよく起こっていた。

ひとり目のイマジョは家人で、若い女性だった。

今女、と書く。

元々島には言い伝えがあった。

〈家人に今女という美しい娘がいた。豪農に見初《そ》められて寵愛《ちょうあい》を受けていたが、正妻に見《み》咎《とが》められ、折檻《せっかん》の後に亡くなった。今女の親族は彼女の墓所に参る度に「敵《かたき》を取れ」と祈った。親族の願いが叶《かな》ったのか今女は怨霊と化し、自分を妾《めかけ》にした豪農の家を祟《たた》った。豪農の持ち船が沈む。家から自殺者が出る。狂い死にするものが出る。明治時代には血筋が絶えたという。今女は尻までたらした長い髪、白い風呂敷を背負った、美しい女性の姿で現れる。しかし、その名をみだりに呼んではならない。イマジョ、イマジョウと口にし

てはいけない。今女の怨霊は今もこの世をさまよい歩いているのだ──〉

もうひとりの今女は、この話が伝わりだした頃に生まれた。

親は「災いから身を護《まも》るため、わざと忌むべき名を付けた」のだ。周囲の人間はあまりよく思わなかったことは言うまでもない。

この子は今女の他に〈忌女〉という漢字の真名《まな》を持っていた。先にいた今女と区別するためだったのか、もっと忌避すべき文字を使いたかったからなのか、それはわからない。

ところが、まだイマジョが幼子だったとき、自分人だった両親が急死した。

娘に大それた名前を付けた祟りだと、皆口々に噂《うわさ》した。

イマジョは親族の間をたらい回しにされた挙句、豪農へ売られ、家人になった。十三になった頃だったという。

イマジョは、島で怨霊と呼ばれた今女と同じく、とても美しい娘に育った。

当然、豪農の主人の目に止まってしまう。

今女と違っていたのは、寵愛ではなかったことだ。

夕暮れ時、サトウキビ畑で独り黙々と作業をしていたイマジョは、主人に無理矢理純潔を奪われた。十五になったばかりだった。

その後も主人は身勝手にイマジョを扱った。ネンゴロ──妾だと口にしつつも特別に可愛がることはなく、ただ欲望のはけ口とされたのだ。立場上、イマジョは逆らうこともできなかった。

そしてついには本妻の嫉妬を買ってしまう。納屋に囚《とら》われ、凄惨な折檻が続けられた。それだけではない。本妻は他の家人に命令し、イマジョを繰り返し嬲《なぶ》り、穢《けが》させた。男たちは、代わる代わるイマジョを責め苛《さいな》むようになった。

主人は本妻の悋気《りんき》を恐れると同時に、他の男たちに好き放題されたイマジョに興味を失い、助けることなく捨て置いた。主人にとって家人は、物と同じだ。飽きれば手放すし、壊れれば棄《す》てるだけだった。

全身に醜い傷を付けられたイマジョは、本妻の命令で晒《さら》し者にされた。

井形に組んだ材木を赤く塗り、そこに鎖で磔《はりつけ》にしたのだ。その後、集落を引き回した。どのように汚らしい女なのかを喧伝《けんでん》しながら。

そして最後は入り江の中に磔台を固定し、水もなにも与えずそのままにした。

干潮時には照りつける太陽が、満潮時には口元まで上がる波で地獄の苦しみを味あわせられる。日が経つうちに磔台はわずかずつ傾いてゆき、水位が上がると顔の大半が水中に没した。

集落の民は、磔にされたイマジョを見物に出かけるようになった。

昨日死んだか？　今日死ぬか？　明日死ぬか？――口々に囃《はや》し立てた。

そのうち石礫《せきれき》をぶつける者も出てくる。誰がどこに当てるか、面白がって投げ続けた。

そのひとつがイマジョの左目を潰した。鮮血が流れ出る様を人々は指差し〈悔しさのあまり、血の涙を流している〉と嗤《わら》った。

残った右目に恨みの色が籠《こ》もっていたが、衆人にとって恐れる理由がない。自由を奪われたイマジョに抗《あらが》う術《すべ》はなかったのだから。

流れ出る血膿《ちうみ》と腐り始めた肉を求め、烏やフナムシが彼女に集《たか》る。それだけではなく、波間を潜る海蛇やハブが絡みつくようになった、

しかし、イマジョはいつまでも死なず、しだいに皆は恐れ慄《おのの》くようになる。

誰も浜へ行かなくなった。が、たまたま様子を確認しに行った男が「イマジョが磔台ごと消えた」と騒いだ。

杜撰《ずさん》な造りだった磔台が崩壊し、溺れ死んだのだろうと噂し合った。きっとどこかの岸辺へ死体が上がる。そんなヨリムン（漂着物）はいらないから、また沖へ流してやれ、と皆は口々に罵った。

ところが、イマジョの遺体はいつになっても上がらない。

いつしか、島で異変が起こり始めた。

イマジョを死に追いやった主人と本妻、使用人に不幸が降りかかる。

突然狂い死ぬ者。自ら刃で目を抉《えぐ》り、首を掻《か》き切る者。互いに殺し合う者。陸地で溺れ死ぬ者……枚挙に暇《いとま》がない。

次に、イマジョを磔にした入り江に近い場所に住む者が死に始めた。あるいは狂ったまま元に戻らなくなった。

イマジョの祟り、イマジョ憑き、イマジョダーリだと島民は恐れ慄《おのの》いた。

祟りは海辺から集落奥へ向かう。イマジョを豪農へ売った血縁はおろか、島民の半数が死に絶えた。イマジョの怨霊を核として、死んだ島民たちの無念が寄り集まり、島全体を覆う祟りと化した――。


「――それがイマジョダーリ」

トキの話に、一同は声を失う。激しさを増した雨音が室内に響き渡った。

「さっきも言ったけれど、ダーリは祟り。怠《だる》い、あるいは顕《た》つの意味もある」

恐る恐る未央が尋ねる。

「実在したってことですか？」

「さぁ……。哀しい娘の話なら、他にも、島唄にもいろいろあるヨー」

春樹が低く呻《うめ》いた。

「伝説やろが、なかろうが、もう……」

「そうよ、島の人間も襲われ始めとる。役場の肥後……」

トキは庭の方へ顔を向けた。その横顔を見つめながら、環が訊く。

「父も、そのイマジョに？」

友彦が言っていた、シミュレーション内で見た〈園田哲夫の背後から出てきた女〉。そして、トキの脳データサンプリングのとき現れた父の言った〈環、島を出ろ〉。どれを取っても、イマジョダーリに関係しているとしか思えない。ただ、友彦はこんなことも口にしていた。「もしかしたら、赤い女は、僕らが知っている人かもしれない」。だとすれば、その人がイマジョ的な存在と化したのだろうか。不確定なことが多すぎて訳がわからない。

　環の問いに、トキは大きくうなずいた。

「多分、な」

　肯定する口調だが、否定したい思いがわずかに含まれているように感じる。

「もう、イマジョはあっちから、こっちへ出てきてしまった。このままにしとったら——島はまた、死人と狂人だらけになる」

　トキの言葉にこれまで黙っていた友彦が顔を上げる。

「あっちからこっち？」

「あの世とこの世ヨ。無念を残した島人の魂《マブリ》は、あの世のどこかにある。もうひとつの集《シ》落《マ》に縛り付けられると伝わっている。アタシらの住んでいるシマとそっくりのところさ。それが、あっちヨ」

「シマ……」

自問自答する友彦に、トキは諭すように言葉を重ねる。

「ネリヤカナヤじゃないとこヨー」

「うん、ネリヤカナヤ?」友彦が首を傾《かし》げた。

「うん、ネリヤカナヤ。死んだ人が行く、海の彼方にある満ち足りた豊穣の国ヨ。でも、真っ当に死んでいない者のマブリはそこに行けず、この世とネリヤカナヤの境にあるもうひとつのシマで延々と囚われるしかないのヨ」

唐突に雨がやんだ。祭壇の部屋に静寂が訪れる。

葵が震える声を上げた。

「それって……。ウチらが作っている世界のこと?」

廊下で物音が響いた。障子の向こうで、シゲルがなにかを取り落としたようだった。

トキは全員の顔を見回し、低くハッキリした声で告げた。

「イマジョが生きた娘として最期を迎えたあの磔台が、両方の世界を繋《つな》ぐ門になってるヨ。……イマジョをあっちに連れ帰し、二度と戻ってこれんよう、こっちにある門を閉じてしまわねならん」

外へ出ると、濡れた地面は徐々に乾きつつあった。

環は空を見上げた。路地の先にある鳥居が目に入った。イマジョを磔にした磔台を思い起こさせ、思わず目を伏せてしまう。

「閉じないと駄目ヨ」

見送りに出てきたトキが、路地の方から念を押すように声をかけてくる。

友彦が小さく頭を下げた。その横で、シゲルも同じように頭《こうべ》をたれる。

環は思う。イマジョの祟りが真実なら、父親はまだあの世界に囚われているのだろうか。

あっちでも、こっちでもないシマに。友彦たちが作った、あの電脳の世界に。

（お父さん）

再び見上げた空は、わずかに暮れ始めていた。

032　追想　――　南トキ

海の方から穏やかな風が吹き抜ける。

トキは目を閉じ、島唄の一節を口にした。

あだのゆぬなかに
ながらえてぃいれば
あさゆう　ちのなみだ　すでぃどぅしぶる

そこまでそらんじて、口を噤《つぐ》んだ。

(さかうた、か。駄目だネ……)

逆歌とは、密《ひそ》かに呪いを込めた歌だ。トキは歌ってしまった自分を責めつつ、神を想った。

ユタには自分だけのカミがある。トキは子供の頃に、サーダカンマリ(霊験のある人・状態)であると言われ、ユタになる運命を持っていた。トキはユタの家系の女だった。成長していく途中で、カミダーリィ（幻覚とそれに伴う無意識行動）を経験し、カミよりウシラシ（お知らせ）を受け、カミグトゥ（かみごと・神事）し、入巫《にゅうふ》した。

トキは、島のどこにいても神を感じる。

そもそも、海と山の合間だけが人が住んでよい場所であり、海と山は神そのものの世界だ。だが、今は人の都合で自然を切り崩していく。

（知らぬうちに、人は傲慢になってしまったネー）

イマジョダーリも、元は人間が生み出したものだ。深く息を吐いて、トキは祭壇の部屋に戻った。座卓へ座り、イマジョのために祈りを捧《ささ》げようとしたときだった。

廊下側の障子に影が差した。ああ、また来たのか。

「なんだイ……？」

声をかけた途端、瘧《おこり》のように全身に震えが来る。

これはマジムンの類いか。呪詞《のりと》を口にしようとしたものの、顎も、唇も、舌先……いや、全身が自由にならない。激しく引かれているかのような鎖の音が耳を打った。

視線を辿《たど》れば、障子を突き抜け、廊下からなにかが入ってくる。

それは後ろから覆い被《かぶ》さってきた。回された腕は白く、皮膚は穴だらけだった。

盆の窪《くぼ》辺りから背中にかけて、これまで感じたことのない不快感が下りてくる。なにかが無遠慮に入ってくるような痛みを伴っていた。

トキの視界が暗くなる――。

唐突に目の前が明るくなった。

眩《まぶ》しい日差しが頭上から降り注いでいる。

流れる汗を拭う腕は、細く、真っ黒に日焼けしていた。

手には野良仕事の道具である鎌《かま》が握られ、目の前にはサトウキビ畑が広がっている。

トキは狼狽《うろた》えた。これは自分の身体ではない。皺《しわ》も染みもない、若い手足だ。思わず道具を取り落とし、両手で顔を撫《な》でる。張りのある頬がそこにあった。

「おい、なにしよるか」

後ろから叱責の声が飛んできた。身体が勝手に振り返り、繰り返し頭を下げ始める。

「ゆるちたぼれー、ゆるちたぼれー」

自分の口から漏れる声は、まだ幼さを残した少女の声だった。

「ふりむん。ちゃんとやれェ。――イマジョ」

思わず顔を上げる。酷薄そうな面構えの男が立っていた。日に灼《や》けた髭面《ひげづら》だった。彼は、お前が怠けると俺の評判が下がると愚痴を言い、畑の奥へ消えていった。

(イマジョ)

トキの頭がなにかにぐるりと掻《か》き回される。そしてすぐ理解させ
られた。

今、自分はイマジョで、イマジョは自分なのだ。イマジョの記憶を追体験させられている。否。イマジョとして生きている。

他人事のように感じる心と、我が事だと感じる心が同時に存在していた。さっき、祭壇の前でなにかに覆い被されたことを思い浮かべる。あれでイマジョに憑依《ひょうい》されてしまったのか。

（ああ、駄目だァ）

落とした農具を拾い、手が勝手に仕事を始める。さもそれが当たり前のように。


イマジョは、来る日も来る日もサトウキビ畑で働き続けた。

日が暮れたら暮れたで女性家人の小屋で雑務が待っていた。夜が更けると仕事は終わるが、そのまま雑魚寝になる。

食べ物は粗末で最低限だった。しかし、それでもよかった。幼い頃、両親と死に別れた後、親族の家を渡り歩いたときに比べれば、ちゃんと食べられる。

とはいえ、ここへ来たのは、血縁の中にいた〈わるさんちゅう（悪人）〉がイマジョを近隣の豪農に家人《ヤンチュ》として売り渡したからだ。

夜になると、自分の境遇に涙することもあった。

朝から晩までこき使われるが、賃金はどうなっているのかわからない。衣服は粗末な芭《ば》蕉布《しょうふ》の着物だけだ。白かった布地は薄汚れ、ところどころすり切れてきている。洗って着替えようにも替えはないので、いつも臭かった。年に一度、祭の前に新しい着物をくれるが、それもまたあまりよい質ではない。考えてみれば、他の家人より扱いが悪い気がする。家人の管理は豪農の正妻が行っているが、とても怖い人だった。意見をしたり、逆らったりなどはとうていできなかった。

当然、ハジチ（針突）も入れさせてくれない。数えの十三になれば、左手の甲に入れ墨を幾つも入れる習わしがある。成人の証《あかし》だが、魔除《よ》けの意味もあった。しかしいまだイマジョの手の甲にハジチはない。それが、他の家人から陰口を叩《たた》かれる原因にもなっていた。

ハジチだけではなく、文字も算術も習うことがない。知っているのは自分の名前の書き方だけだ。

いまじょ。今女――忌女。

父と母が付けた名前は、島の噂話に因《ちな》んでいる。

そして売られるとき、血縁がもうひとつの理由を教えてくれた。

〈忌の文字を当てられたのは、悪い意味の文字は逆にマジムン避けになるからと、お前の母親がつけたからだ〉

それが本当なのか知らない。少なくとも父母は文字やその意味などそこまで知らぬ生活をしていたように記憶している。

物心ついた頃から、名前のせいで周りから散々囃《はや》し立てられ、虐《いじ》められた。ここへ売られてからも同じだった。酷い毎日がさらに辛くなった。

家人になって、二年目を迎えていた。

変わらず、サトウキビ畑で働く日々を送っている。

夢見が悪かったその日の夕陽は、ぞっとするほど赤かった。

「おい」

後ろから声をかけられた。野太い声だった。振り返ると、知らない顔の男が立っている。

周りの家人と比べ、上等な身なりだった。

すぐにその人が自分を買った豪農の主人とわかった。

深々と頭を下げると、纏《まと》めた髪の毛を掴《つか》まれ、力尽くで持ち上げられた。

「聞いたとおり、きょらさぬ、おなぐだなァ」

焼酎臭い息が顔にかかる。目が血走っていた。顔を背けると、もう片方の手で顎を掴まれ、正面を向かされる。そして、口を吸われた。生温かく、ぬるぬるしたものが口の中へ入ってくる。生臭さ、苦み。厭《いや》な臭気と味が広がる。咄嗟《とっさ》に口を閉じたが、思い切り張り倒された。刈り取っていた葉の上に転がってしまうと、主人がのしかかってきた。すぐになにをされるか理解できた。大声を上げた。しかし、誰も来ない。それ以前に、人の姿が見えなかった。事前に主人が人払いをしていたのだ。

着物の胸元から乱暴に手が差し込まれる。もがけばもがくほど、着物ははだけていった。主人の腰が太股《ふともも》の間に押し入ってくる。声の限りに叫んで全力で暴れるが、その度に殴られた。口の中に広がった鉄の味すらわからなくなったとき、下腹よりもっと下の方に、裂けるような激痛が走る。無遠慮な異物がイマジョの中に這入《はい》り込んできた――。

主人が呻《うめ》くような声を上げ、身を返らせる。自分の欲望を吐き出した彼は立ち上がり、衣服を整えながら、今度は呼ぶから来い、と厭な顔で嗤《わら》った。

イマジョはサトウキビの葉の上で両手両足を投げ出したまま、ただ虚空を眺めた。日が暮れきった後、川で体中を洗った。着物も洗った。それでも主人の、男の臭いがいつまでも取れなかった。いつまでも身体と鼻の奥にへばりついていた。


翌日から主人は何度もイマジョを呼んだ。

野良仕事の最中でも、夜中でも、朝方でも構わずだった。呼ばれる度に厭なことをされた。それだけではなく、ああしろこうしろと様々な行為を強《し》いられた。

次第に痛みはなくなってきた。身体というのは不思議で、自分を護《まも》るようにできているのだと我ながら可笑《おか》しかった。それに、抵抗しなければ主人は暴力を振るわない。なにも感じず、考えず、従順にしていれば、厭なことはそのうち終わるのだから。

ある日、主人が畑の近くに小さな小屋を建てさせ、イマジョに与えた。彼が誰にも気兼ねなく通える場所として作らせたものだった。

どれくらい主人が通った後か。月の障りがなくなった。

自分の胎《はら》の中に、新たな命が芽吹いたことを本能的に悟った。

膨らむ下腹と張る乳房は隠しおおせるものではない。それでも主人はイマジョの小屋へやってくる。これはこれでよいと言いながら。

日中の仕事と主人の無理強《じ》いのせいか、早産になった。この頃になると、主人の気まぐれか出産の赦《ゆる》しが出ていた。

産まれた子は男の子だ。主人は明らかに不満顔だった。女なら育てさせて、また楽しめたのに。そんな風に吐き捨てた。

お腹を痛めて産んだ子は、主人の種だとしても可愛かった。しかし、すぐに奪い取られた。本土の人間に売ったと聞かされたのは、それからすぐだった。

飲む子のない乳房は張り、乳が漏れる。毎日泣き暮らしたが、主人は構わずイマジョを抱いた。その後、二人目を授かったが、死産したのは誰のせいなのだろうか。

いつものように野良仕事を終えて、自分の小屋へ戻ったのは日も暮れてからだった。入り口を開けると、鬼女のような顔をした正妻が立っている。

左右に屈強な家人の男を従えていた。

「この、メスイン《雌犬》がッ！」

正妻はイマジョを雌犬と蔑んだ。後ろにいた男たちに顎で命じる。

男らの顔は愉悦を隠していない。本当にいいのか、こんな美人を好きにしていいのか、と繰り返し訊《き》いた。正妻は「好きにしろ」と嗤って、近くにある台に腰かける。

イマジョは、薄ら笑いを浮かべる正妻の目の前で、二人の男に代わる代わる穢《けが》された。


その日から、イマジョは野良仕事を免除された。

代わりに、畑近くの小屋で様々な男たちから穢され、責め苛《さいな》まれた。

何人もの男の相手をさせられるうちに、知らない顔がどんどん増えていく。近隣のシマの男たちまでもが列を成していた。中には拳で殴りつけながらする者、首を絞めながらする者がいた。少しは抵抗しろ、人形かお前は、と叫ぶ者すらいた。

他の男たちに穢されてから、主人は一度も来なかった。

逃げだそうと何度か試みたがその度に捕まって、さらにひどい目に遭わせられる。

諦めるしかなかった。

行為はどんどんひどくなっていく。始める前に棒で殴る。最中に針や鉄釘を刺す。焼け火箸を当てる。行為の後、素焼きの瓶を突っ込んでくる。先端を斜めに切り出し、わざと切断面を荒らした細い竹棒を皮膚に突き立てられたり、文字を書くように引っかかれたりしたこともある。誰かが言った「竹の傷は治りにくいぞ。ハジチの変わりだ」。竹はテルを作った後の木《こ》っ端《ぱ》だった。

身体より流れ出る血で、白い芭蕉布の着物は赤黒く染まった。全身の傷という傷から腐敗臭が立ち上り、蛆《うじ》が集《たか》り出す。この頃になると、次々に覆い被さる男たちは蛆を払いながら「コイツの中に突っ込んだ魔羅《まら》は腐らなんやろうか？」「お前ンなら大丈夫ヨ」「腐れ落ちたら、ヨメジョんバレっ、ガラれるが」と嗤い合うようになった。

何度か月の障りが止まったが、その度に正妻の命令で川に沈められたり、怪しい老婆の元で胎の中を掻き出されたりしたが、その後はすぐ小屋へ戻された。

そして、ついには正妻が男らに命じた。

「コイツに獣の子を産ませろ。コイツはインや牛と同じ獣だから」

正妻は、島外の生邪魔《いちじゃま》（呪術をかける者）に呪詛《じゅそ》をかけさせた。イマジョは犬や牛の子を孕《はら》め。孕んで生きたまま獣に身を落とせ、と。

それからどれくらい過ぎた頃か。月の障りは止まった。男共の相手をしながら腹が膨らむ。最後は小屋で独り子を産んだ。産まれた子はすぐに他の家人が連れ去った。

翌日、正妻がやってきた。

後ろに控えた男らは、赤く染められた太い材木を何本か持っている。

イマジョの目の前で材木は組み立てられ、鳥居に似た形になった。

正妻はこう言った。

「これは鳥居ではない。磔台《はりつけだい》だ。鳥居とは神の世とあちらの世の境界。そんなよいものに、お前なんぞを括《くく》り付けるものか」

括りつける。その言葉通りに縄で両手を縛りつけられた。このままではなにをされるかわからない。暴れると両足を鎖で繋《つな》がれた。鎖の端は磔台に巻かれていく。

磔台が、高く持ち上げられた。金属が擦《こす》れ合う音がジャラリと響いた。

正妻だけではなく、周りの家人らが嘲りながら指を差す。

「獣の子は五叉路《ごさろ》に棄《す》てた。あれは呪われた獣の子で、マジムンだから、石敢當《いしがんとう》の魔除けで殺してもらわなくてはならない」

諦観の果て、産んだ子に執着はなかったはずだった。あんな地獄の中、ただ産み落としただけなのだから。しかし、どうにも聞き捨てならず、黒い炎のような怒りが湧き出してくる。

呪いの言葉を吐き出せば吐き出すほど、皆が嗤う。

磔台を抱えた一団は、シマを延々練り歩く。さあ、これが生きて畜生になった女だ、と囃し立てながら。そのまま岸壁の入り江に入ると、海の中に台が突き立てられる。

「死ぬまでここで晒《さら》されろ」

正妻は満足げにその場を後にする。残った家人や、見物に来た自分人から石礫《せきれき》を投げられた。痛みは感じるが、もうどうでもよかった。

潮が引けば、刺すような太陽に炙《あぶ》られ、潮が満ちれば口元まで水位が上がり、海水を飲む。それでも身体は生き続けた。食べ物どころか真水すら口にしていないのに意識を保っている。石と罵詈《ばり》雑言を投げつけながら、島民は「あいつはマジムンだ。いつまでも死なない」と恐れ慄《おのの》いた。

どれくらい磔にされたかわからなくなった頃、左目に焼け付くような痛みが走った。体格のよい男が放った石で眼球が潰れていた。

喉も裂けんばかりに叫ぶと、その男は恐れをなして逃げた。

さらに数日が過ぎた。

磔台は傾き始めている。満潮時には顔を斜めにしないと呼吸すらできなくなっていた。まだ、生に執着していた。生きて、あいつらを皆殺しにしてやりたかった。

また潮が満ちてきた。すでに空は暗い。

浜に誰かが来た。夜になると誰も近づかなくなったはずだ。

そいつが「子はー、本土ん売らったん。生きちょーん」とひと言叫んで、走り去った。

最初の子か。それとも、他の子か。どの子だ。わからない。

ある晩、嵐がやってきた。

波が高くなり、息を吸う暇もない。暗い空の下、獣の咆哮《ほうこう》のような風音と共に、激しい雨が四方八方から叩きつけてきた。磔台が揺らぎ、波間に倒れていく。

イマジョは叫んだ。

――この世を、地獄にしてやる。この島に連なる血を地獄に落としてやる。

私がなにをした。私がなにか悪いことをしたか。

知らぬ間に縄から解き放たれた左手を伸ばす。ハジチのない、傷だらけの左手だ。魔除けひとつもないこの身体なら、マジムンでもなんにでもなれる。なってやる。

水の中で、繰り返し繰り返し呪詛の言葉を吐き出しながら、沈んでいった。

そして、目の前が真っ暗になった。

――目を開ける。苦しさから咳《せ》き込んでしまう。トキは口から砂を含んだ潮水を吐き出した。涙を流しながら、周りを見回す。自分の家の、祭壇の部屋だった。

(イマジョ。今女。忌女)

はっと振り返ると、なにもいない。あるのは閉じられた障子と、そこに続く腥《なまぐさ》い潮水の痕跡だけだった。時計の針は、さほど進んでいなかった。

（……イマジョの、人生を、全部……見たのにヨー）

何気なく視線を落とし、息を呑《の》んだ。袖から伸びた自分の腕に、蚯蚓腫《みみずば》れや引き攣《つ》れたような古い傷痕が無数に浮かんでいた。

同時に、鼻を衝くような鉄の臭いが上がってきた。

恐る恐る臭いの元を辿《たど》った。自分の股座《またぐら》が真っ赤に染まっていた。

数知れぬ辱めの残滓《ざんし》を感じ、トキは声なき叫びを上げた。

033　嚆矢　――　盛誠一

伐《き》り終えたサトウキビ畑に穏やかな夜風が吹いた。

ヘッドライトを点《つ》けっぱなしの軽トラックからトレーナーと作業ズボン姿の男が降りてくる。白いものが混じった坊主頭で、厳《いか》つい顔をしている。肌は日に灼《や》け、背は高くも低くもない。腹回りだけ贅肉《ぜいにく》がついていた。中年太りというものだ。

男――盛誠一《もりせいいち》は大きく伸びを打ち、煙草を咥《くわ》えた。

日中降った雨のせいで、作業の予定は完全に狂っていた。明日から少し根を詰めねばなるまい。首を回し、音を鳴らした。

盛は生まれてこの方、島から出ていない。正しくは、遊興で本土へ渡ることはよくあるが、それ以外では島で生活を続けている。

数えの四十一歳。嫁の来手はなく、いまだ独身だ。本土のツテを頼り、何度か女性を紹介してもらったが、島に住むことになると告げると皆断りを入れてくる。何人か島に嫁いでもいいと言ってくれた人はいたが、子連れか、訳ありが多かった。もちろん、そのときは盛から断った。

（あー、女が欲しい）

子供はいらない。甥《おい》っ子で十分だ。内心で身も蓋もない願いを唱えながら、彼は畑を見回る。

最近、不審者がいるという情報があった。それも、本土で殺人を犯した奴ではないかともっぱらの噂だった。

（最近、死ぬ事件が多いもんなァ）

東京から来た会社の女。よそ者の男。役場の肥後。全員不審死だと聞くが、実際は違うのではないかとこの辺りの人間は疑っている。本当は噂の犯罪者の仕業だ、と。

いや、犠牲者はこれだけにとどまらない。最近、周りで二人ほど死んでいる。

ひとりは働き盛りの男で、仕事中に崖から海に向かって落ちた。死因は溺死。警察は事故だろうというのだが、遺体と対面した家族が異議を唱えている。発見時、見たこともない服を着ていたことと、左目のみに損傷があったからだ。

もうひとりは、半年前に移住してきた三十代の女性だ。

近所に住んでいた奴が言うには「連日、夜中におかしな声を上げていたと思ったら、庭のガジュマルの根元で死んでいた。なぜか両手両足を縛り上げられた状態で、横倒しで倒れていた。どうしてだか、ずぶ濡《ぬ》れだった。溺死に近い状態だったと、警察から漏れ聞こえてきた」

どちらも事件性を感じるものの、警察はなぜか女性の事件だけを事故と他殺で追っているらしい。

（まだ犯人は捕まってねぇからな。危ないったら、ありゃしねぇ）

だから、盛もこうして見回りをしている。

サトウキビ畑にはプレハブの物置が隣接してあった。農具を始めとした道具を収めているのだが、幾ら鍵をかけていたとて力尽くで開けられないことはない。犯罪者が身を潜ませるのに十分な場所だろう。もし、このプレハブに犯人が隠れており、なにかの間違いでそれがバレれば、村八分にされかねない。お前がプレハブなんて建てるから、犯人が隠れて人を殺しまくったんだろう！　と攻められることは容易に想像できた。

（村八分は勘弁サ。……いや、待てよ）

一連の事件の犯人は、もしやシゲルではないだろうか。

ハウスだかなんだか知らないが、東京の会社に出入りをしていたと聞いているし、それなりに時間もあるはずだ。忌み嫌われている分、人といないから行動も自由だ。それに、シゲルは――。

「あ？」

なにかに足を取られた。視線を下へ向けると、黒くて丸い塊が落ちている。バレーボールくらいの大きさだ。

落としたサトウキビの葉の塊か。いや、そんなことはない。すでに片づけた。

身を屈《かが》めると、ぷんと腥《なまぐさ》い臭いが立ちのぼってきた。なんだ？　そう思いながらおそる
おそる手を伸ばすと、塊が縦に割れた。

その割れ目から、片眼が覗いている。鎖の音が、どこからともなく響いた。

いつの間にか、足になにかが絡みついていた。黒い蛇のようだ。

気がつけば、白く穴だらけの腕が腰に巻きついている。赤い袖が腕に纏《まと》わりついていた。

異常な状況に置かれているはずなのに、声すら出ない。身動きもできない。

次の瞬間、左目が塞がれた。咄嗟《とっさ》に目を閉じる。が、間髪入れず、蠢《うごめ》くものが瞼《まぶた》をこじ
開けた。それはそのまま眼球を抉《えぐ》り抜いた。

盛は、叫ぼうと思った。でも、それはできなかった。

喉の奥から腥い臭いと液体がせり上がってきて、気道を塞いだのだ。

咳《せ》き込むことすら赦《ゆる》されず、盛は畑の土に顔面から倒れ込んだ。

幼い日、泳ぎを覚える前に一度だけ溺れた記憶が蘇《よみがえ》る。

遠のく意識の中、残った右目に赤い裾から覗く白い足が映る。

耳には、引き摺《ず》られる鎖のような音が響いていた。

――ああ、そうか。これか。アイツらもこれで死んだか。

盛は理解し、そして意識を閉ざした。嫁が欲しかったな、と思う余裕もなく。

034　応報 ―― 平田翔斗

開け放した窓から、夜気が入ってくる。

小学四年生の平田翔斗《ひらたしょうと》は自室でゲームを楽しんでいた。

すでに遅い時間だが、両親は急な用事で出かけている。

「もう四年生なんだから、大丈夫だと思うけど。独りで留守番して、九時になったら寝んといかんヨ」そう母親は言っていたが、時間制限なしでネットに繋《つな》いでゲームができるチャンスを見逃すはずはなかった。

(羅琉《らる》や音夢《りずむ》よりランクが上になってやる)

翔斗はコントローラーを操りながら、耳だけはそばだてていた。親の車が戻ってきたら、すぐにゲームをやめるためだ。途中で回線を切断することになるが、別に問題ない。

(しかし、音夢のやつ、またソフト買ってもらうって言ってたなぁ)

友だちの音夢には伯父がいて、よくいろんなものを本土から買ってきてくれるらしい。

「四十一でも結婚してないから、お金があまっているからじゃね?」と教えてくれた。

羅琉は羅琉でお祖父ちゃんお祖母ちゃんからお小遣いを沢山もらえるらしく、よくゲームに課金をしていた。だから誰よりもレアなキャラや装備を持っている。

（うらやましい。いいなぁ）

三人は仲良しだ。いや、島に数少ない小学生同士だから、自然と仲良しにならねばいけなかった。もし失敗すれば、二人から爪弾《つまはじ》き――ハブられてしまう。

だから、三人のうちの二人がなにかやろうと言えば、それに従わなくてはならなかった。

翔斗の立場は、二人より下なのだ。だからゲームのランクくらいは上に行きたい。

時計は十時を回っている。両親はまだ帰ってこない。

対戦相手のマッチングを待つ間、彼はふと思い出した。

（あれはおかしかったなぁ）

翔斗は羅琉たちといつもシゲルという老人を虐《いじ》めている。親たちが「シゲルは人扱いせんでいい。あれはそういう奴だ」と、いつも口にしていたからだ。

石敢當《いしがんとう》にシゲルがお供えをしていれば、石を投げたり、体当たりをしたり、蹴ったりして遊んだ。道を歩いていたら、紐《ひも》を仕掛けて転ばせる。猫の糞《ふん》を詰めたビニール袋を全力で投げつけたこともある。当たった瞬間、タイミング良く袋が破れて腹を抱えた。

すべて羅琉や音夢のアイデアだったが、楽しかった。

（またシゲルを虐めて遊ぼう。おっと）

対戦のマッチングが整ったので、翔斗はまたゲームに没頭し始めた。

壁の時計が午前零時を回った。さすがに眠くなってくる。

いまだ両親は戻ってこない。なにをしているのだろう。ゲームをやめ、固定電話から携帯にかけてみたが、繋がらなかった。静かな家の中が、なんとなく怖くなる。

電灯を点《つ》けっぱなしでベッドに潜《もぐ》り込んだものの、物音が気になって眠れなかった。

そのとき、自室の窓を叩《たた》く音がした。小さな音だった。同時に金属的な音が聞こえる。

起き上がり、窓に近づく。誰？　と訊《き》いたとき、部屋が真っ暗になった。

一瞬で視界が完全に奪われ、悲鳴を上げた。

壁にあるスイッチを目指そうとするが、目が慣れないせいでなにも見えない。

やっと壁に辿《たど》り着いたとき、隣の部屋から漏れる光に気づいた。そうだ、家中の電気を点けてから寝ることにしたのだ。

隣に通じる襖《ふすま》を開けようと方向転換した翔斗を、後ろからなにかが引っ張った。

もんどり打って倒れた翔斗が上を見ると、人影が見下ろしていた。

長い髪。長い腕。襖の隙間から届く、隣室の頼りない光に白い顔が浮かんでいる。

突堤に棄《す》てられた魚の臭いがした。

白く長い腕が伸びてくる。身動きができない。手足すらびくとも動かない。

右腕が摑《つか》まれた。樹脂製の箒《ほうき》の柄が折れるような音が響く。同時にそこから激痛が襲ってきた。しかし、声が出せない。涙と鼻水、涎《よだれ》だけが零《こぼ》れ落ちる。

次に左腕。左足。右足。時計回りに折られていった。なぜか抵抗も気絶もできない。意識が保たれている。翔斗は目を閉じた。もう、なにも見たくなかった。

不意に臍《へそ》の上と下腹部が同時に摑まれ、強い力で上下に引かれた。繊維が引きちぎられる音とともに、水気を伴った異音が轟く。身体が急激に縮こまっていくような気がした。

引き摺《ず》り起こされ、目を開けると、片眼の白い顔があった。嗤《わら》っていた。

突然これまで——いや、この先も感じられないような苦しみがやってくる。

翔斗の左目に、相手の指が突き立って——。


朝が来た。翔斗は自分の部屋で事切れていた。酷い姿だった。両親が見たら、泣き叫んで正気ではいられないだろう。

しかし、そんなことは起こらない。

なぜなら、彼の両親もまた、島の片隅で不条理な死を迎えていたからだった。

そして羅琉や音夢も家族共々、夜のうちに同じく死んでいた。ボロ雑巾のようになって。

035　接続　――　片岡友彦

ラボの中は、慌ただしい空気で満ちていた。

コンソールの前で未央がキーを叩《たた》き続けながら、友彦に訊《き》く。

「ねえ、パラメータはこれでいい？」

友彦は素早くチェックし、修正値をメモして未央に渡した。

（イマジョをあっちに連れ帰し、二度と戻ってこれんよう、こっちにある門を閉じてしまわねならん）

トキの言葉が頭のなかでリフレインする。

「ヘッドセットのオプション設定は⁉」

ヘッドギアにゴーグルをセットしながら大声を上げる葵に、春樹がケーブルを手渡す。

「マイク・モジュールもよろしゅう。ただし、ＣＣＤ用ケーブルは要《い》らん。繋《つな》ぐなよ！」

自分の席に着き、友彦はさらにパラメータ調整を加えた。シミュレーションは最新バージョンだが、未完成のため不安定だ。

あの日、春樹たちはシンセカイ・シミュレーションを消そうと騒いだ。しかし、トキの話の後、友彦の「門を閉じるのに使えるはずだ」という意見を耳にし、消去を思いとどまってくれた。

「友彦君、準備オーケー？」

ヘッドセットを手にした葵がかたわらに立つ。うなずくと、頭部に機器をセットしながら彼女が不安を吐露する。

「あっちでもし、イマジョに捕まったら、戻ってこられないんじゃ」

「かもしれません。けど、自分が開いてしまったプログラムは自分で閉じます」

井出が行っていた実験の時点では、イマジョは現実世界で具象化までしていない。友彦の追加実装したプログラムがすべての元凶であることは明白だった。

（十分に発達した科学技術は、魔法と見分けがつかない、か）

ＳＦ作家、アーサー・Ｃ・クラークが定義した三原則のひとつだ。

「魔法じゃなくて、科学技術は呪詛《じゅそ》すら――」

誰にも聞こえないような声で呟いてみる。論理的思考の果て、認めざるをえない。

誰かが肩を叩いた。ヘッドセットをずらし、振り返る。

未央と環がそばに立っていた。環が目を伏せる。

「私がお父さんのこと、知りたいって頼んだから」

「環さん、知りたい欲求は誰だって同じです」

詭弁《きべん》に近いが、本心でもある。

「……ユタさんの言葉だとしても、納得できないんです。幽霊や祟《たた》りなんて、どうでもいいんです。それより、どうしてこのシステムにイマジョが入り込んだのか？　バグの大元を解明、対策するには、やっぱり、もう一度ログインするしか……」

「ちょっと待てや」

春樹がやってくる。手にはヘッドギアとゴーグルモジュールが握られていた。

「なんでお前だけ、えぇ格好しとんねん」

隣のチェアに座ると、各種ケーブルを端子に差し込み、ヘッドセットを組み立てた。

「さて、こっちもＣＣＤは要らんな」

春樹が唇の端をグイッと持ち上げる。

「天才の先生を失うわけにはいかん。ほら、俺の査定にも響くからなぁ」

冗談めかした口調だ。通りがかった未央が春樹の後頭部を小突く。

「馬鹿」

思わず、友彦は笑ってしまった。緊張がやわらぐ。

「環さん、再セットアップ、手伝ってくれますか？」

友彦がそう言うと、環は無言でうなずく。その横では葵が春樹を手伝っている。

ヘッドセットを深く被《かぶ》る。ゴーグル内モニターに各種端子へのケーブル接続の有無が表示された。問題ない。右手で右耳近くにある小さなオルタネイトスイッチを押す。モニターの中にあるマイクアイコンに斜線が入った。これでオペレーターには聞こえない。

「環さん」

「はい？」

環の声が、ヘッドセット越しに聞こえる。

「あっちで、もしお父さんに会えたら、伝えてほしいことありますか？」

ややあって、肩に優しく触れる手があった。

「こういうときはね、まず、戻ってくるって約束するもんだよ」

「そう、ですね」

「友彦君ならきっとできるよ」

きっと、できるよ――。

（ああ。そうだったな。あのときもそう言ってくれた人がいたな）

脳裏に幼い日々のことが蘇《よみがえ》る。

子供の頃から感情表現が乏しかったため、誤解を受けることも多かった。友だちはほとんどいない。しかし、夢はあった。プログラミングを学び、自分の手でもうひとつの世界を作り上げることだ。

当時、片岡家の隣に中学生のお姉さんが住んでいた。

彼女は、常日頃から友彦に優しくしてくれるので、自分の夢についてもよく話していた。

その度にお姉さんは〈友彦君ならきっとできるよ〉と励ましてくれた。

友彦が中学校へ上がるくらいにお姉さんは、家族ごと姿を消した。理由は今もわからない。誰も教えてくれなかった。

(お姉さんに似ているんだ。環さんも——井出さんも)

外見が似ているのではない。物腰、雰囲気だ。最近思い出した。どうして気づかなかったのか、忘れていたのか。記憶に蓋をしていたようだ。

(環さんも、井出さんも、お姉さんも、他者に優しい。でも、他人に言えないなにかを抱えていそうな表情をする)

隣のお姉さんは、友彦の部屋でごめんねと言って、よく泣いた。いつも肌が隠れる服を着ていたが、首元や手首など、ちらと見えるところに痣《あざ》や傷があった。訊いてもなにも教えてくれなかったし、逆に心配しないで、と無理に笑った。それがまったく理解できなかった。辛《つら》いのに笑う。自分の感情を殺して、なにかに堪え忍んで、微笑む。幼かったとはいえ、友彦にもそれがおかしいことだと理解できた。どうしてそんな風に笑わなくちゃいけないの、と。

その出来事が、自分が人の心の構造を知りたいと思ったきっかけだったのかもしれない。そして、理由を解き明かしたあかつきには、お姉さんを悩ませるなにかから彼女を救い出したかった。

だが、まだ幼く、力も知識もない自分にはどうすることもできない。なにもできぬまま、お姉さんは姿を消してしまった。

(今度こそ助ける)

イマジョの祟りは、誰にでも降りかかる恐れがある。ならば、環にも累が及ぶかもしれない。隣のお姉さんも、なにか相談したそうだった井出も、どちらも手遅れで手を差し出すことができなかった。気がつくと、いなくなっていた。それに――井出に至っては、もしかすると呪詛の中心、イマジョそのものと化している可能性もある。それならば引導を渡し、楽にしてあげたかった。

(今の自分なら)

肩から手が離れた。気配が遠ざかっていく。入れ替わりに葵の声が聞こえた。

「あれ？　友彦君、マイクは？」

葵がヘッドセットのマイクスイッチを押し、他の微調整を始めた。

「どう？　未央になにか喋《しゃべ》って」

「あ、はい。えっと、未央さん、どうですか？」

『オーケー。入力レベル、問題なし』

オペレーティングを担当する未央の声が、耳横にあるスピーカーから聞こえる。

『じゃ、葵、行くよ……。あお……』

次の瞬間、葵の悲鳴が轟いた。

「イ……マ、イマジ……」

唐突な水音と共に、葵の声と気配が遠ざかっていく。

同時に、友彦の足下に冷たいものが染み込んできた。

『葵ッ！』

『どないしたッ⁉』

『葵がッ、床に、床が水になって、そこに』

『はァ？』

『引き摺《ず》り込まれた！』

未央と春樹の会話で、すべてを察した。イマジョが来ている。イマジョはシンセカイ・シミュレーションのアップデートとともに、さらに現実世界に影響を及ぼせるように進化したのだ。そうだ。十分に発達した科学技術は、魔法と見分けがつかない。

「もうここに来てるッ！　未央さん、ログインさせて！」

『未央ッ！　俺もやッ！』

『わかったッ！　カウントダウン。スリー、ツー、ワン……』

動作アイコン以外真っ黒だったゴーグル内のモニターに、ログイン情報が浮かぶ。

〈TOMOHIKO KATAOKA　004　LOGIN......〉

だがその横で〈HARUKI YAMAMOTO CHIEF ERROR NOT LOGIN〉〈DATA LOST〉と表示された。

春樹の悲鳴が聞こえた。脳にシグナルの逆流でもあったのだろうか。同時に首の後ろから背中にかけて、不快感の波が降りていく。

暗転。

様々なシチュエーションの映像が入り乱れ、視界を塞ぐ。そのすべてがノイズによりまともな描画がなされていない。３Ｄ酔いのような頭痛と吐き気が襲ってきた。

そして――。

036　磔台　──　片岡友彦

静かな波音が聞こえる。

友彦は浜辺に立っていた。天を仰ぐと、漆黒の空が広がっている。

環の父親がいたあの浜かと振り返るが、暗くて遠くが見えない。似ている気もするが、そうではないのかもしれない。

事前に入れていた視覚情報補正プログラムが上手く働いていないのだ。本来なら夜のフィールドでも日中のように周囲を明るく表示させるはずだ。だが、わずかな外灯程度の照度補正しか掛かっていなかった。

両手を顔の前に持っていく。指を順番に動かし、各種感覚だけは真っ当に動作していることを確認した。

（ここは――）

海の中になにかが屹立《きつりつ》している。

いつの間にか、暗い海の中に鳥居に似たものが立っていた。

全体の造りから、イマジョを磔にしたものだとすぐにわかった。

（これは誰が作ったデータなんだろう。……井出さん？）

戸惑いの中、激しい水音が耳を打った。磔台の足下近くが激しく波打っている。

（まさか、葵さんが……？）

ログイン直前の騒動が否応なく思い出される。未央は葵が「引き摺《ず》り込まれた」と言った。友彦は躊躇することなく、海へ飛び込んでいく。潜ると、視覚補正が効き始めた。

葵がいた。水中でもがき苦しんでいる。その腰に、白い二本の腕が絡まりついていた。

懸命に泳ぐが、スピードが上がらない。アバターの速度をアップしようと開発者権限ツールを起動させるが、作動しない。シミュレーション内のイニシアティブは、イマジョが握っているのか。

（クソッ！）

必死に泳ぎ、ようやく葵に近づくことができた。彼女の腰の後ろから、藻のような長い黒髪に包まれた白い顔が覗《のぞ》く。その左目は潰れていた。

掛け軸で見た、イマジョが目の前にいる。これは井出の成れの果てなのか？

その両足に鎖が巻きついていた。友彦はその鎖を強く引いた。思いも寄らなかったのか、イマジョの手が緩む。拘束から逃れた葵は、水面へ浮き上がった。

絡みついてくるイマジョを蹴り返すうちに、息が苦しくなってきた。友彦は自分が実装したシステムを恨むと同時に、どうして事前に呼吸系のリアリティ機能をオフにしていなかったのか、と自分の馬鹿さ加減に嫌気が差す。

(管理者権限ツールさえ、使えれば……)

鎖を掴《つか》んだまま水面に浮上し、大きく息を吸う。

このままでは埒《らち》があかない。まず、鎖を処刑台に固定しなくてはならない。それからこちらの門を閉じる作業に移るのだ。が、井出を助ける算段はなきに等しい。

(外の世界からデータを弄《いじ》るか……。いや。今はやるべきことをやるしかない……!)

慣れない手つきで鎖を処刑台の柱に巻きつける。

その瞬間、頭を背後から強い力で引っ張られた。イマジョが反撃してきたのだ。水中に引き摺り込まれた勢いで、鎖がほどけてしまう。

イマジョの長く白い腕が、赤い袖と共に友彦の首めがけ、伸びてくる。

その無慈悲さに疑念が頭をもたげた。

(いや、本当に、これは井出さんなのか?)

ふと疑った一瞬の間隙を縫って、その指が喉に食いこんだ。

０３７　本音　――　山本春樹

床が波打つ。

ゆらりと影が浮かび、それが人の形を取った。

飛び出してきたのは、葵だった。

全身ずぶ濡《ぬ》れで、息も絶え絶えにぐったりとその場に倒れる。

正直、そんなアホなことあるか、と春樹は怒鳴り散らしたかった。ＶＲ空間がこの世に出現し、周囲に影響を及ぼすなど、まともな人間なら信じない。しかし、目の前で起こっているのはまぎれもない現実だった。

環が葵に駆け寄る。まだ床は水で波打っていた。ご丁寧に同心円状の波紋まで作り出しながら。

「ここじゃ、駄目！」

環が葵を水溜《た》まりから遠ざけた。そのとき、未央がコンソールの前で叫んだ。

「友彦君！」

マルチディスプレイに、友彦主観の映像が流れている。

水面に広がる黒い髪、白い顔。左目が潰れている女が大写しになっている――イマジョだ。友彦は今、シンセカイ・シミュレーション内でイマジョと格闘を続けている。現実世界ではラボのチェアに座り、ヘッドセットを被《かぶ》ったまま悶《もだ》え苦しんでいた。

「未央、今すぐシンクロを切れ！　ラボ内からのコマンドやったら、ログイン解除もできるはずや！　管理者権限使え！」

春樹の指示に、未央がキーボードを叩《たた》く。

「……駄目！」

「なんでや⁉」

「管理者権限が拒絶《キック》されてる！」

「なら、上のレベルの強制ログアウトを――」

「そんな無茶して、戻れなくなったらどうするの⁉　戻れたとしても脳にダメージが残る可能性が高いんだよ！　それに――」

「ああ？　それになんや⁉」

「シミュレーション内にいるイマジョが、そのままついてきたら――？」

否定できない。救出にすら行けないもどかしさに思わず壁を殴る。

「なにか、俺がログインする手段はないんか⁉　他のアバター使うとか！」

さっきはヘッドセットの故障でログインできなかった。そればかりか、春樹のＩＤすら失われていた。今から脳データをサンプリングし、ログインIDの再設定などしていたら、救出には間に合わない。ビジター機能も試してみたが、なぜか弾《はじ》かれてしまう。

未央が泣きそうな声で喚《わめ》いた。

「無理！　友彦君がいなくちゃわからないよ！」

「だから、俺が行ったらよかったんや！」

井出の死、弘治の行方不明に続き、天才脳科学者の友彦を失うことは、大きく開発が遅れることに繋《つな》がる。否。最悪、プロジェクトは中止だ。一度はこんな殺人VRなどやめてしまえと口にしたが、裏では開発ツールを含めて最新バージョンのデータをまとめていた。

しかしここまで大きなトラブル、バグを抱えたものを渡せるだろうか。生還すればだが、友彦に修正させるという道もある。だが、現状を見る限りそれも難しいだろう。では、どうなる？　データを欲している他社のクライアントがどう出てくる？　そればかりか、デナゲート社からプロジェクト中止の責任を取らされるだろう。あわよく退職できればいいが、なにかのきっかけで自分の正体が摑《つか》まれないとも限らない。そうなったら今後の身の振り方に関わる。焦る反面、違う感情がじわりと頭をもたげる。

（……そうか、本当のところは違うな）

春樹は未央の顔とチェアに座った友彦を交互に見ながら、自分がいかに連中を助けたいか、この島に迫った危機をどれだけ回避させたいかを自覚した。

（俺も焼きが回ったもんだ）

もちろん自分は善人じゃない。利己的で権威主義者だ。悲観主義者の側面も抱えている。でも、今ここですべてを終わらせ、この世を救わないと、この先なんの旨《うま》い汁も吸えなくなるだろう。今やるべきことをやらねばいけない。

（そうだ。単なるエゴの延長線上に、人助けがあるだけなんだ）

情けは人のためならず、だ。用法的に少しニュアンスが違うが。

「未央！　現状のデータをこっちに回せ！　抜け道があるはずや！」

待って、と誰かが大声を上げた。環だった。

「葵さん、こっち、って？」

「それは――」

いつの間にか意識を回復していたのか、ずぶ濡れの葵が言葉に詰まっている。

「VRにある浜辺は現実の、この島のどこかに本物があるってことですよね？」

葵が自信なさげに首を縦に振る。環は力強くうなずき返した。

「ユタさんが言ってた〈閉じなきゃいけない、こっちの門〉って」

環の言いたいことが理解できた。

「磔台や。ユタの言っとった、イマジョを括《くく》り付けてた鳥居に似た〈あっちとこっちを繋いでいる磔台〉が、この島のどっかにあるはずや、ってことやろ！」

未央が情けない声を上げる。

「でも、そんなのどうやって……？」

葵がフラフラと立ち上がり、近くにあったモニターに倒れ込む。

「……私、衛星スキャンを担当してたから、解析してみる。すべてをモデリングしたわけじゃないけど、島全体の地形ならスキャン済みだから」

「よっしゃ！　それや！　葵、場所が割り出せたら頼む……」

春樹は友彦の様子を窺《うかが》った。チェアの上で大きく胸を波打たせ、苦しげな呼吸を繰り返している。シミュレーション内の影響がさっきよりも如実に出ていた。

「友彦、待ってろよ。――葵！　俺はとりあえずハウスを出る。スマホのマップアプリに座標を送れ！　あと、ラボのスピーカーにお前のスマホを繋げる。音声でのガイドも頼む！」


ハウスから飛び出してわかる。外はまだ日が高い。

蒸し暑さに汗を流しながら春樹は折りたたみ自転車でガジュマルトンネルを目指した。

『トンネルに入ったら……』

「待て、まだや。気が早い」

イヤホンマイクに葵からの指示が入ってくるが、マップアプリとのズレに翻弄される。

ラボから持ち出した大きなボストンバッグを肩に掛け直した。

トンネルに入るところで自転車を乗り捨てた。少し下ると小さな脇道が出てくるらしい。

それらしき場所を見つけたが、自信がない。

「ホンマにここでええんやろな?」

『そう、そのままずっと先』

「こんなとこ、普通やったら絶対わからん」

藪《やぶ》を踏み越え、人ひとりが通れそうな緩い下り坂を下っていく。途中、おかしな石につまずきそうになった。人の頭より少し大きいくらいで、表面に蛇のような文様が刻まれている。石敢當《いしがんとう》と呼ばれているものだ。トキの家の近くにもあった。ならば、この道は意図的に作られた証拠だ。繰り返し踏まれているのか、地面に草も少ない。

急ごうと足を速めたとき、耳の中で葵の叫びが爆発した。

「なんや⁉」

『……友彦君のアバターが、壊された……』

未央の声だった。葵から替わったのだろう。

「なんやて⁉」

『管理者権限の客観視点モードでシミュレーション内を見ていたの。友彦君、イマジョに拘束されたまま、アバターのスキンにブロックノイズがでて、そのまま……』

「友彦の様子はどや⁉」

『……シンクロ、ログインは保持のまま。接続は継続。脳波シグナルは検出できてる。でも、数値が下がりだしてる』

「俺が礫台に行くまで、持たせろ！」

春樹は、全力で獣道のような坂を駆け下りていった。

038　切断 ―― 園田環

腐敗臭を含む潮の臭いが鼻を衝《つ》いた。

いまだ濡《ぬ》れている床の上を、環は恐る恐る友彦に近づく。

ヘッドセットをつけたままチェアの上に座る彼は、微動だにしない。

「友彦君、友彦君……！」

先にそばに辿《たど》り着いた葵が呼びかけるが、反応がない。

「なに⁉　なにが起きたの？」

環は未央と葵に訴えるが、答えは返ってこなかった。

『友彦は⁉　シンクロ切れてないやろな？』

ラボ内にスピーカーからの春樹の声が響いた。

「繋《つな》がってる！」

未央の答えに、春樹が返す。

『海が見えた！　こっちはもうすぐや。とにかく呼びかけ続けろ！』

「わかった！」

葵に、ほら、と肩を叩《たた》かれ、環は必死に友彦の名を呼ぶ。

「環さん、お願い。友彦君のヘッドセットを固定してて。なにかの間違いで外れるとリンクが切れるから。絶対に離さないで！」

未央の指示に環は無言でうなずき、友彦のヘッドセットを両手で押さえる。彼の胸はわずかだが上下していた。

『……こっちは着いたで！　……おお、ホンマにあるわ。これがイマジョの……』

春樹は目的のものを見つけたようだ。

『このまま壊しに行く。……えっと、灯油のポリタンクはここに、と。あった、鋸《のこぎり》』

独り言が聞こえてくる。ハウスを出ていくときにボストンバッグに詰め込んだ礫台を破壊するための道具を出しているようだ。春樹に聞こえるよう、環が大声を出す。

「友彦君、息はしてます！」

『わかった。待っとけ、今からイマジョの出口潰しや』

友彦に呼びかけながら、環はマルチディスプレイを見上げた。シミュレーション内の礫台が映っていた。イマジョの姿はない。

（……友彦君）

祈るように天を仰いだ瞬間、室内が突然暗くなった。間髪入れず、非常時に点《つ》く赤い照明が辺りをボンヤリと浮かび上がらせる。なぜか全モニターが消えていた。

「停電⁉」

友彦を引き戻すための作業をしていた葵が、悲鳴のような声を上げる。

「なんなの？　非常用電源は⁉」

「うん、ハウス全体の電源は確保できてる！」

「じゃあ、どうしてモニターは……」

葵と未央のやりとりの最中、復帰したモニター類が室内を照らす。

映っているのは友彦のログイン及び脳波データ画面がひとつと、他はイマジョの磔台と周辺のフィールドだ。

スピーカーから波と微《かす》かな金属音が静かに響く。

三人は、無意識に身構えた。

水音が聞こえる。スピーカーからではない、下からだ。

「は……あ……」

葵が気の抜けた声を上げた。彼女はラボの一角をじっと見つめている。釣られて環もその視線の先を辿《たど》った。

ラボ内に、イマジョの磔台が聳《そび》え立っていた。

皆が呆気《あっけ》にとられて見上げる中、春樹の声が部屋に鳴り響いた。

『おい、未央！　どないなっとんや！』

「は……礫台が、ここにある」

『はあ?』

二人の会話を引き裂くように、葵が叫んだ。

「環さん、下！」

咄嗟《とっさ》に視線を下に向ける。

ラボ内に屹立《きつりつ》する礫台の足元から、黒く丸いものがひとつ、蛇行するように近づいてきていた。その軌跡にそって、床の表面に広がった水が波を立てている。

丸いものが、唐突に沈んだ。

同時に押さえていた友彦のヘッドセットがぐいと持ち上がる。

環ははっと友彦に視線を戻した。

ゴーグルの隙間から、白くて太い芋虫に似たものが幾つか這《は》い出してくる。

目を懲らすと、それは人間の指だとわかった。

爪は割れるか剝がれるかしている。腐っているのか、皮膚の一部がグズグズの豆腐にブルーベリージャムを混ぜたようになって、溶けだしていた。

腐った指先が、友彦の顔――瞼《まぶた》の上で踊るように蠢《うごめ》いているのが見えた。

ヘッドセットがさらに持ち上がる。必死に押さえても止められない。

腐った指の隙間を縫うように、ヘッドセット内部から、ぬめりを帯びた黒々として長い髪が零《こぼ》れ出した。床の上へ落ちた大量の髪は渦巻くようにひとつに固まり、石筍《せきじゅん》のように盛り上がっていく。

「はぁ……っ」

環の口から呼吸が漏れた。

盛り上がった黒い石筍は、目の前で形を変えた。

女の姿だった。長い髪の奥から、潰れた左目が覗《のぞ》いた。

イマジョだ。その白く穴だらけの腕は、いつの間にか友彦の顔に伸びていた。

全身から力が抜け落ち、環は床にくずおれた。横で葵も尻餅をついている。未央が叫んだ。

「なに？　葵ッ！　環さんッ！」

見下ろすように立つイマジョが、幽《かす》かに嗤《わら》った。

そして水音を立てながら友彦を床に引き摺り込み、沈んでいった。

残ったのは、彼のヘッドセットだけだった。

環はただ呆然《ぼうぜん》と見送るしかできなかった。

『おい！　どうした？　……こっちは、水位が急に上がってきたぞ。満潮時刻、調べてくれ！　ええか！』

しんと静まり返るラボ内に春樹の声が響き渡る。だが、誰も応えることができずにいた。

『おい、未央！』

春樹の呼びかけに、ようやく未央が反応する。

「友彦君が……あっちに引き込まれた」

『え？　アバターは壊れたんじゃ？　どういうことや？』

モニターのひとつが、春樹のいるエリアの水位が異常に上昇し始めたことを示した。我に返った未央が、あわてて警告の声を上げる。

「……山本！　潮が満ち始めてる！」

『わかっとるわ！　言うたやないか！　クソッ。このまま伐《き》り倒してやるわい！』

正気を取り戻した葵も必死の声を上げる。

「はるき……山本さん、気をつけて！　そっちにイマジョが行くかも！」

『上等！　来ても返り討ちや！　イマジョなん――』

うそぶく春樹の言葉が、突然聞こえなくなった。代わりに、くぐもった水音と叫び声のようなものが続く。

思わず環も立ち上がり、その名を呼んだ。

「山本さん⁉」

『あっ……左目ェ、抉《えぐ》りよった。コイツッ！　クソッ！　道連れやッ！』

生木を割くような音が轟いた後、再び水音が響く。そして、唐突にやんだ。

ラボの床で、さざ波が起こる。

水面に黒い影が浮上してきた。

人の形をしたものが浮かび上がる。

「――友彦君！」

環が滑り込むように駆け寄り、友彦を抱き起こした。かろうじて息がある。慌てて彼のヘッドセットを頭に被《かぶ》せ直した。

後ろでは葵と未央が春樹の名を呼び続けている。

気づけば、礫台が消え、ラボの照明が戻ってきた。

入り口ドアの外で、ロック解除の電子音が鳴る。

（誰？　まさか）

身を固くする環の予想を裏切って、ドアを開けて入ってきたのはシゲルだった。

激しい呼吸を繰り返している。その手には本人のものであろうＩＤカードと、彼がいつも持ち歩いている鉈《なた》が握られていた。

未央と葵は目を見開き、その場で固まっている。

シゲルは室内を見回した。目が厭な光を放っている。葵は彼から目を離さず、緊張の面持ちで未央に尋ねた。

「……未央！　シンクロは？」

「切れそう！　シグナルロストしちゃう！」

マルチディスプレイのひとつに、波形グラフが表示されていた。そこには〈TOMOHIKO KATAOKA　004〉とある。

「切れないで！　お願いだから！」

葵の悲痛な叫びに反して、波線グラフの値が徐々に下がっていく。底を打つまで、あとわずかだった。

「モニター！」

未央がキーボードを操作した。幾つかのモニターに、シミュレーション内の映像が映し出される。友彦の主観映像だ。

画面の外から伸びてきた彼の手が、目の前の鎖を掴《つか》んだ。鎖の先には、傷だらけのイマジョの足があった。

鎖を引くと、イマジョが近づいてくる。突き出した両手が映像を塞いだ。友彦の顔を、いや、左目を潰そうとしているのか。

白い指の隙間から、友彦の手から離れていく鎖が見えた。が、突如としてイマジョの手が外れた。なにかに引かれるように距離が開いていく。

鎖は水底へ向けてピンと延びていた。

青黒く色づく水底で、鎖の端を握る者がいた。知っている顔だった。

弘治だ。

左目が潰れていた。表情も乏しく、生きているのか死んでいるのかわからない。

抵抗するイマジョは、友彦に縋《すが》りつこうとしていた。

その瞬間、モニタが不意を衝《つ》くようにブラックアウトしていく——。


——環の腕の中で、ヘッドセットをつけたままの友彦が水を吐いた。

「友彦君！」

環の声に、彼は力なく片手を上げて応える。未央が叫ぶ。

「シグナルカット！　ログアウト！」

友彦のリンクがなんとか解除された。環がヘッドセットを外すと、彼はゆっくりと瞼を開けた。——が、ラボ内では激しい衝撃音が始まった。

シゲルの鉈が、ステーションを始めとした機材の多くを破壊していく。

葵、未央、そして環は刃《やいば》を振るう彼の姿を見守る他なかった。

痴《し》れ者のように暴れ回った後、シゲルはふっと糸が切れたように床にへたり込んだ。

「……あぁ」

呻《うめ》きながら友彦が身体を起こす。

「友彦君……！」

環の声を無視し、友彦がシゲルの名を呼ぶ。老人は緩慢にこちらを振り返った。

「……あ、あんたたちの、おかげだァ」

それだけ言うと、取り乱したように立ち上がり、外へ駆け出していった。

「シゲさん！」

後を追おうとした友彦ががっくりと、膝を突く。

ステーションのランプが、息絶えるように消えていった。

039　追従　――　片岡友彦

樹脂が焼ける臭いが鼻を衝《つ》く。

ラボ内の機器の一部が過電流で焼けていた。

（シゲさん……）

イマジョから逃れた後、友彦は不可解なシゲルの行動を目の当《ま》たりにした。それがなんの意味を持つのか、今はまだわからない。無意識に眉間をさすった。

葵は床にしゃがみ込み、未央はコンソールの前で呆然《ぼうぜん》と立ち尽くしている。

惨憺《さんたん》たる有様とはこのことだろう。友彦はラボの中を見渡した。

システムの根幹を構成するステーションは破壊され、繋《つな》がれた外部ストレージが幾つも横倒しになり、ケーブル類はほどけない糸のように縺《もつ》れ合っていた。

思い出したかのように、未央が通信を再開した。

「……山本、ねぇ、山本！　聞こえる!?　山本ッ！　――春樹ッ！」

しかし、返事はない。接続は切れたままだ。

ノロノロと立ち上がった葵が、突然部屋から飛び出していった。未央もその後を追う。

入口ドアのところで彼女が振り返る。

「友彦君！　山本と北島が！」

春樹と弘治がどうしたのだろう。ああ、弘治は海の底にいた。イマジョの鎖を引っ張ってくれた。いや、それよりも今は──。

ステーションに近づき、取り付けられたストレージの前でじっと立ち尽くす。

その様子を見た未央はひとつ溜息《ためいき》を吐き、なにも言わず外に出ていった。

環がなにか話しかけてきたが、耳に入らない。彼女もまた落胆したようにラボを後にした。

（ごめん、みんな）

自分にはまだやることがある。

いまだシミュレーション側の出口は閉じられていない。シゲルが破壊するタイミングが悪かった。システムがダウンしただけだ。これではイマジョは今も仮想空間に存在している。早急に閉じる方法を調べる必要があった。

まずはステーションに接続されたストレージからデータをサルベージすることが先決だろう。島のスキャンデータ、各種オブジェクトデータ、各脳波データ。そして──。

（……え？）

井出と園田哲夫のデータストレージの影に、壊れた樹脂ケースが転がっている。その横に見慣れぬストレージが隠れていた。

〈被000：新納シゲルBW：MD〉

ストレージから延びたケーブルは、ステーションに接続されている。だとすれば、常時アクセスしていたのか。ステーションの周辺は何度もチェックしている。井出と園田哲夫のストレージを繋いだのも自分だ。それなのに、シゲルのデータがあることにこれまで一度も気づいていなかった。友彦は割れた樹脂ケースを手に取った。

（これは見たことがない。いや、巧妙に偽装してあったのか？）

もしかするとシゲルがステーションを破壊したことで、隠されていたストレージが出てきたのか？　しかし、シゲルのデータの存在が、友彦に新たな仮説を抱かせた。

（このデータこそ、すべてのキーなんじゃ）

友彦はシゲルのストレージをステーションから抜いた。そのまま自分の席に置かれたパソコンに繋ぎ変える。このマシンなら簡易的なシミュレーション・ステーションとして使えるほどのスペックを備えているはずだ。

ダメージのないヘッドセットを選び、端子に接続した。

キーを叩《たた》き、すべての準備を終える。

わずかな躊躇《ちゅうちょ》の後、友彦は覚悟を決めてログインした。これまでにないほどの不快感が脳髄を貫き、脊椎部分からなにかが染み込んでくる。

目の前が真っ暗になり、友彦はシゲルの記憶の海へと落ちていった――。

――暮れゆく夕陽はいまだ身体を火照《ほて》らせる。

友彦は自分の手足を――いや、シゲルの手足を眺めた。今、友彦はシゲル本人として彼の記憶と完全にリンクしている。

彼は自分だし、自分は彼だった。だから今、選択通り自分がまだ幼い頃だと理解できている。

手足はやせ細り、日に灼《や》けている。衣服は粗末で、臭いがした。潮と垢《あか》と、汗の臭いが綯《な》い交《ま》ぜになったものだった。

流れる汗も構わず、島の道を駆けていく。

腹が空《す》いていた。夕飯はなんだろう。蒸《ふ》かした芋くらいあればいいか。いや、それ以前に飯を喰《く》いに、家に入れるか。

ガジュマルトンネルを抜け、小径を幾つか駆け上がる。

木々に囲まれた自宅の裏へ出た瞬間、聞きたくない声が耳に入ってきた。

幹と枝の隙間から覗《のぞ》くと、開け放した居間には誰もいない。中へ入ると奥の部屋に続く戸の隙間から、母が赤い襦袢《じゅばん》の前を開き、若い男を迎え入れているのが垣間見えた。

〈赤いのが、いいいって言うのサ〉

そう言って、母はよく赤い服を身に着けた。戦後の世の中、すでに誰でも好きな服を身に着けられるようになってきた。洋装でも問題ない。だから、母が持っている服は、赤い襦袢やスカートが多かった。美しい人だったからよく似合ったが、子供としては認めたくはなかった。赤が良いと言ったのは、父以外の男たちだったのだから。

奥の部屋から母の呻《うめ》きが流れてくる。苦しそうで、それでいて甘ったるい響き。

居間の隅で目を閉じ、耳を塞ぐ。

どん、と床がわずかに揺れた。

目を開けると、泡盛の瓶が転がっている。視線を上げた先に、表情を失った父の姿があった。

近頃、母は色に狂った。島の男を次から次に誑《たぶら》かし、争いを起こした。集落の皆は母を〈イロキチゲ（色気ちがい）〉と唾棄《だき》せんばかりに憎んだ。対して男たちも母を非難したが、裏では便利な女だと群がった。若いのから、年老いた者まで、全員。

母の腹が膨らみだした頃、父親が死んだ。

その日、まだ夜も明け切らぬ時間に便所に起きたとき、庭先にあるガジュマルの木に黒々とした大きなずた袋に似たものがぶら下がっているのを見た。

父が首を括《くく》っていた。

吊《つ》り下がったままいろいろなものをたれ流した父の顔は、とてもこの世の生き物と思えぬ醜悪さを醸し出していた。

そのとき、樹上にいた異様なものを目《ま》の当たりにした。

人の姿に似たもので、やたらと腕が長い。長い髪は黒々として肌は白く、赤っぽい着物を身に着けていた。まだ周囲は薄暗がりなのに、どうしてそこまで明確に見えるのだろう。

ああ、これはケンムンじゃない、島に伝わるイマジョだ、と理解したのはいつだったか。

少なくとも、父親の葬儀が終わってからだったと思う。ただ、手伝いには誰も来なかった。父と仲の良かった数人が参列してくれたくらいだ。彼らもまた、母を慰みものにしていたことを後に知った。

父の葬儀の日も、母親は膨らんだ腹で他の男を咥《くわ》え込んでいた。

〈お前の母親はイマジョダーリ、イマジョに憑《つ》かれたんヨー！〉

周りがそんなことを言い出したのは、父が亡くなって一年後くらいだったろうか。

イマジョダーリの息子として、蔑まされて生きることになった。

その頃、母は産んだ子を本土の子のない金持ちへ売っている。その金で、新しく赤い服を買ってきて、自慢した。妹として自分が育てるのだと思った矢先のことで、目の前が真っ暗になりそうだった。

ついには集落からも追いやられた。ガジュマルトンネルの先よりもっと深い森の奥、ハブがよく出るところに掘っ立て小屋のような家を建て、母と二人で住む他なかった。

食うにも困る日々だったが、時折母が米や芋、金を持ってくる。

この頃、母は島の男たち以外に、島を訪れた男にまで手を出すようになっていた。そんな旅行者は、母のことを娼婦だと思い、食い物や金を恵んでくれていたようだ。

とても厭《いや》だったが、生きるためにそれらを喰《く》い、使った。

なぜそこまで生に執着しているのか、自分でも理解不能だった。

確か、十を過ぎた頃だ。

粗末な自宅へ帰ると、中からまだ年端もいかない少年が出てきた。知っている顔だ。自分より少し年嵩《としかさ》の子だった。恐る恐る周囲を見回している。その後ろから白い腕が伸びてきて、そっと少年の首に絡みついていく。

母だった。女の顔で笑っていた。

外に出ることが減り、ほとんど屋内で男の相手をしている母の肌は、病的に白くなっている。父が生きていた頃は野良仕事や海での仕事で健康的に日灼けをしていたが、今はそんな痕跡すら残っていなかった。

母が少年の口を吸った。少年もまた、母の口を吸い返した。

再び戸の奥に消えようとしたとき、どこからか金切り声が上がった。

少年の母親と、集落の女たちだった。

少年は引き摺り出され、母は女たちから殴られ蹴られ、地面に這《は》い蹲《つくば》った。

今回の暴力は常軌を逸している。母の顔が血まみれになっていた。思わず飛び出して、助命を乞うた。それでも拳と足の雨はやまず、母子とも血だらけで倒れ伏した。

そのときの怪我《けが》で、母は左目を潰した。

醜い容姿になった母は、島の男たちはもちろん、旅行者からも相手にされなくなった。

それでも毎日、男を漁りに出かけていく。

物好きがいるのか、それともなにか別の理由があるのか、時々母は男の分泌物の臭いを纏《まと》って戻ってきた。手には腐りかけた芋や残飯を持って。


周囲の目がさらに厳しくなっていく。

ボロボロの服を着て、学校だけは行った。しかし、教師を始めとして誰もが勉学を許してくれなかった。周りは新しい漢字や計算式を覚えていくが、自分はなにもわからない。板書されたものさえ読めない。

人の目を避け、背を丸めるように登下校するが、必ず集落の人間に唾棄《だき》された。中には石礫《せきれき》を投げてきたり、棒で叩き回してきたりする者もいた。毎日生傷が絶えなかった。

十二を迎える少し前だ。

通り雨がやんだ夏の午後、薄赤い太陽の光が射してきていた。

家に戻ると、母の歌が聞こえた。

あわれ　あわれ
真っ赤ン花ヌ　目ヌィ咲いティ
真っ赤ン花ヌ　手ヌィ咲いティ
のびた腕や　ハブヌよう……

彼女だけが知る島唄で、とても好きな歌だった。

母は奥の部屋でぺたんと床に尻をつけたまま、歌を口ずさんでいる。

染みと皺《しわ》だらけの、赤いワンピース姿だった。

部屋の壁は島の赤土で塗り込めた後、赤い染料で染められている。この家に来てから、母の願いで整えた。完成すると〈赤いのが、いいって言うのサァ〉と喜んだ。

母の側に腰を下ろし、島唄を一緒に諳《そら》んじる。

歌が止んだ。母がこちらを見つめていた。残った右目が熱を帯び、潤んでいる。

白い両腕が伸びてきた。あっという間に上半身を絡め取られる。首筋に熱い吐息が掛かり、柔らかい感触で吸われた。全身が震えた。

薄く、骨の浮いた胸に母親が顔を埋めてくる。ボタンの取れたシャツの中へ手を差し入れ、指を動かした。別の生き物が這《は》い入り込んできたようだった。

すでに自分の意志と関係なく、身体は反応し始めていた。まるで化生のものに惑わされたように下腹部が怒張していく。取り憑かれたような感覚だった。何度、同じ事があっただろう。幾度目かで一度、母の腹が膨らんだことがあった。それを思い出しながら、ただ猛りに身を任せた。

夕陽が真っ赤に染まる頃、ようやく母は自分の上から降りる。

今となってはなにが起こったのか理解できるが、なにも考えたくなかった。

呆然と動けずにいるこちらの顔を母は覗《のぞ》きこみ、乱れた赤いワンピースの裾《えんお》を直してから笑って――すぐに表情をなくした。いつもと違っていた。それから嫌悪、厭悪、後悔すべてを含んだ、糸を引くような叫びを上げた。

母はこちらの手を取り、自らの首に当てた。

湿った手だった。咄嗟《とっさ》に振り払った。母の右目が絶望に揺れる。

彼女は部屋から飛び出し、土間からなにかを取ってきた。

錆《さ》びた鉈《なた》だった。どこかの納屋から彼女が盗んできた、大ぶりの刃を持つ鉈だった。

母は、その銃をこちらに握らせ、そして菩薩《ぼさつ》のように微笑んだ。

血染めのような赤い夕焼けの中、岩壁に囲まれた入り江で想う。

なぜ、自分はこうしてまで生きているのだろう。

なぜ、自分は生きなくてはならないのだろう。

それはきっと、この島への——。


視界が暗くなった。

ログアウトの手順を踏んで、友彦はヘッドセットを外した。

長い記憶の海を泳ぎ切ったせいか、脳髄が痺《しび》れたようになっている。ディスプレイに表示された時計は、開始からほんの十分しか過ぎていない。最初に設定したとおりだ。

シゲルの思考の残滓《ざんし》が脳の奥にへばりついていた。

プラットホームを破壊した彼の狙いが、理解できる。

（そうか。そういうことだったのか。シゲさん……）

友彦は薄暗いラボで背中を丸め、深く、長い溜息を吐いた。

040　血縁 ―― 園田環

頭上で輝く太陽は、辺り一面の景色を白く飛ばしている。

さっきまで地下にいたせいだろうか。

そこで見た出来事が嘘のようだ。何度も瞬き、環は周りを透かし見た。

（……いない）

未央と葵を追いかけてきたが、姿を見失ってしまった。

行き先の予想はついているが、確実ではない。思った場所へ行くべきか悩んでいるとき、ふと思いついた。

環は五叉路《ごさろ》の路地へ駆けていった。


「そうかい……シゲルが」

トキがゆったりと視線を天井へ向ける。どこか顔に疲労が漂っていた。いつもと違い、手足や首が隠れる衣服を身に着けている。

祭壇の部屋で、環とトキは膝を向かい合わせていた。

「友彦君たちが作っていた、この世とあの世の境は、これで壊れてしまったと思います」

目を閉じ、トキはうんうんとうなずいた。首元や手首、足首から巻かれた包帯がチラリと覗いた。怪我を負ったのだろうか。訊《き》くべきか悩みながら、話を進めた。

「でも、どうしてシゲさん――シゲルさんはあんな行動をとったんでしょうか？」

しばし黙りこくってから、トキが口を開いた。

「あの子は、不憫《ふびん》な子だったから」

トキは、自分が知っている範囲でと前提し、シゲルとその父母のことを、包み隠さずすべてを環に教えてくれた。

「そんな……どうして？」

「どうして、か。当時からいろいろ言われていたがネ」

「いろいろ？」

「イマジョダーリになった理由は、イマジョを殺した連中の血族だったから、とかネ」

環は首を傾《かし》げた。豪農の血筋は絶えたのではなかったか。疑問を察したのか、トキは口を曲げるようにして笑った。

「昔の話だからネ、眉唾の部分もあるヨー。でも、多分、本当は違うんだろうサ」

「違う？」

「イマジョの血筋なんだよ、シゲルは」

話の筋が頭に入らない。

「イマジョは殺されたんですよね？」

「ああ。でも、死ぬ前の話サ」

イマジョは豪農の主人に繰り返し狼藉《ろうぜき》を働かれた。

すでに女の身体になっていたイマジョは身籠《みごも》り、子を産んだ。

それを知った正妻はその後、どこかに彼女を監禁し、様々な男たちの慰み者にした。最後には磔台《はりつけだい》に縛り付け、晒《さら》し者にしたのだが――。

「実は、主人の子をひとり、監禁後に誰の子か知らないのをひとり、産んでいるんだヨ」

トキはハッキリ言い切った。なぜこんなに断言できるのかわからなかった。

「でも、そんな時間が……」

「あったんだよ。正妻にバレた後、堕《お》ろさせられたのが何人かいるけどネ。ひとり目は出自を隠して、島の外に出された。主人の気まぐれさ。あと監禁中に誰の子とも知らない子を産まされている。正妻が〈犬や牛の仔《こ》、獣の仔を産めばいい〉って呪詛《じゅそ》をかけたのサ。だから子を孕《はら》んでも、繰り返し呪いをかけられながら男の相手をさせられた。そして、磔にされるまで地獄のような日々を過ごしていたんだ」

地獄のような。想像するだけで、思わず吐き気を催した。

「呪詛の子は……そこに棄《す》てられたんだ」

トキが指を差すのは、五叉路の方向だ。

「辻《つじ》に棄てて、拾うと強い子に育つ。そんな呪《まじな》いがある。しかし、イマジョが産んだ呪詛の子は、マジムンとして棄てられた。石敢當《いしがんとう》がある五叉路にネ。しかし――」

トキは自分の左手で、右手をぎゅっと握りしめる。

「呪詛の子は、ひと晩経《た》った後、忽然《こつぜん》と消えた。野生の動物に喰《く》われたって皆思っていたみたいだがネ、ケンムンが攫《さら》っていった、ってヤツもいたヨ」

「その子、死んだんですか？」

「死ななかった。島の者が拾ったんだヨ。もちろん呪詛の子だって知っていたからね。本土の人間に売り渡したんだ。金が欲しくてサ。……神サンに尋ねたら、わかったのヨ」

遠い目をしたまま、トキは一筋の涙を流した。

「シゲルの母親に連なる血は、この呪詛の子と、主人との子の血が混じっている。主人の子は男の子で、呪詛の子は女の子。二人は島に呼ばれて戻ってきて、一緒になったのサ。お互いのことを知らずにネ。だからシゲルの血は濃い。イマジョの血がネ」

当然の疑問をぶつける。

「どうしてそんなことがわかるんですか？」

「どうして？　それは、私がユタだからさ」

トキのその言葉には、それ以外の意味が多く含まれているかのように伝わってくる。言葉を失う環に向き直り、トキは涙を拭う。

「──あんたの、お父さんのことだけど」

「え？」

「あんたのお父さん、この島の血を引いてるヨ」

　そんな話、初耳だ。

「まさか」

「役場で調べたら、戸籍なんかで追えるだろうヨ。本当かどうかをネ。でも、それを決めるのは私じゃない。アンタだ。娘のアンタがね」

　なんとなく、母方の祖父母が父のことをよく思わない理由が理解できた気がした。

「もしかして、父に訊いたんですか？　ユタの力で」

　トキは口の端を片方上げ、環の手を取る。この前と違って、荒れた手だった。

「──でも、これは覚えておきヨ。この島の人間のほとんどは、濃さはどうあれ、イマジョに繋《つな》がる血筋とも言える。家系を辿《たど》るとネ。それに今は外に出ていく人間も増えた。島の、イマジョの血……イマジョの血は本土にも増えているはずサ」

「イマジョの血……それは私もそうだ、ってことですよね？」

　トキがうなずいた。

「だからこそ、アンタはこの島に、この私に導かれた。アンタの父親もそうなんだよ。血に……島に引っ張られた。だから、この一件に強く絡んだ」

顔を曇らせる環に、トキは首を振る。

「ひとつ覚えておいてほしい。ひとつは、この島の人間が全部、わるさんちゅうじゃなかったってこと。もうひとつは、人間万事塞翁が馬。苦難を越えれば、そこに新しい運命が待っていることもある。今回のことを知り、乗り越えれば、アンタの人生もきっと良い方向へ行くよ」

励ましが心に染みる。トキは微笑んでから、真剣な面持ちで言った。

「イマジョの血筋の子であるシゲルは、あの会社で働くうちに今回のことを知った。どうしても自分の手でなんとかしたくて、機械を壊したんだろうヨ」

本当にそうなのだろうか。わからないが、うなずくしかなかった。

「これからは、あの子――シゲルのこと、そっとしておいてやってくれないか。あの子はイマジョの……いや、この島、過去の罪の犠牲者だ。頼む」

トキが深々と頭を下げる。

「頭を上げて下さい」

丸くなった背中に手を触れたとき、声が聞こえた。

外からだった。

環、環、と懐かしい声が呼んでいる。

無意識に立ち上がり、トキを残して外に出た。
路地の向こう、鳥居の下にボンヤリと誰かが立っている。
父、哲夫だった。
父は海側を向いた下り道を差している。
（お父さん、そっちへ行けばいいの？）
哲夫はゆっくりとうなずき、そして空気に溶け込むように消えた。

041　奥間 ―― 金城リン

いつもより、道のりが長い。

ガジュマルトンネルを抜け、リンは走る。

学校にいるときから、胸騒ぎがやまなかった。これだという理由はない。ただ、自分を急《せ》き立てる感覚があった。体調が悪いと嘘を吐き、教室を飛び出すほどに差し迫った焦燥感に身を焦がしていた。

木々に囲まれたシゲルの家に辿《たど》り着くと、三線《さんしん》の音と彼の島唄が聞こえる。リンが大好きな、間もなく習い終える島唄だ。

　あわれ　あわれ
　真っ赤ン花ヌ　目ヌィ咲いティ
　真っ赤ン花ヌ　手ヌィ咲いティ……

息を弾ませたまま、玄関の戸を叩《たた》く。

三線と歌がやんだが、返事はない。

「シゲおじい、入るよ……？」

中へ足を踏み入れた途端、背後で戸が閉まった。

咄嗟《とっさ》に振り返ると、そこに三線の棹《さお》を握ったシゲルが立っている。

これまで見たことがない、鬼のような顔だった。

「シゲおじい？　どうしたの？　なに、なんで？」

シゲルは無言でリンの腕を開いた方の手で摑《つか》む。爪が食い込み、叫びそうになった。ついで居間の上にぐいと引き摺《ず》り上げられる。思わず通学用のバッグを取り落としてしまった。

「なにするの⁉」

悲鳴に近いリンの訴えに、一瞬、困った顔を見せた後、再び修羅のごとき面相でシゲルが奥の間へ押し込もうとする。

「シゲおじい、ここは駄目なんでしょ⁉」

「リン、ここにいろ」

押し殺したシゲルの声に気圧《けお》され、身をすくめてしまう。

「……どうして？」

「イマジョ」

「え？」

「もうイマジョを閉じ込める場所はない」

「なに？　イマジョって、あの？」

つい昨日、トキが教えてくれた、あの悲しい物語——シゲルと関係のあるイマジョのことだろうか。あれだけ口を噤《つぐ》んでいたのに、だ。もう、いいだろうと泣きながら話してくれた。当のシゲルは口を引き結んで、なにも言わない。

「これから、この島は地獄になる」

リンを突き飛ばし、シゲルが扉を閉じる。リンは飛びついて扉の取っ手を引くが、びくともしない。突き破ろうと体当たりするが、弾《はじ》き返された。初めて知ったが、この戸は分厚い木材で作られているようだ。

「いいか、絶対に表に出たら駄目だ」

「シゲおじい！　シゲおじい！」

薄暗がりの中、リンは必死に呼びかける。扉の向こうに気配はあるが、答えはない。

「シゲおじい……私は味方だよ……」

わずかな隙間からなにかが投げ入れられた。

小さな、赤い折り鶴だった。手に取ると、白地の部分になにかが見える。

慌てて開くと、そこには辿々《たどたど》しい文字で〈ありがとお〉と記されていた。

シゲルの気配が遠ざかっていく。

「シゲおじい！」

リンの訴えは空《むな》しく、虚空へ消えた。戸を叩いても応えはない。

戸はしっかりと固定され、開く素振りすら見せなかった。何度も体当たりを繰り返していると、人の声が聞こえた。

「――誰!?　どうしたの!?」

若い女性の声だ。

「ここにいます！　閉じ込められました！　開けて下さい！」

せわしない足音が近づいてきて、外側でなにかを外す音が伝わってくる。

戸がわずかに開いた。隙間から顔を覗《のぞ》かせたのは、トキの家に来ていた女性だった。あと五叉路《ごさろ》でも会ったことがある。

女性が狼狽《ろうばい》した声を上げた。

「あの、閉じ込められて。……スミマセン」

女性の横を抜け、シゲルを追いかけようとしたときに気づいた。彼女の視線が奥の間の一点を捉えている。全身がわなわなと震えていた。

釣られて振り返ったリンの全身を衝撃が貫く。

（……なに、これ）

外光に晒《さら》されたそこには、異様な空間が設えられていた。

窓ひとつない部屋は、赤い染料で染められた土壁で囲まれている。その壁はひびだらけだ。奥には蠟燭《ろうそく》が立てられた祭壇めいたものが置かれている。

祭壇の真上に、三幅対の掛け軸が掛けられていた。

真ん中の掛け軸には幽霊画のような女が描かれていた。

「イマジョ……」

女性がポツリと呟《つぶや》いた。

（さっき、シゲおじいも）

リンはシゲルの言葉を思い出す。〈もうイマジョを閉じ込める場所はない〉〈これから、この島は地獄になる〉

全身の産毛が逆立つような感覚に襲われた。

「あの、イマジョって」

女性が答える。

「あれよ」

指差す先に幽霊の掛け軸があった。左目が潰れ、赤い着物を身に着けている。

女性は眉根に皺《しわ》を寄せ、誰ともなしに呟いた。

「でもこれ、イマジョを讃《たた》え祀《まつ》っている……？」

讃え祀る。誰が？　シゲおじいが？　なぜ？　あの悲しい話のせい？　一瞬様々な妄想が駆け巡ったが、すぐに頭から追いだす。いまはそんなことに関わりあっている暇はない。

駆け出そうとするリンを、女性が止める。

「ねぇ、あなた……」

「リン、です。金城リン」

「私は園田環。ね、リンちゃん。ちょっといい？」

「急ぎますので！」

環と名乗った女性を振り切ろうとしたが、離してくれない。

「ねぇ、リンちゃん、ここはなに？」

訊かれても困る。シゲルに入るなと言われていたが、詳しいことはなにひとつ知らない。

「ここはシゲおじいの家で……」

シゲルの家と聞いて、環は大きく息を吐いた。

「そっか、シゲさんの家なんだ」

「……それが？」

「多分、シゲさんは、自分の母親とイマジョを重ねてしまってたのね……」

「シゲおじいのお母さんと、イマジョ？」

祭壇に古びた写真立てが飾られていた。膝を折り、そっと手に取る。

モノクロの写真の中で、美しい女性が微笑んでいた。横から環が覗き込んでくる。

「これ、似てるかも」

「え？　似てる？」

環の言葉に首を傾《かし》げる。

「うん、イマジョに。全部が全部って訳じゃないけれど」

掛け軸と交互に見比べる。似ているとは到底思えない。

「似てません、けど」

実物には似ているんだよ、と環が苦笑する。訳がわからない。実物ってなんだ。問答のような会話の最中、リンはふと訊くべきことを思い出す。

「あの、どうしてここへ？」

「亡くなった父が、こっちへ行けって」

「それ、トキさんが？」

「ううん、見えたの。鳥居の下にいたのが」

この環という人は死者に導かれたのだ。トキがよく口にしていた。

〈自分たちユタは、死者と生者の橋渡しをするが、時には死に魂《マブリ》が生者に直接伝え、導くこともある〉

この女性にユタの力があるのか、ないのか。リンにはまだそれを知るほどの力はない。

二人は掛け軸をじっと見つめた。

それがきっかけになったように、真ん中の、イマジョの掛け軸が落ちた。

掛け軸に覆われていた壁の一部がじわりと濡《ぬ》れ、見る間に大きな脂染みのようになっていく。息を呑《の》む二人の目の前で壁面は色濃い赤に染まっていった。

広がる染みは人の形を取り始めた。ひびも大きく、深く伸びていく。

頭の部分の壁が、音を立てて剝がれ落ちた。

中に、なにかがあった。それは外光を反射した壁の色で、紅《あか》く染まっていた。

リンと環が絶叫する。

薄紅の、木乃伊《ミイラ》の顔があった。

うなだれる頭部には、まだ黒い髪がまばらに残っている。額には深い傷が斜めに残されていた。

二人とも腰が抜け、その場に尻餅をつく。震える声で、環が漏らす。

「まさか……シゲさんの、お母さん？」

「え？　お母さん……？」

浅く荒い呼吸の下から、環が声を絞り出す。

「シゲさんと、イマジョを止めなくちゃ」

042　愛別 ―― 新納シゲル

木々の隙間を縫うように、シゲルは駆ける。

毎日毎日、他人の目から逃れるように選んでいた道だ。慣れている。何度か上り下りを繰り返し、道路に出た。石敢當《いしがんとう》のある五叉路《ごさろ》近くだった。

空を見上げる。日の入りまでまだ時間がありそうだ。背中のテルを背負い直すと、中で三線《さんしん》が転がった。

身を隠し、トキの家へ忍び込む。庭側から廊下に出た。祭壇へ通じる障子の向こうから、祝詞《のりと》が聞こえる。

　天に次玉　地に次玉　人に次玉

　豊受の神の流れを　宇賀之御魂命と　生出給ふ……。

祝詞が止んだ。

「……お前は、不器用なだけかと思ったが、とんだ愚か者だ」

障子越しにトキの叱責が聞こえる。シゲルは廊下に膝を突き、頭《こうべ》を垂れた。

「──島を憎んでも自分を縛るだけだと、あれほど言ったのに。とうとうその鎖から逃げられなかったんだネェ」

逃げられなかったんじゃない、逃げなかったんだ。地獄の底で、生きて生きて生きて生きて、そして……。シゲルは床についた手を握り拳に変える。

「そんなことで……母ちゃんが喜ぶとでも思ってるのか？」

母ちゃん。心の一番柔らかくて、一番深い傷の部分が疼《うず》く言葉だった。

シゲルは口を開いた。

「ユタさん、すまなかった……。これで終《しま》いだ」

立ち去ろうと背中を向けたとき、トキの声が響いた。

「私の目も節穴よのゥ。親子して、イマジョに憑《つ》かれてしまった……」

そうかもしれない。自分こそがイマジョダーリだと、シゲルは目を閉じる。

「……塞いだだけでは駄目だ。いっそ、失《なく》してしまわねば」

独り言のようなトキの声を背に、シゲルは外へ出る。

見上げた太陽の光が目を射した。涙が止まらない。汚れた手ぬぐいで顔を隠し、シゲルは走り出す。

そのまま繁みに飛び込み、高台を目指した。

辿《たど》り着いた先は、あの磔台《はりつけだい》の浜が臨める断崖の上だった。

シゲルはテルから三線を取り出し、脇へ置く。テルの底に色とりどりの折り鶴が沢山入れられていた。リンがくれたもの、独りで折ったもの、二人で折ったものが混じっている。

(俺みたいなモンに、本当によくしてくれたナ)

毎日勉強を教えてくれた。肉が喰《く》えねぇと言えば、野菜の総菜や漬け物を持ってきてくれた。折り鶴の折り方を知らないと言えば、笑顔でひとつひとつ折り方を説明してくれた。

折り方を覚えてからは、リンの提案で折り鶴の折りっこをした。出来はリンの方が上手かったけれど、いつも褒めてくれた。嬉《うれ》しかった。

(母ちゃんとサヨナラしてからこんな気持ちになったのは、二度目だ)

あの日以来、肉魚が食べられなくなった。忌まわしきあの出来事で。

島に対し、いつか恨みを晴らしてやると、その一念で生きてきたのかもしれない。

しかし、トキのところでリンに出会ってしまった。

(トキさん、あの子はいいユタになるよ。とても優しいユタに)

シゲルは崖に座り込むと、三線を手にした。

母親から教えてもらった——イマジョが伝えた島唄を静かに歌い出す。

照る太陽が目に眩《まぶ》しい。

海から吹く風は潮の香りを届けながら、汗ばむ肌を冷ましてくれた。

遠くに飛ぶ海鳥が、歌に合わせたようにくるりと輪を描き、ひとつ鳴く。

歌い終え、かたわらに三線を置いた。テルの中から折り鶴を取り出す。

「ありがとう」

ひとつひとつ、風に乗せて飛ばした。

「ありがとう。ありがとう」

崖から吹き上がり渦巻く風は、鶴をどこかへ運んでいく。陽光で輝く蒼《あお》い海を背景に、どこまでも飛んでいく。

まるで、色とりどりの花びらがネリヤカナヤで舞い上がるように思えた。

リン、ありがとう。トキ、ありがとう。リン、ありがとう。トキ、ありがとう。何度も繰り返し、シゲルはすべての鶴に礼を告げた。


崖の端に立ったシゲルは、ぐるりと景色を見渡した。

空と海は、すでに薄い赤に色づきかけている。海面は輝く太陽を黄金色に反射していた。

時が経《た》てば彼方から藍色が迫ってきて、天は菫色《すみれいろ》へ染まっていくだろう。

ひとつの始末をつけよう。シゲルは草履《ぞうり》を脱ぎ棄てた。

瞼《まぶた》を閉じ、再び開ける。その眼は、遠くを見つめていた。

空へ向かって一歩踏み出す。島と別れを告げるために。そして始めるために。
もう一歩歩みを進めたとき、吹き上がってきた強い風が身体を包んだ。
——母ちゃん。
シゲルの視界の中、光溢《あふ》れる世界が回りだし——。

０４３　離苦 ── 園田環

木々に囲まれた下り坂で、何度も転びそうになる。

環は走っていた。後ろにはリンがついてきている。

目指すは、磔台《はりつけだい》のある浜だ。春樹が目指した場所。未央と葵もきっとそこにいる。

(シゲさんもそこに行くはずだ。イマジョを止めるために)

突然、視界が開けた。白い浜辺が目に飛び込んでくる。

傾きつつある陽光を跳ねる海に、磔台の残骸が異物のように浮いている。

浜には未央と葵、そして横たわる二つの身体があった。

(まさか)

駆け寄ると、春樹と弘治の遺体だった。まだ濡《ぬ》れており、たった今引き上げられたようだ。二人とも左目が抉《えぐ》り取られている。

振り返った未央と葵は、環の顔を見るなり遺体に縋《すが》りつき、声を上げて泣き出した。

もう動かない人の身体を目《ま》の当たりにしたリンは短く声を発し、その場に立ち尽くしている。その肩を抱いたとき、遠くから途切れ途切れの唄が聞こえた。

……も　海ヌィモドリユット
お陽さん　共ヌィカエリユット
……あわれ
あぁ　アゲー……　吊るされハブぬ……

三線《さんしん》の音色と、嗄《か》れた声の島唄だった。

「シゲおじい」

リンが泣きそうな声を上げ、四方を見回した。

「リンちゃん……」

ここにはいないみたいだと口にしかけたとき、唄はやんだ。

環の腕の中で、リンが天を仰ぎ見る。頭上から花びららしきものが落ちてくる。

思わず手を出し、受け止めた。花弁ではなかった。

様々な色の折り鶴が、落ち葉のように白い浜へ舞い落ちてくる。

「シゲおじい……」

環の腕から逃れたリンはフラフラと、折り鶴に向かって大きく手を広げた。

「リンちゃん」

歩み寄った環がリンを抱きしめる。なにかを悟ったのか、少女は声もなく肩を振るわせた。

そのとき、後ろから大声が聞こえた。

「環さん！　手伝って！」

振り返ると、真っ赤な目をした未央が海の方を指差している。波間に漂う礫台の残骸が沖へ流されようとしていた。

「あれを引き上げて粉々にして燃やさないと！　そこの子も手伝って！」

環はリンの顔を覗《のぞ》き見た。彼女は両手で目を擦《こす》ると、大きくうなずいた。目尻は涙でまだ濡れているが、リンは「大丈夫」と気丈に答えた。

環と未央、葵とリンに分かれた。全員腰まで海に浸《つ》かり礫台に近づくと、巻きついたロープを必死に引っ張り始める。

「これ多分、山本が巻いたんだ」

力を込めながら、未央が断言する。そうかもしれない。環はうなずき返した。

「あ、あれ？」

葵が声を上げた。なにかに引っかかったように、礫台が動かなくなる。

木材の割れ目から、黒く長いものが湧き出してきた。

それは水面で一ヶ所に寄り集まり、丸く盛り上がっていく。

泣き声のような悲鳴を上げ、葵が波間に転んだ。未央が助けに行くが、水の抵抗で進みが遅い。リンは立ち尽くしたまま、その場で固まっていた。

リンを磔台から引き離すため、環は水を掻《か》きわけながら一歩踏み出そうとした。が、足がびくとも動かない。

視線を下へ向ける。

揺れる水面の下、自分の足首に黒々とした長い蛇のようなものが絡みついていた。

咄嗟《とっさ》に足を引くが、纏《まと》わり付いて離れない。

全身が総毛立つ。

すぐ側にあった黒く丸いものが、ずるりと持ち上がった。人の頭だった。

黒い髪の毛の隙間から、女の白くふやけた顔がせり出してくる。

左目が潰れていた。

イマジョだ。その名を叫ぶ間もなく、水面下を蛇行するように白い両腕が迫ってくる。

逃れようとしても、水が邪魔して身を捩《よじ》るしかできない。

（駄目だ！）

目を閉じかけたとき、イマジョの腕の動きが止まった。

環は自分の目が信じられなかった。波間に立つイマジョの肩越しに、友彦の顔が見えた。

「どうして」

彼は寂しげに微笑んでから、イマジョを海中に引き摺《ず》り込んだ。

「友彦君！」

手を伸ばすものの、彼には届かない。

友彦とイマジョは、礫台を潜《くぐ》るように海中に没した。

「友彦君！　友彦君！」

後を追おうとする環を、未央が引き止める。

「今のうちだから！」

葵が礫台を浜へ引く。リンも手伝っている。後ろ髪を引かれる思いで、環もそれに加わった。

浜に引き上げられた礫台の近くで荒く息を吐いていると、未央がポリタンクを持ってきた。蓋を開け、中身を礫台にぶちまける。灯油の臭いがした。

「離れて」

どこから持ってきたのか、未央がマッチを擦《す》り、礫台へ投げる。

一気に炎が燃え上がった。

さっきまで海中に没していた木材がこんな燃え方をするだろうか。だが、礫台は目の前でみるみるうちに燃え尽きていく。

「これはきっと、この世のものじゃないんだよ」

いつの間にか横に来ていたリンが囁《ささや》く。
灰と化した磔台の前で、環は彼の名を呼ぶ。
「友彦君――」
ふと、ある考えが頭をもたげる。
（もしかしたら）
天啓のような思いに衝き動かされ、環はその場から駆け出した。

０４４　両腕 ―― 片岡友彦

天には月も星もない。

油を撒《ま》いたような真っ黒な水面に、白い泡が立つ。

二つの影が、揉《も》み合いながら浮上してきた。

友彦と、イマジョだ。

イマジョの長い黒髪が、海蛇のように友彦の全身に絡みつき、喰《く》い込んでくる。

動きを封じられ、抵抗できないところに白い腕がうねりながら向かってきた。

海水を飲んで咳《せ》き込む。仮想現実なのに、意識が遠くなるほど苦しい。五感と物理演算プログラムを実装した自分をこれほどまでに恨んだことはない。

（でも、僕が……やるんだ）

友彦はイマジョの髪と腕を巻き込むように身体を捻《ひね》り、海中へ引き込む。

（このままこの世界に留めてやる）

シゲルがステーションを壊したのは、イマジョを、その呪いをこの世に完全に解き放つためだ。あちらとこちらを繋《つな》ぐゲートを開こうと、彼なりに考えた末の行動だっただろう。

彼の記憶とシンクロした今なら、それがわかる。

（なら、僕がやるべきことは……！）

狙いを察知したのか、イマジョの両手が顔に伸びる。腐りかけた指が、左目に掛かった。力が込められる。かろうじて瞼《まぶた》で防いでいるが、その指が眼球を抉り取るのは時間の問題だった。

もう駄目か。駄目なのか。――抗う術を失いかけたとき、赤い影が横から現れた。

〈友彦君なら、きっとできるよ〉

井出がいた。彼女はイマジョの指を剥がそうとしている。

「井出、さん？」

彼女は右目だけで微笑んだ。その後ろからもうひとつ影が出てくる。

園田哲夫だった。彼もまた左目を失っていた。哲夫が友彦の全身に広がった髪の毛を、乱暴に毟《むし》り始める。

（……そうか。やっぱり、井出さんはイマジョじゃない）

確かに疑いはあった。しかし、途中からきっと違うはずだと願っていた。

二人の力を借りつつ、友彦は身体に力を込め、抵抗する。

それでも身体に自由は戻ってこない。逆に友彦、井出、哲夫の三人がイマジョの腕と髪に絡め取られつつある。

次の瞬間、イマジョの力が緩んだ。友彦たちが自由になる。

もがくイマジョは、昏《くら》い海の底へ向かって沈んでいく。

そしてついには、水泡のような粒子状となって水中に散っていった。

三人は黒い海の中、上へ向かって浮き上がっていく。

友彦の後ろから井出が腕を回し、耳元で囁《ささや》いた。

〈こっちでも、ここじゃない世界でも、門《ゲート》が閉じたの〉

「え？」

海面に辿《たど》り着くと、井出の身体が離れていく。

海水が口に入るのも厭《いと》わず、大きな声で彼女の名を呼ぶ。

「井出さん！　――僕に相談があるって、言いましたよね⁉」

遠ざかりながら微笑む井出がうなずいた。

〈友彦君、もういいの。終わったから〉

「本当、ですか⁉」

井出の後を追うように、哲夫もまた波に運ばれていく。

「帰りましょう！　こんな世界に心を……魂を残してはいけない！」

自分の口からそんな言葉が出たことに驚いた。脳の働きなんて、ただの電気信号であり、心も、魂の概念も、そこから生じたものに過ぎないと思っていたのに。

（ああ、そうか）

友彦はやっと理解する。――僕は脳研究を通じて、ヒトの心と魂の在処《ありか》を実証したかったんだ。

〈環に幸せになれと、伝えてくれ〉

哲夫が波の彼方へ消え失《う》せる寸前、その声が友彦に届いた。

井出の声が優しく響く。

〈ありがとう。――大きくなったね。きっとできるって、本当だったでしょ？〉

彼女も水平線に溶けるように消えてしまった。

「哲夫さん！　井出さん！　お姉さん……」

友彦の身体から力が抜けた。そのまま黒い海の上にたゆたうように浮かび続ける。

体中が痛い。アバターの至るところに傷があった。

管理者権限は復活していない。ログアウトのコマンドも実行できない。

波に揺られながら、空を見上げた。

いつの間にか、空から零《こぼ》れ落ちそうな星々が輝いている。

友彦は目を閉じた。

（これでよかったんだ……）

世界が――暗転した。

――温かい液体に包まれている。

母親の胎内に抱かれた胎児のように丸まって、友彦は安堵《あんど》の中にいた。

声が聞こえる。知っている声だ。

『友彦君てさ、この島でなにしてんの？』

なんて答えたっけ？

〈ヒトと、関わらなくていい世界を作っています〉

ああ、こんなこと、言ったな。

『なにかよくわかんないけど……いいかもね、そんな場所』

これは誰の言葉だった？

ああ、そうか。とても優しいヒトだった。こんな僕でも、肯定してくれた。

また、会いたいな。会えたら、一緒に美味《おい》しいものが食べたいな。そうだ、ポーク卵おにぎりなんてどうだろう。シゲさんに作ってもらって。でも、無理か。僕はもう。

目が開かない。重力に引かれる。このまま落ちていけばいい。

上手くいったかな。みんな、無事ならいいな。大丈夫だったかな。だといいんだけど。

でも、約束破っちゃったしなぁ。自嘲するように小さく笑う。

なにかの音が耳に届いた。

——くん。

え？

——こくん。

だれだ。

——もひこくん！

このこえは。

——ともひこくん！

瞼を開けた。遥か遠く頭上で輝く碧《あお》い水面の向こう側に、光が輝いている。

二本の腕が、こちらに向かって伸びてきた。すんなりとして、美しい、白い腕だった。

思わず両腕を伸ばす。相手の手がこちらの手を掴《つか》み、力強く引き上げられる。

光る水面を飛び出し、固い地面に転がった。

「——友彦君！」

光が目を射した。見覚えのある天井と、かたわらに見慣れたデスクがある。

水浸しの床の上に膝を突く、環の手を握っていた。

彼女が開いた方の手をそっと伸ばして、友彦の顔を柔らかく撫でる。痛みの残る左目瞼を慈しむように触れると、そのまま優しく抱きしめてくれた。

「……お帰り。迎えに来たよ」

「環さん――ありがとう」

恐る恐る、抱擁を返す。環の腕に力が籠《こ》もった。

「……お父さんがね」

「え？」

「環さんのお父さんがね、助けてくれたんだ。井出さんと一緒に」

「そっ、か……」

彼女の声が詰まった。

「でね、幸せになれ、って伝えてほしいって」

肩口に押しつけられた環の頬から、温かいものが伝ってくる。

声を押し殺して泣く彼女の肩を抱きながら、友彦は呟《つぶや》いた。


――ただいま。

045　紅空 ―― 金城リン

燦々《さんさん》と照る太陽は、今日も厳しい暑さになる、と物語っている。

リンが玄関で靴を履いていると、後ろから母親がやってきた。

「勉強、頑張らないとね」

「うん。夏休み終わったし、今からだと遅いかもしれないけれどね」

母親が苦笑いしながら、背中を叩《たた》いた。

「大丈夫だよ。行ってらっしゃい」

「行ってきます！」

シゲルがいなくなってから少しして、トキも亡くなった。

亡くなる前日、トキに呼び出されて「もう、ユタにならんでいいサ」と告げられた。

もっと自由に生きろ、島から出て好きなことをしろ、と目を細めながら。

体調を崩していたから弱気になっているのかと訊《き》けば、首を振る。

「私はもう長くないからネ。伝えるべきことは、アンタに伝えたから」

その翌日、トキ宅に相談に訪ねていった人が遺体を発見したのだ。

トキの葬儀が終わった後、母親に本土の高校へ行き、大学は東京、そして島以外でお堅い職に就く、と話して聞かせた。とても喜んでくれた。これも親孝行というものだ。

シゲルが勤めていた東京の企業は、完全撤退した。

スタッフが多数死んだことだけでなく、本社の社長も原因不明の死をとげた。そのためプロジェクトが立ち消えになり、その影響で経営が傾いたらしい――とは、島の事情通の話だ。

栄は心を病んだせいで、本土の病院に入った。

秋奈は突然仕事を辞めて、島を出た。東京へ向かったのだ。船に乗るところを見送った人曰《いわ》く「秋奈らしくなかった。派手な真っ赤な服着てよ」と言っていた。

他にも、島ではいろいろなことが起こった。

軽石が大量に漂着して漁業に大ダメージを与え、加えて予想外の台風で大きな被害を受けた。それだけではなく、集落での葬儀が激増した気がする。事故死、病死、自殺、他、不審死もあった。女性を取り合った刃傷《にんじょう》沙汰も起こり、島の警察も役場もてんてこ舞いだ。そうだ。役場の渡も亡くなった。山の斜面から滑り落ち、顔面の左側を砕いて。凄まじい衝撃だったのか、手足の骨が折れ、普段より長く見えた、らしい。

そう言えば、クラスメートの三馬鹿のうち、ひとりが首を吊って死んだ。左目をコンパスで奥まで突いた後、ガジュマルで首を吊っていたようだ。

残りの馬鹿二人だが、仲間の自殺を知った後に塞ぎ込んだかと思えば、翌日にはケロッとしていた。かと思えば男性教師に色目を使ったり、小学生男子を部屋に連れ込んでわいせつ行為をしたりと奇行が目立つようになったから、それなりにショックだったのだろう。今、島は人死や不幸で覆い尽くされている。大人が口走っていたが、死者は男性の割合が多く、若い女性は島外へ出て行くことが増えた。そう。秋奈のように。

（いろいろ、変わるんだよ）

学校への道を逸《そ》れ、リンはガジュマルトンネルに入る。

そしてシゲルが遺した家に荷物を投げ入れ、三線《さんしん》を手に飛び出した。

あの後、シゲルの三線を拾っていた。シゲルが夢の中で示してくれたのだ。

崖にあったシゲルのテルと草履《ぞうり》、そして三線ですべてを察した。

（シゲじいは、自ら身を投げたんだ）

いまだ、その遺体はどこにも上がっていない。

ネリヤカナヤで幸せに暮らしているといいんだけどな、とリンは願う。

トンネルへ戻り、小径に入る。そして、あの磔台《はりつけだい》のあった浜へ出た。

トキから本当のことを教えてもらって、すべてが腑《ふ》に落ちた。

——これから、この島は、地獄になる。

シゲルの声が耳の奥でリフレインした。

（シゲおじい、私もわかったよ）

もう、こんな島にも、こんな人たちにも、こんなこの世にも──。

白い砂浜から海を臨む。もう、あの忌まわしいものは影も形もない。静かな入り江だ。

リンは学校指定の通学靴を脱ぎ捨てると、波打ち際に胡座《あぐら》をかいた。抱きかかえるように三線を構えると、弦を指で弾き始める。

シゲルに習った島唄だ。

あわれ　あわれ
真っ赤ン花ヌ　目ヌィ咲いティ
真っ赤ン花ヌ　手ヌィ咲いティ……

静かに始まった唄は、次第に熱を帯びてくる。

入り江の中に、さざ波が立った。

（シゲおじいが残した気持ちが、想いが流れ込んでくる。わかるよ、シゲおじい）

こんな、島なんて、世の中なんて──。リンの身体全体を共鳴させるかのように、うねった音が空へ、浜へ、海へ広がっていく。

リンの呪唄に呼応するかのように、じわりと礫台の影が滲《にじ》み出てくる。

同時に、自分のかたわらに何十人もの気配を感じた。それらは物言わぬが、彼らの言いたいことが明瞭に伝わってくる。

（そうなんだね。もう直に――）

今日も　海ヌイ　モドリュット
お陽さん　共ヌイ　カエリュット……

不意に演奏がとまる。この先は、知らない。習えなかった。三線を砂の上に大切に置く。

「シゲおじい、トキさん。……皆、教えてくれてありがと」

少しだけ微笑んで、リンは途惑うことなく海へ入っていく。

彼女は一度だけ、なにかを惜しむように振り返った。

島の空に、紅色《くれないいろ》をした半透明の膜のようなものが広がりつつあった。

血のように紅《あか》いそれは極光《オーロラ》のように揺らぎながら、徐々に大きく広がっていく。

周りの海も乗り越え、その先の本土へ向けて――。

リンは深い溜息を吐き、海へ視線を戻した。

それからは一度も振り返らず礫台を潜《くぐ》る。

小さな背中が徐々に水面に隠れた後、彼女は呆気《あっけ》なく波間に消えていった。

046　蒼海　――　片岡友彦

汽笛が鳴った。

船のデッキに環がいた。手すりに手をかけ、遠ざかる島を眺めている。

「環さん」

友彦の呼び声に、彼女が振り返った。

涼やかな風が吹いていた。空は抜けるように蒼《あお》い。海も碧《あお》く穏やかだ。

「ね、あそこ」

環が指差す遙《はる》か遠くに磔台《はりつけだい》のあった浜が見える。友彦は、目を凝らす。その顔に眼鏡はない。入り江の中に、赤い磔台が陽炎のように浮かび上がり、揺れている。

背後からジャラン、と金属音が響いた。鎖の音だった。

振り返るが、なにもいない。

二人はどちらからでもなく手を握り合った。

友彦の手首には〈004〉。環の手首には〈VISITOR〉の赤い文字が浮かんだ。

「環さん、無茶するから」

友彦の言葉に、環が微笑む。

「あれしか、なかったからね。でも、見よう見まねでログインできたのは奇跡だよ。幾ら事前にビジター用データを作ってたからって言ってもさ」

初めてラボに泊まった翌日、未央が他の人間に黙って作ってくれたのだ、と彼女は自分の掌《てのひら》をじっと見詰めた。その横顔がなんとなく寂しげに映る。

「でも結局、二人ともリンク切れでログアウトが……ごめん」

「謝らないで。これはこれで幸せかもしれないよ？」

「そう、かな？」

「うん。それにね、もしかしたらお父さんと、あと井出さんにも会えるかも」

「かもしれませんね。今度はちゃんとお礼を言えるかな」

「言えるよ！　でもほら」

「なんですか？」

「やっぱり友彦君、人が好きだよね。私が言ったとおりだ」

「え？　どうして？」

「……みんなを、島を助けてくれたでしょ？　それは責任感からだけじゃないって、私は知っているよ。そうでしょ？」

屈託のない環の笑顔を眺めながら、肯定も否定もせず友彦は考える。

こうやって存在しているが、今の自分たちはただのデータだ。

(それでも、想う気持ちはここにある)

では、心とは、魂とは、一体なんなのだろう。隣で風を受ける環に、友彦は答えた。

「ヒト……そうですね。人、好きかもしれません」

微笑み返すと、彼女は嬉《うれ》しそうにはにかんだ。

友彦は遠ざかる島影を見つめる。

今、あっちの世界はどうなっているんだろう。本当に僕は島を助けられたのだろうか。もう知りようがない。あちらでも向こうでもない、どこでもない、この世界では。

(この世界、か)

この世界の僕らでも——。友彦は、環の手を少しだけ強く握った。

「環さん」

彼女が微笑みながら振り返る。友彦は、喉元までせり上がった言葉を呑み込んだ。

「……いつか、お話したいことがあります」

「いつか?」

「うん。いつか」

風に乗って、三線《さんしん》の音と島唄が届いた。

　あわれ　あわれ……。

唄うのは、少女の声だった。
二人は耳を澄まし、しばし聞き入った。
唄がやんだ。友彦と環は舳先の方を振り返る。
船が向かう先にあの島影が、忌女《イマジョ》の島の影が、幻影のように揺らいでいる――。

047　終章

画面の向こうで、赤いマニキュアの指が揺れた。
私と世界を愉《たの》しまない？　その女性は笑う。赤いミニワンピース姿だ。
世界を愉しむ？　手にしたスマートフォンに向けて、訊《き》き返した。
彼女は小首を傾《かし》げるようにうなずき、そしてまた赤い唇の両端を上げた。
意味がわからない。どうやったら？
彼女は両腕を広げて、あなたなら大丈夫、きっと気に入るよ、と歌うように言った。
きっと気に入るのかどうか、まだわからない。その物言いが引っかかった――。
過去に犯した罪と、ひどい記憶がふと蘇《よみがえ》り、そのまま消える。
不安げなこちらの顔を見たのか、彼女は少し困ったように眉根を寄せた。
ねぇ、気乗りしない？
気乗りしないなんて、ない。ないんだけれども、戸惑いが勝る。
口からこぼれそうな、「でも、だって」を飲み込んだ。
相手がこちらへ近づいてくる。だけど、レンズに遮《さえぎ》られて立ち止まった。

彼女はチロッと赤い舌を出し、少しだけ身を離す。
派手なメイクと金髪に近い明るい色の髪、まん丸なカラコンの目が大写しになった。
誰かに似ていた。
誰だっけと口に手を当てていると、彼女が静かに横を向く。
どこか逡巡《しゅんじゅん》しているような表情に見えた。
なにを迷っているのだろう。
ターンするようにこちらを振り返った彼女は、悪戯っ子のように微笑んだ。
実際に体験してみたらいいんじゃないかな。
体験？　こちらの鸚鵡《おうむ》返しに、そうだよ、と相手がうなずく。
今度、凄《すご》い世界にご招待するよ。もうそっちでしか生きられないくらいなんだ。
ＳＳＲ《スリーエスアール》。スペシャルスーパーシークレットレアじゃないけど。
シンセカイ・シミュレーション・ルーム。
もうひとつの名前はＣＤＲ——サイバー・ドラッグ・ルーム。
スマートフォンの画面が歪《ゆが》み、暗転していく。そこに白い顔がいくつも浮かんだ。
その顔の左目は——。

あとがき

「忌怪島〈小説版〉」を執筆中のことです。

いろいろなことがありました。中でも左目に突然起こった激痛は、原因不明です。

また〈とある言葉〉を打ち込んだ際、神棚から御札が落ちました。

元へ戻しましたが、その言葉を書く度に御札は落下を繰り返します。

いつものアレだと気付き、表現を変えたところ、途端に落ちなくなりました。

他にもいろいろありましたが、ここでは書きません。もし、語るチャンスがあればいずれ、と思います。


――本編を読み終えた読者諸兄姉は「然《さ》もありなん」と感じられることでしょう。

清水崇監督の作品を小説にするとき、必ずおかしなことが起こります。

大体が「ああ、あれかな」と思い当たることが多いのです。

また、小説内に仕掛けた複数の〈拙《まず》そうなこと〉もその理由のひとつ、なのかも知れません。そうです。今回も様々な〈拙そうなこと〉を織り込んでいます。

正味の話、このあとがきを書いている最中も左目に違和感が始まりました。
今、右目だけ開けてキーを叩いています。多分、これを書き終えたら元に戻るはずです。

ここで謝辞を。
清水崇監督様、東映様、映画の関係者各位。
本書の担当様、版元である竹書房様。
様々なバックアップをしてくれたスタッフ。知己の面々。
そしてお手にとって下さった読者の皆様。
加えて、執筆中に様々なことを起こした目に見えぬ様々な存在にも。
お陰様で本書を上梓することができました。本当にありがとう御座います。
本書を手にしたあなたたちの左目が、無事であることを祈りつつ。

二〇二三年四月

久田樹生

久田樹生 Tatsuki Hisada

作家。徹底した取材に基づくルポルタージュ系怪談を得意とするガチ怖の申し子。代表作に『犬鳴村〈小説版〉』『樹海村〈小説版〉』『牛首村〈小説版〉』『「超」怖い話　怪怨』『「超」怖い話ベストセレクション　怪業』『怪談実話　刀剣奇譚』（以上、竹書房文庫刊）など。

忌怪島〈小説版〉

２０２３年６月６日　初版第一刷発行

著…… 久田樹生
脚本…… いながききよたか、清水崇
カバーデザイン…… 石橋成哲
本文ＤＴＰ…… ＩＤＲ
編集協力…… 魚山志暢

発行人…… 後藤明信
発行…… 株式会社竹書房
〒102-0075　東京都千代田区三番町８－１
三番町東急ビル６Ｆ
email：info@takeshobo.co.jp
http://www.takeshobo.co.jp
印刷・製本…… 中央精版印刷株式会社